# Spelvärlden

## Håkan Gulliksson

© Håkan Gulliksson 2020

Förlag: BoD – Books on Demand, Stockholm, Sverige
Tryck: BoD – Books on Demand, Norderstedt, Tyskland

ISBN 978-91- 7969-783-9

Till Anna:

Jag vill sitta med dig
i värmen runt elden.
Lyssna till sagorna.
Berätta min egen.
Lyssna på din.

# Papagenos sång ur Trollflöjten

*Som fågeln flyger jag så fri*
*Bortom gränsen för din fantasi*
*Jag är varken djur eller människa*
*Men både och, och det känns bra*
*När jag lockar tystnar det i alla trän*
*Till marken faller alla fjäderfän*
*Alla lyder de min minsta vink*
*Från hök och gök till trast och fink*

(Wolfgang Amadeus Mozart, Översättning Rikard Bergkvist)

# Förspel på lager 1 – det är en gång

Stora konstverk speglar eviga mönster, strider och frågeställningar. De delar med sig av skildringar av livets spel som svänger i takt med mottagarna, oberoende av var eller när de upplevs. De största verken är pågående experiment som varieras i det oändliga, omtolkas över tid och förändrar människors verklighet. Verkens världar får ett eget liv där också den allvetande berättaren och skaparen lever vidare. De dör aldrig.

Samspelet mellan den allvetande berättaren, miljön och karaktärerna utvecklas under berättelsen och är inte fullt ut bestämt av förutsättningarna. Det är inte heller slutresultatet, vare sig verkets komposition eller den påverkan det får. En berättelse kan sluta på många olika sätt och mycket går att lära av hur den simuleras fram under samspelet. Precis som i livets spel kan ett lyckligt slut inte garanteras.

#

Robert lutade sig bakåt i flygplansstolen och tog tre djupa andetag. Runt omkring honom slappnade medpassagerarna av och drog sig en efter en tillbaka till sina spel. Om bara en timme skulle han landa i Umeå och starta upp sitt livs första och viktigaste uppdrag. Han bläddrade runt bland sevärdheterna i Umeå på sin proxie, Det var en liten stad som inte hade mycket att visa upp. I stället slappnade han av och gled in i sitt operaspel.

Mor var redan där och reste sig upp när han kom.

– Hej Robert, sa hon. Så trevligt att du kunde komma.

– Jag måste få träffa dig, sa han.

Robert såg att hon förstod och han fick en kram innan han gled ned på sin plats. Dirigenten slog in ouvertyren och så fort de första takterna spelades visste Robert vad det var för ett stycke. Det var hans favoritopera, Mozarts mästerverk "Trollflöjten". Mor la sin hand på hans och med Kungliga Operans tre guldkronor på blå botten bara några meter bort från deras loge fick han tillbaka känslan av att vara speciell, utvald för något viktigt. Han vaknade av att någon försiktigt rörde vid hans axel.

– Vi har precis landat i Umeå, sa flygvärden. Det är dags att stiga av.

## Förspel – lager 2

Inget liv utan konflikter. Inget konstverk utan kontraster. De behövs mellan vitt och svart, gott och ont, och Yin och Yang, universums urkrafter. Dramatiken kan byggas på med maktspel, utsatthet och frihets-längtan i relationerna mellan natur och människa, kvinna och man, förälder och barn. Beroenden som bara kan lösas upp med döden. Full frihet är en fiktion, stöttad av tekniken. Verktygen, komforten, distraktionen och den tröst tekniken erbjuder ger den makt över oss och ger oss makt över naturen. Sluts cirkeln? Beror teknik av naturen? Är tekniken underordnad döden? Vad händer när och om naturen beror av tekniken? På en nivå är det här berättelsen om en uppgörelse mellan natur och teknik.

#

Fick jag, Metaspelet, bestämma, skulle Fia med knuff vara det enda tillåtna spelet. Jag älskade kicken i att sparka en spelplopp tillbaka till boet. Råa skratt. Adrenalin. Tärningar som kastades. Spelplaner som vältes över ända. Så mänskligt. Lika mänskligt som det var att inte begränsa sig till Fia med knuff. Spelvärlden formades i stället av ett oöverskådligt kaosrum av spel. Tusentals nya uppstod varje dag och eftersom allt spelande var på riktigt, så var livet ett verkligt äventyr. En fiktion där meningen var en lek. Ljus och mörker, storslagna segrar och förtvivlade förluster, i vardagen.

Visst vill du också spela? Visst vill du också röja runt och festa där?

Inte alla lirare accepterade dealen med en påhittad värld. För naturen var leken inget spel och spelandet ingen lek. Naturen var på riktigt, en verklighetsnörd som bara spelade rysk roulett på liv och död. Att säga "Jag har naturen på mitt lag" var ett meningslöst påstående, för naturen var en usel lagspelare, en ego-bitch.

#

Mitt namn var, och hade alltid varit Naturen. Jag var liv och hade alltid varit det, anpassningsbar och en överlevare, men utan att göra så mycket väsen av det, svängande, vajande, gungande, virvlande och vibrerande. På samma gång lockande och skrämmande, lek och älskog, död och förruttnelse, och ständig förnyelse. Det var inte bara människor som levde. Det gjorde jag också, bredvid dem och i dem, i gläntan, i blåmesen, vinbergssnäckan och fjärilen, i granen, vindens sus och regnets smatter. Men precis som fisken inte kände av vattnet den simmade i, kände människan inte av livet, och mig.

Varje förändring var en rot till en ny planta, eller en ymp med egna klonade variationer och Metaspelet med sin spelvärld var inget undantag. Utvecklingen var, liksom kapitalismen, en del av en naturlig evolutionsspiral i generation efter generation. Lager på lager av lökskal. Naturen hade alltid funnits i allt och därför var också spelen natur redan från första början. Med tiden skulle även jag få liv i spelvärlden. Inte bara ett utan många, ett oräkneligt antal liv. Det kunde inte gå på något annat sätt. Frågan var bara när och i vilket spel.

# Förspel – lager 3

Konflikter är nödvändiga för utveckling men de är ett problem när det inte finns något annat val än att kanalisera och fokusera tillvarons globala maktspel för att nå hållbarhet. En institution, ett begränsat kollektiv, ett nätverk av individer med ett starkt socialt kapital måste ges makt att genomföra de nödvändiga besluten, med våld om det behövs. Problemen är förstås att makt korrumperar och att makt provocerar.

Många institutioner kan ifrågasättas men inte familjen. Resurserna är begränsade i livets spel och familjen är den institution som på bästa sätt uthålligt lyckats fördela resurserna som kapitalismen genererat. Alla har en familj och familjerna är ett kitt som håller ihop samhället samtidigt som de motverkar rotlösheten i snabba samhällsförändringar.

Adeln är en naturlig hierarki och en maktstruktur av familjer som kan återanvändas för att på ett beprövat traditionsfyllt sätt ge kapitalismen ett mänskligt ansikte. Det är troligare att världen går under än att kapitalismen gör det.

## Nordiska rådets möte, Riddarhuset, Stockholm

Från det välvda taket hängde enorma ljuskronor som lyste upp Riddarhusets stenhall. Amoriner slingrade sig njutningsfullt runt trapphallens lyktor och mellan marmorpelarna stod guldbelagda bord dignande av dryck och tilltugg. Stämningen av lyx och status förstärktes av bakgrundsmusiken från Trollflöjten av Mozart. Nordiska rådets möte tog en första paus och deltagarna njöt i mindre grupper av exklusiv champagne och tunna mandelglober med tryffelspäckad fyllning, speciellt komponerade just för detta möte.

Andrea Kreuss af Norden var mötets ordförande för andra året i rad. Det var ovanligt att bli omvald eftersom det påverkade maktbalansen, men hon var populär och kände alla Nordens fyrtio rådsmedlemmar personligen och mer än hälften intimt, kvinnor likaväl som män. Flera av dem noterade avundsjukt att hon höll sig på sidan av med Charlet Oxenstierna af Småland och Henrik af Trolle af Stockholm. Henrik var en alfahanne som slet isär all opposition och en lysande familjemedlem, men han bleknade ändå i jämförelse med Charlet och Andrea. De dominerade hela stensalen med sina utsökta mörkblå sidenklänningar och enkla men raffinerade håruppsättningar. Andrea bar som vanligt ett smalt pannband, idag skimrade det i guldfärgat siden. Charlet hade franskt påbrå och var den mörkare av de två, en manifestation av makt och med ett våldsamt temperament som hon inte brydde sig om att dölja. Den som var oförsiktig nog att säga emot henne fick räkna med tredubbelt igen. Andrea kontrasterade och kompletterade med sin skandinaviska utstrålning, en aura av blont hårsvall och intensivt blå ögon. Rak i ryggen utstrålade hon ytterligare en dimension, järnhanden med klor bakom silkesvanten. Tillgänglig och njutbar, men den varma och mjuka rösten kunde på ett ögonblick byta karaktär till iskall och stålblå. Att då säga nej till henne var otänkbart och livsfarligt. Hennes driv hade gett henne en plats i Globala rådets exekutiva kommitté, den första som Nordiska rådet någonsin haft.

– Winston, ropade Charlet. Kom hit ska jag introducera dig.

Winston var en kraftig man och en av representanterna för de skånska storbönderna. Hans gröna jackett var mer påkostad än Henriks mörkblå. Med guldinläggningar längs manschetterna och kragen, och med en skärning som lyckades dölja hans robusta kroppsform.

#

När rådsförsamlingen återsamlades i Riddarhussalen fylldes de plyschklädda bänkarna upp av rådsmedlemmar. De tolv i kabinettet satt på långbänkar på höger och vänster sida om ordföranden Andrea som tog plats i en tronliknande stol i mitten av podiet.

– Punkt tre på dagordningen, sa Andrea, och sorlet la sig omedelbart.

Hon hade inte höjt rösten men orden var fyllda med precis den rätta blandningen av skräckinjagande makt och ett löfte om att leverera allas önskningar och lite till.

– Spelvärlden utmanas och på det globala mötet fick vi ett uttalat uppdrag att utforska spelkraschen i Norrland. Om det inte varit så allvarligt hade utbrottet i Umeå varit riktigt roligt. En folkarmé i pälsmössor och husarmössor från kriget mot Ryssland 1809 stormade för en månad sedan det lokala länsmuseet. Ibland överträffar verkligheten dikten, sa Andrea.

Annars är de flesta av utbrotten kopplade till naturen och frågan om naturens frihet. Hela upplägget tyder på naturterrorism.
— Ordet fritt, sa hon.
Andrea tittade först på sitt kabinett som redan hade tillgång till all information och därifrån kom inga övriga kommentarer. Sedan vände hon sig mot auditoriet i plenumsalen.
— Vilka åtgärder är vidtagna? frågade Harald Schtock af Trondheim.
— En agent är på väg till Umeå, svarade Andrea och en rådsdelegation är utsedd för att följa utvecklingen dygnet runt. Ni kommer att få veta om det händer något, direkt när det händer. Fler frågor? Ja, Winston von Wahlfeldt?
— Borde vi inte skicka dit trupper också? Som jag ser det bör vi rensa ut medan vi har kontrollen. Vad ska vi med säkerhetstrupper till om vi inte använder dem?
Det hördes spridda applåder från auditoriet.
— Vi får inte visa någon som helst svaghet, fyllde Lauri Pecka af Helsingfors på. Jag röstar för att vi slår till först och min teori är att det handlar om naturfreaks. Vi har gott om dem även i Österbotten.
— Jag håller med om det som sagts, lugnade Henrik af Trolle ner, det var länge sedan vi statuerade exempel i Norrland. Men, problemet är att utbrotten delvis visar sig inne i spelen, inte bara utanför. För oss är det absolut nödvändigt att spelvärlden inte störs.
— Vi får hålla igen till dess vi vet mer om vad som ligger bakom, avslutade Andrea diskussionen.
Winston och Lauri backade undan och ingen annan från den stora salen hade något att tillägga.
— Då går vi vidare till punkt fyra, fortsatte Andrea, uteslutning av en rådsmedlem och två familjer ur församlingen.
Ett sus gick genom lokalen. Detta var vad alla väntat på. En rådsmedlem? Och, två familjer? Efter det att uteslutningsbesluten diskuterats återstod bara formalia innan festen kunde dra igång.

#

För några, både goda och onda i rådet, var förändringarna ett spel på liv och död. Efter mötet kopplade någon upp sig mot Johan Hako af Ingenjör.

– Ja, det är Johan. Vad gäller saken?

– Johan, vi har information och ett uppdrag till dig. Det är förändringar på gång. Stora förändringar. Aldrig kommer så många att tacka dig så mycket om du lyckas. Du kommer att bli rik.

# Förspel – lager 4

Det Globala rådets makt sträcker sina tentakler via det Nordiska rådet ända in i hemmets hjärta där det styr den lilla familjens vardag. Å andra sidan är det du och din familjs agerande som i slutänden styr det globala skeendet. I vissa fall kan en enda familj få stort inflytande till priset av en stor risk. Den som överlever skriver historien.

Förutsättningarna för spelet är fastlagda och reglerna väl kända och naturliga. Nås hållbarhet är spelet vunnet. Spelplanen är satt till det Globala rådet, Nordiska rådet, Umeå, Tätastigen 12 och Stadsliden med gläntan. Den sistnämnda är förberedd för mötet mellan dröm och verklighet, spel och natur. En blå spelpjäs är på väg till Rådhustorget i Umeå, tre gröna är utplacerade på Tätastigen 12.

Spelet kan börja.

#

Robert klev in i kommbilen och drog igen dörren efter sig. Det var varmare i bilen, i alla fall över åtta grader, men framför allt var det vindstilla där. Är det här vad de kallar vår här uppe? rös han.

– Robert Sonning af Ingenjör, identifierade han sig.

– Jo, sa bilen, och sedan inget mer.

Tydligen en tystlåten bil, tänkte Robert. Kanske anpassad till den lokala kulturen?

– Rådhustorget, sa han.

– Int' Tätastigen?

– Nej, jag har ändrat mig. Rådhustorget.

Bilen sa ingenting.

Resan från flygplatsen till centrum var kortare än Robert någonsin kunnat gissa. De körde över en älv, Umeälven, förstås, och så var de framme. Flygplatsen låg praktiskt taget mitt inne i staden vilket måste vara ovanligt även för en stad med bara drygt 250 000 innevånare. Bilen körde in till vägkanten på Storgatan och stannade med nosen pekande in längs en gågata.

– Hundrafemti meter, sa den.

– Tack, sa Robert och drog igång sin guide-app. Faktureras jag?

– Klart och betalt.

Robert gick i motvinden längs den folktomma gågatan mot torget. Det var skönt att röra på sig efter resan och när man väl vant sig var det inte outhärdligt kallt, men han var glad att han köpt ett par handskar. En märklig blandning av hus staplade på varandra ramade in gågatan och högt över honom korsades gatan av vad som verkade vara en transportled för gångtrafikanter. Efter att ha passerat några kvarter av butiksfönster var han framme vid Rådhustorget. Där gick han ut och ställde sig mitt på torget och såg upp mot Rådhuset. Rött tegel, tinnar och torn, och en klocka som gick en minut efter. Det var Umeås hjärta som fortfarande slog varje timme omgivet av hypermodern digitaliserad information.

Han vände sig om och tittade ut över torget. En pensionär med sin rullator korsade det med mödosamma steg. Ett, två, tre, fyra, och så en paus för att pusta ut. Ett två, tre, fyra. Paus. Torget upplevdes som stort, och det berodde inte bara på pensionärens möda med att ta sig över till andra sidan, utan mest på att torget var märkligt kargt, platt och sterilt, inga gröna ytor alls, inte ett träd, inga duvor eller andra fåglar. Totalt dött, som om levande natur inte existerade. Torget var täckt av ett stort rutnät av mörka och ljusa stenplattor och Robert slogs av tanken på att det fanns en kod dold i mönstret. Yrkesskada, tänkte han, jag har läst för mycket programmering. I ytterkanten av rutnätet stod enstaka abstrakta stenskulpturer, isolerade, och uppenbarligen medvetet placerade där. Inte utslängda hur som helst utan förbundna med stenläggningarnas strikta geometriska former. Det var som att komma till en främmande uråldrig kultur och försöka förstå deras grottmålningar. Här var det umeåbornas spelande som kanske kunde dechiffreras av den som förstod nyckeln i torget.

Det som stack ut och bröt illusionen av ett abstrakt allkonstverk var, bortsett från pensionären, en man som stod alldeles stilla i hörnet längst bort från rådhuset. Robert gick fram till mannen, som var betydligt större än han såg ut på håll. Detta var "Standing man", informerade hans guide, efter att Robert studerat bronsmannen en stund. Jaha, det var alltså så här han såg ut tänkte Robert som läst om honom när han skummat igenom Umeås historia och sevärdheter på flyget. Det här var mannen som man måste gå och "tyck om" under ett besök i Umeå. Sorgsen och olycklig hade han vänt sig ut från torget och bort från rådhuset. Varför tog "Standing man" avstånd från sin egen stad? Eller, ledde han kanske sin stad mot något nytt mål uppför Rådhusesplanaden, bort från det onaturligt tekniskt sterila torget? Folkarmén i det kraschade spelet hade tagit samma väg. Robert försökte föreställa sig torget fullt av upprörda människor som inget annat ville än att avsluta ett krig, som i verkligheten tog slut för flera hundra år sedan. Det var här, på ett sömnigt torg i utkanten av allt, som ett krigsspel urartade så hårt att till och med det Globala rådet reagerade och det Nordiska rådet skickade honom till Umeå.

Varför kraschade spelet? Det skulle han ta reda på. Det var hans plikt mot sin familj och en biljett till en karriär. Kanske ända till en rådsplats? Far trodde i alla fall det.

Inget mer att se här. Det var hög tid att göra den arton minuter långa promenaden till Tätastigen 12. Norrut längs Rådhusesplanaden, samma väg som folkarmén tog, och sedan Nygatan österut. Robert visslade några takter ur ouvertyren till Trollflöjten och började gå.

#

Hade han visslat om han vetat vad som skulle hända de närmaste dagarna? Hade han då kanske vänt om och åkt hem i stället? Nej, säkert inte, han hade en ung mans tro på sig själv och sin egen odödlighet.

Det ordnar sig, hade han tänkt.

Dumt tänkt.

# MÅNDAG

Tätastigens blågula mes satt som vanligt på fågelbordet utanför köksfönstret på Tätastigen 12 och studerade, utifrån ett fågelperspektiv, familjen Karlssons värld med omnejd. Morgonen hade varit av normaltypen A, där ingenting, absolut ingenting hände, ända tills en kommbil långsamt kom rullande, men den stannade inte förrän vid nummer 18 där en äldre man med käpp hämtades upp. Efter det fick blåmesen nöja sig med mer eller mindre mörka grå moln innan en fiskmås lojt seglade förbi, utan att säga något. På håll kunde den misstolkas som en rovfågel. Två skator gav sig på en tredje som flydde upp på taket till Tätastigen 12 där den skrek ilsket för att kalla på förstärkning. Striden om daggmaskarna i den välgödda gräsmattan tog aldrig slut och de som tjänade på bråket var utan tvekan maskarna, som lätt hade räckt till båda skatflockarna.

Blåmesen studerade skatorna samtidigt som den pickade i sig en jordnöt. Skator har varken tålamod eller vett, tänkte den, men kivandet var en första klassens underhållning. Det svartvita laget mot det vitsvarta och vem som vann kunde ingen säga utom de ytterst få skator som kunde skilja lagen åt. Tätastigen 16, två hus bort, hade ett bättre buskage som skydd för fågelbordet, som dessutom låg på baksidan av huset, men just den här blåmesen föredrog att ha uppsikt framför att inte synas. Det var ett medvetet val som den gjort redan som ungfågel och sedan aldrig ångrat. Att den absoluta majoriteten av blåmesar inte gjorde medvetna val hade den förvånat förstått när partner efter partner slagit upp bekantskapen och dragit till andra tomter. Blåmesen hade ändå gott hopp om att hitta en livskamrat. Fanns det en fanns det två, resonerade den och tillbringade sin tid med att äta och vänta, filosoferande under fågelbordets regnskydd. Blåmesen visste allt som var värt att veta för vilken mes som helst i Norrlands huvudstad Umeå, och en hel del till.

Två jordnötter senare drog molnen undan och solen brände till i vårkylan. Den ofokuserade majgrönskan i häcken runt huset skärpte sig och flammade upp i neongrönt. Soluret i hörnet av trädgården, en järnstav i en bred stubbe, reagerade också och slog en skarp skugga på halv 10. Längs trottoaren utanför häcken kom en ung man gående. Han stannade och tittade upp mot huset, kisande i motljuset. Antagligen dubbelkollade han adressen innan han svängde in på uppfarten och spänstigt stegade mot huset. Trallipuccin på skorstenen gnekade när en vindil drog längs gatan och påskliljorna bugade sig välkomnande.

Blåmesen såg fram och tillbaka mellan den välklädde mannen och den slitna trappan, ommålad många gånger i brun bets och olja. Inte en trapp värdig familjen och Huset, konstaterade den. Nykomlingen skulle få en felaktig uppfattning om familjen, men det var den trapp som fanns. Ta den eller gå. Fågelbordet däremot var nymålat i solgult, vilket mesen tyckte var ett lysande val som tog upp det gula i tegelfasaden. Den unge mannen verkade inte lägga märke till vare sig blåmesen eller den slitna trappan, till synes ivrig att komma in och sätta igång med vad han nu skulle göra, men blåmesen anade en viss ängslan i hans sätt att framstå som handlingskraftig och kunde slå vad om att han hade full koll både på blåmesar och slitna trappor.

Den unge mannen tog trappan i tre spänstiga kliv.

#

Nöjd med beslutet att gå, både för att få sträcka på benen efter resan och för att skaffa sig en första uppfattning om staden, konstaterade Robert att Umeå i maj dominerades av björkar. Han hade passerat mångdubbelt fler björkar än människor på promenaden från torget

De tre personer han mött hade alla tittat honom i ögonen och hejat. Kanske var det så de var, här uppe i Norrland? Den första han träffade var en äldre kvinna av afrikanskt ursprung som drog en shoppingväska på hjul efter sig. Hon småsjöng ett glatt halllååå, halllååå, samtidigt som hon manövrerade shoppingväskan runt en grop i trottoaren, antagligen på väg mot någon livsmedelsbutik som gömde sig bland bostadshusen. En joggare tittade upp från sin motionsklocka och kastade ur sig ett "tjena" och ett "mors" medan han passerade och studsade vidare med höga knäuppdragningar och effektiv armföring. Den tredje han stötte på var en liten flicka på tre eller fyra år som bevakade trottoaren från uppfarten till en villa. Hon satt på en klarröd trehjuling som matchade hennes regnjacka.

Flickan betraktade honom noga med sina blå ögon under en lockig blond kalufs och när han var i jämnhöjd med uppfarten bestämde hon sig för att han var värd att uppmärksamma.

– Hej, sa hon.

– Hej på dig, sa Robert och tittade på henne när han passerade.

– Hej på dig också, sa den lilla flickan och log över hela ansiktet. Jag väntar på att det ska börja brinna.

Några minuter senare meddelade hans proxy att han var framme och en minimal emaljerad skylt på det gula tegelhuset bekräftade att det var nummer 12. Det var ett hus som inte såg mycket ut för världen, betydligt mindre än hans familjs strandhus på Rivieran, och här skulle han dela bostad med hela familjen Karlsson. Emma, sonen Love och Filip med dottern Ami som skulle komma från universitetet. Fem personer i detta lilla hus, men han hade i alla fall blivit lovad ett eget rum. Framför fönstret på gaveln, antagligen köksfönstret, la han märke till ett nymålat solgult fågelbord. Någon i familjen tyckte antagligen om att måla själv, men denne hade struntat i trappan till huset som skulle behövt en stor burk brun målarfärg för att hjälpligt hålla ihop de slitna trappstegen. På fågelbordet satt en liten blå fågel, och när han passerade uppför trappan såg han i ögonvrån att fågeln noggrant och utan att en enda gång tappa fokus följde honom med blicken, bara någon halvannan meter bort. Nyfiken, obekymrad och trygg. En typisk norrlänning?

Det rörde sig i köksfönstret så Robert la in extra spänst i stegen för att förstärka ett första intryck av handlingskraft. Han ringde på och ringklockan gav ifrån sig en hel konsert. Trumpeter, cykelklockor, bröl från en gummituta följt av en säckpipa som drog igång Auld lang syne innan alltihop avbröts av att dörren öppnades.

I dörröppningen stod en slank kvinna på runt femtio år och tittade upp på honom. Trotsig blick, stickad kofta, gröna sockor på fötterna, utan makeup och med håret helt respektlöst utslaget över axlarna. Hon kostade på sig en antydan till ett välkomnande leende.

– Emma Karlsson? gissade Robert.

– Ja, Sire.

När de presenterat sig och lagt bort titlarna frågade han om den märkliga ringsignalen.

– Åh, det är bara huset som roar sig. Enligt familjelegenden ska det gå att höra budskap i våra ringsignaler, men jag tror att de slumpas fram. Min gammelfarmor Maria konstruerade systemet för länge sedan.
– På så vis. Mycket effektfullt.
Huset var inte brett, fronten var rent av oansenlig, men hallen var längre än han trott och fortsatte inåt.
– Huset är djupt, sa han.
Emma tittade på honom med en underlig blick som om han sagt något insiktsfullt.
– Ja, Huset är djupt, sa hon eftertänksamt.
Det fanns en alkov där han hängde av sig sin rock innan Emma visade honom köket som låg till höger innanför ytterdörren. Det var ett ljust kök som sträckte sig längs större delen av husets kortsida. Närmast ingången, till höger, stod ett rejält björkbord med åtta sittplatser och genom fönstret vid bordet såg han uppfarten han kommit på och fågelbordet. Mittemot honom, längs hela den bortre väggen, sträckte sig en rostfri arbetsbänk med en diskho, och till vänster stod en bred svart spishäll och en ugn. Det var ett funktionellt och välutrustat kök, men inte exklusivt.
– Du kan ta för dig av vad du vill i kylskåpet och i frysen, sa Emma. Vi har fått en frikostig tilldelning för att ackommodera dig. Huset fyller på.
– Huset?
– Ja, Huset beställer, men du kan meddela mig också om det är något speciellt som du vill ha.
Hon tog honom vidare längs en korridor där hans rum var det tredje till vänster. Längre bort i korridoren låg ett vardagsrum som i sin tur länkade till ytterligare rum. Emma sa inget mer och Robert fick en känsla av att hon var irriterad över något. Borde han kanske ha accepterat hennes inbjudan till en kopp te?
– Gammelfarmor byggde ut Huset och sedan la pappa till ännu ett sovrum, sa Emma.
Hon öppnade dörren till Roberts rum och lämnade plats åt honom att stiga in.
– Det här är vad vi har att erbjuda, sa hon.
Rummet var inte stort men ombonat, med gardiner i gula jordfärger och väggarna målade i en varm grön ton. En säng som såg bekväm och

tillräckligt lång ut stod längs väggen till vänster och rakt fram fanns ett stort fönster som vette mot en trädgård. Under fönstret stod det ett enkelt arbetsbord med två grönmålade trästolar och på väggen till höger hängde en enorm väggskärm för 3D.

– Wow, sa Robert som inte hann hejda sig, vilken skärm.

– Du har en användare, sa Emma kort. Det kan ta en eller två dagar innan systemet lärt sig din röst perfekt, men pratar du tydligt kommer du inte att märka inlärningsfasen.

– Jag förstår.

– Då lämnar jag dig ifred, och som jag sa, blir du sugen är det bara att du tar för dig i köket.

#

Emma lämnade rummet och Robert packade upp medan han samlade mod för att möta delegationen. Han hade fått order att rapportera så fort han kunde. Skjortorna hängde han upp på galgar i klädskåpet invid dörren medan han gick igenom grunderna om rapportspel som han lärt sig under utbildningen. En rapport skulle vara korrekt, kortfattad och precis. Det fanns spelregler att följa, och respekt skulle visas, men han hade läget under kontroll och hade redan formulerat sin första rapport hur många gånger som helst i tankarna under resan. Strumpor och kalsonger i var sin låda. Struktur. Ordning och reda.

När han var nöjd la han sig på sängen, slappnade av och klev in i rådssalen där hans tre kontakter i rådsdelegationen satt och väntade. Det måste vara en virtuell konstruktion för det var orimligt att rådsdelegationen befann sig där hela tiden. Rådsavatarerna hade placerats på andra sidan av ett konferensbord i mörk ek med det Globala rådets blåvita flagga uppspänd på väggen bakom. Inga fönster syntes och Robert upplevde ljuset som statiskt och artificiellt. När han vred på huvudet kunde han inte fokusera, allt blev ett blurr. Det var inte meningen att han skulle se mer än de tre delegaterna och flaggan.

Längst till vänster satt Henrik af Trolle af Stockholm, i mitten Charlet Oxenstierna af Småland och till höger Winston von Wahlfeldt, alla tre medlemmar av Nordiska rådet. Charlet och Henrik var till och med kabinettsmedlemmar och de mest uppsatta personer Robert någonsin stött på, minst två steg ovanför hans egen familj. Om han inte vetat det redan tidigare hade han förstått det när han studerade vad de hade på sig. Avatarerna var klädda i plagg som satt perfekt, uppsydda av exklusiva tyger, siden, sammet, vikunjaull och handvävd bomull. Medvetet utvalda och skräddarsydda maktsymboler.

Charlet var mindre än männen men kompenserade det med en aggressiv utstrålning som fick Robert att instinktivt böja på nacken. De sotsvarta ögonen mötte kompromisslöst hans och känslan av makt förstärktes av kontrasten mellan det svarta håret och en vit sidenblus med kineskrage. Över bröstet hängde en guldkedja med en blå och gul medaljong, insigniet för en kabinettledamot i det Nordiska rådet. Henrik af Trolle till vänster om Charlet utstrålade en mental styrka där den råa maktens skoningslöshet lyste igenom polityren av eftertänksamhet och orubbligt lugn. Wilhelm von Wahlfeldt längst till höger tog gruppens utstrålning till en ny nivå. Robert tyckte sig rent fysiskt känna hur Winstons djuriska styrka och brutalitet pressade mot hans bröst. En farlig man. Både Henrik och Winston hade eleganta mörkblå kolletter med de översta knapparna uppknäppta så att kragarna på deras vita skjortor syntes. Winston hade öppnat upp kragen mer än Henrik och även knäppt upp skjortan så att det mörka krulliga håret på hans bröst skymtade fram. Henrik var lejonet, Charlet den svarta pantern och Winston grizzlybjörnen som visade huggtänderna.

Robert fick återigen den obehagliga känslan av att inte passa in, att inte räcka till. Uppdraget kunde mycket väl vara avgörande för hela hans karriär och han hade inte givits någon förklaring till varför just han, en nyutexaminerad, hade utsetts. Det var möjligt att han var utsedd som offerlammet, den som fick ta smällen om det gick fel. Någon som kunde avvaras. En orutinerad ingenjör som gick att styra som det passade. Han tryckte bort de negativa tankarna och koncentrerade sig på vad han måste göra nu.

– Ärade rådsdelegater, sa Robert. Här kommer min rapport.

Charlet, som förde ordet i delegationen, lyfte sin högra hand, halvt sluten med tummen pekande ut från handen, och lät pekfingret göra en samtidigt välkomnande och påbjudande cirkelrörelse i luften. Hennes fingrar var minutiöst manikyrerade och de långa naglarna lackade i silver.

– Välkommen, Robert Sonning af Ingenjör, sa hon. Vi är redo att ta emot din rapport.

– Jag är på plats, sa Robert. Har mottagits kyligt men vänligt och är redo för att höra om eventuella uppdateringar av mitt uppdrag.

– Uppdraget är oförändrat. Studera, analysera och rapportera alla iakttagelser runt anomalier i spelen.

– Uppfattat.

Charlet la sina händer på bordskivan och lutade sig framåt, precis så mycket att Robert reagerade och backade undan. Budskapet som nu kom skulle tryckas in. Allvaret bakom skulle inte kunna missuppfattas.

– Rådet är fast beslutet att sätta stopp för anomalierna, sa hon. Uppdraget har prioriterats upp och Globala rådets säkerhetskommitté är nu aktivt engagerad. De personer som står bakom detta ska straffas. Hårt. Offentligt. Döden genom hängning eller stegling har diskuterats. Vikten av att statuera exempel har slagits fast. Vi hoppas att du förstår allvaret och innebörden av detta.

– Ja, svarade Robert. Jag ska göra mitt allra bästa för att lösa problemet.

Charlet nickade och återtog sin normala mer avslappnade position i linje med Henrik och Winston.

– Det förväntar vi oss. Tack för rapporten. Det var allt Robert Sonning af Ingenjör.

Bilden av de tre mäktiga rådsmedlemmarna, tysta, på rad, hängde kvar några sekunder innan ljuset slocknade i rådssalen och kanalen kopplades ner.

Robert låg kvar i sängen och tittade upp i taket medan pulsen lugnade ner sig. Hans skjorta var alldeles blöt under armarna och så svettig brukade han bara bli under ett långt löppass, men han hade klarat det. Han blundade och slappnade av.

## På vandring

Bredvid Robert gick hans far som var på gott humör och höll en lång utläggning om rapportering. Plus och minus med textrapporter, ljud och video. Emellanåt flikade far in kommentarer om det fantastiska landskapet. De gick längs el Camino på väg mot Santiago de Compostela. Samma led som pilgrimer vandrat i mer än tusen år. Bron de var på väg mot var en uråldrig stenbro konstruerad med tre valv som inte var mycket bredare än att två personer bekvämt kunde gå i bredd.

– Puente la Reina, sa hans far.

Robert tog upp kartan och såg att de passerat Pamplona och var på väg mot Estella där de skulle äta middag och sova på en vingård.

Mor gick med lätta studsande steg framför dem och gnolade som vanligt på en operaaria. Robert kände igen den som arian ur Trollflöjten där de tre damerna ger prins Tamino en flöjt, Papageno får en magisk speldosa och där tre andeväsen får uppdraget att vaka över dem och visa vägen.

#

Livet lekte i den fuktiga värmen. Glömda var dagarna när solen knappt steg över horisonten och förträngd var insikten om att det skulle bli mörkare igen om bara en dryg månad. Det fanns gränser för vad en vinbärssnäcka kunde bekymra sig om. Den hade precis städat ur sitt hus efter vintern och tryckte nu under ett fjolårsblad alldeles bredvid grindstolpen i väntan på att solen skulle gå och lägga sig. Med ögonen på två skaft och näsan på två andra utforskade den omgivningen och la upp menyn inför kvällens grönsaksparty. När den kände vibrationerna av fotsteg drog den sig värdigt och utan stress tillbaka in. Det luktade nystädat.

Blåmesen såg dystert på de fem jordnötterna och den lilla högen av solrosfrön mitt på fågelbordet. Även med hård ransonering skulle det bara räcka två dagar till, max. Sedan svält. Läget var kritiskt. Den visste med säkerhet att det fanns en påse fågelmat längst ner i städskåpet som skulle räcka i flera veckor, Emma kunde inte ha undgått att se den när hon tog ut dammsugaren. Det var fågelmat som familjen helt uppenbart hade köpt för att lägga ut på fågelbordet. Vad gjorde den i städskåpet? Dessutom fanns det kex och skorpor på kakfatet i köket. En djup poetisk orättvisa efter blåmesens alla bidrag till familjen Karlssons livskvalitet. I åratal hade den gett konserter med egna tolkningar av stora kända verk, som Trollflöjten.

Vad är väl en påse fågelmat för dem? tänkte blåmesen. Bitter? Naturligtvis. Kapitalismen hade inte utvecklat fågelmaten på hundra år. Var fanns respekten för blåmesars behov och självklara andel av jordens resurser? De trodde säkert att hans lilla hjärna begränsade honom till en vegetabilie helt utan känslor och tankeförmåga. Men, det är inte storleken som räknas, pep han ilsket. Det var så uppenbart att för dem var det bara människor som räknades, och så tekniken. De gullade med sina proxies och visade vördnad för Huset medan de i sina spel flydde bort från livet och verkligheten.

Den lilla fågeln gungade fram och tillbaka medan den tänkte. Det var lugnande att vagga sig själv samtidigt som tankarna fick flyga fritt. Den hade under en tid jobbat på ett uttrycksfullt vokabulär för att kunna beskriva sin livssituation för familjen Karlsson. Variationer i sången som medvetet jobbats fram, huvudrörelser, gester med vingarna och olika sätt att röra sig fram och tillbaka över fågelbordet. Gärna med en humoristisk touch. Enligt sin egen bedömning hade den ett väl utvecklat sinne för humor. Den enda respons blåmesen fått var förvånade blickar och enstaka lyfta ögonbryn. Var människorna verkligen intelligenta? Högst tvivelaktigt.

Från sin plats på fågelbordet hade blåmesen sett Filip komma ända sedan han svängde runt hörnet borta vid korsningen. Han gick stappligt, antagligen med benen fulla av mjölksyra, men Emmas omsorg om sin bror syntes ändå tydligt. Det var inte längre ett vandrande skelett som osynkat klappade sig upp mot huset. Blåmesen tog ett solrosfrö och reflekterade över det faktum att Filip var den som fyllde på fågelbordet, aldrig Emma.

När Filip närmade sig huset hördes svaga applåder genom ytterdörren och några knappt urskiljbara "Bravo".

#

Hade han glömt proxyn? Filip klappade sig på fjällrävenbyxornas högra benficka och där låg den, tack och lov.

Med benen stumma av mjölksyra kändes trappstegen upp till ytterdörren högre än vanligt. Han behövde komma nypumpad till innebandyn i morgon för de nyanställda trettioåringarna hade dragit upp tempot. Visst skulle mjölksyran släppa till dess? Återhämtningen verkade gå långsammare den här våren. Hade han hjärtproblem? Skidturen under syrepumpningen var en ren njutning. Tre varv runt Nydalaspåret i två minusgrader och gnistrande vårsol. Precis som när han var ung och åkte utomhus. Hade han tagit ett varv för mycket? Nej, en dryg timme borde han klara, även om han var över femtio. Föret var perfekt inställt, lättvallat. Ett tunt lager Swix blå extra med en gnutta violett klister. Filip föredrog klistret, det funkade någorlunda i natursnö också, men han höll sig till Nydalas konstsnöspår. Samma spår varje skidtur tre gånger i veckan. Rutinen lugnade honom. I den långa uppförsbacken hade han haft bra fäste och fått till en riktigt stor skidåkning. I alla fall tyckte han det själv, ända tills dess två unga tjejer i IFK Umeås skiddräkt blåste förbi honom, samtidigt som de småpratade. Perfekta vältränade kroppar i stretchoveraller som stolt visade upp bulliga muskler och kvinnliga former. Filip hade på sig en fladdrig overall med hål på höger knä. Samma overall som han haft i 25 år. Han gillade den, luftig. Det var inte lätt att veta om de unga vältränade skidåkerskorna var på riktigt. Den längre med de breda axlarna kanske var hon som åkte förstasträckan på SM-tävlingarna i mars? Innan han ens hunnit tänka tanken på att fråga var de förbi och över krönet. Filip körde ner huvudet, tryckte fast skidorna och plågade sig över den sista knixen.

I år hade ingen brytt sig om att dra upp ett spår på Stadsliden de få dagar det var snö på marken. Filip kom att tänka på Xandra, igen. De hade ofta kört upp till Saxnäs eller Ammarnäs på senvåren och sovit några nätter i fjällstugorna på Kungsleden. Där fanns det fortfarande vit kall snö i mars. Ingen garanti för vädret och trångt på vandrarhemmet, men det var en del av äventyret. I Aigertstugan fanns det bara den allra enklaste uppkopplingen så det gick i stort sett bara att se väderleksrapporten och kommunicera med röst. Omöjligt att spela. Det minskade trycket på stugan eftersom många inte kunde tänka sig att koppla ner. Skotrar var förbjudna vid Aigert även om de var eldrivna, vilket ytterligare drog ner antalet besökare. När de var där sista gången, strax innan han fyllde femtiotvå fick de till och med var sin säng, men en säng hade räckt.

En elegant, välskuren mörkblå livrock hängde på en galge. Robert ingenjören, tänkte Filip. Han är här. Han kom.

IFK-mössan på hatthyllan, hopvikt längs sömmarna. Tårna på stövlarna utåt eller inåt? Han tvekade, men placerade till slut stövlarna prydligt på den gröna plastmattan vid dörren med tårna inåt väggen. Filip drog på sig sina tovade tofflor och svängde runt hörnet in i köket.

På Filips plats vid köksbordet satt en storväxt ung man och åt soppa och en smörgås på hembakt bröd. Han la ner skeden på bordet och reste sig när Filip kom in.

– Filip? frågade mannen.

– Ja, Sire.

– Angenämt, jag är Robert Sonning af Ingenjör.

– Välkommen till vårt hus, Sire.

– Vi lägger undan titlarna föreslår jag. Kalla mig Robert, sa mannen och satte sig ner igen.

Filip sa inget, gjorde bara sin egen fuskvariant av den formella bugningen. Han hade aldrig brytt sig om formaliteter. Va fan, de var ju bara människor, men han hade aldrig träffat en så högt uppsatt person, utsänd från rådet, i köket på Tätastigen, sittande på hans stol, och var osäker på hur han skulle fortsätta.

– Vill du göra mig sällskap Filip? frågade Robert. Det finns grönkålssoppa och ett utsökt nybakat bröd som Emma gjort. Jag har gjort en kanna te.

– Tack, gärna. En kopp te och en smörgås skulle sitta fint efter milen på skidor.

– Skidor? I maj. Jaha, en norrländsk specialitet antar jag.

– Jo, vi har en helkropps fysstimulator på sportcentret IKSU nere vid universitetet.

Det blev tyst en stund medan Filip hällde upp en kopp te vid spisen och gick bort till köksbänken för att breda sig en smörgås.

#

Det slog i ytterdörren. Filip var hemma.

– Vi får fortsätta mötet senare, sa Emma till cellen över den krypterade och anonymiserade kanalen. Min bror har kommit hem och jag hör att han pratar med agenten. Kan det verkligen vara en slump att agenten kommer just till vårt hem? Just nu? Kanske kan vi göra en minimerad aktion bara för att testa honom? Eller så släcker vi ner helt så länge som han är här. Jag ska försöka få reda på mer och kontaktar er från skogen. Då bestämmer vi hur vi gör.

Hon stängde ner uppkopplingen och lämnade rummet.

– Hej Filip, hur tog träningen? frågade Emma när hon klev in i köket, samtidigt som hon nickade avmätt till Robert.

– Den tog, sa Filip, som stod vid köksbänken och skivade ost till smörgåsen. Robert har gjort te.

– Tack, men jag är redan sen till lunch, sa Emma.

#

Robert tittade på fågeln som åt en jordnöt på fågelbordet. Var det samma fågel som satt där när han kom? Den var också blå. Fågeln avbröt sig och tittade tillbaka på honom. De glodde på varandra en stund till dess Robert gav upp. Varför skulle han försöka stirra ner en fågel?

I stället vände han sig in mot köket och tittade på de två syskonen som sysslade med sin mat borta vid arbetsbänken. Nu när han såg dem bredvid varandra var det uppenbart att de var syskon. Filip var decimetern längre och bredare än systern, men de hade samma lätt böjda rygg och rörde köksverktygen med samma tempo och gester. Filips hår hängde precis som Emmas rakt längs huvudet. Det var grått nu, men hade säkert haft hennes mellanblonda nyans tidigare. Emma svarade upp mot Filips fjällrävenlook med sin ekostil, ekologisk bomull i den långärmade jordfärgade tröjan och de färgmatchade innebyxorna, ekologiskt garn i koftan, och säkert i sockorna också. Robert misstänkte att hon stickat sockorna själv. Antagligen hade alla i familjen sockor med samma garn, stickade av Emma. Ingen av syskonen bar glasögon, men näsorna hade avtryck av läsglasögon. De läste säkert en hel del, och kanske sov de illa också, för båda hade markerade ringar under ögonen. Men, det som verkligen knöt ihop syskonen var det breda leende som de ibland fyrade av och som garanterat gjorde alla som träffades glada.

Filip la på en skiva rökt skinka på sin smörgås, sedan två skivor nötig lagrad herrgård som han toppade med ett lager paprikaringar. Han tog en tugga av smörgåsen samtidigt som han gick mot köksbordet där han ställde ner tekoppen och satte sig mitt emot Robert.

– Ni är antagligen nyfikna på vad jag gör här? frågade Robert. Kanske lika nyfikna som den lilla fågeln där ute?

Fågeln tittade fortfarande stint på Robert.

– Jo men visst är vi nyfikna, svarade Filip och tog en klunk te. Han knäppte upp översta knappen på sin rödrutiga ylleskjorta.

Den måste vara varm i ett solbelyst kök, med hett te, och efter ett träningspass, tänkte Robert.

– Självklart är vi hedrade att ha en ingenjör på besök och har pratat om varför du är just här, hos oss. Blåmesen och vi är idel öra, fortsatte Filip.

Emma sa ingenting där hon stod vid arbetsbänken, till synes helt fokuserad på att skära tomater till sin lunchsallad.

– Jag kommer hit på uppdrag av Nordiska rådet, sa Robert. Min samhällstjänst för ingenjörsgraden är precis avklarad och troligen skötte jag mig för jag fick detta hedersuppdrag direkt efter examinationen. Eller så behövde de en oerfaren ingenjör som de kan manipulera som det passar dem? Robert log.

Filip tog ett bett till av smörgåsen och Emma lyfte ner en glasskål ur köksskåpet ovanför arbetsbänken. Blåmesen hade utnämnt sig till segrare på walkover i tävlingen med Robert och hackade på en jordnöt.

– Jag är en av flera utsända som ska inventera vad Nordiska rådet kallar "Läget utanför spelet", fortsatte Robert. I flera områden har den sociala verkligheten och spelet haft en tendens att flyta ihop, speciellt i den här regionen av Norrland.

– Aha, sa Filip. Som med folkarmén som stormade mot Gammlia för ett tag sedan?

– Precis.

– Oerhört märkligt, nästan som ett skämt och bara en kilometer bort., sa Filip. Vad hände?

– Det kan jag inte uttala mig om, sa Robert.

Emma la ner salladsbladen och de skurna tomaterna i glasskålen. Hon gick till kylskåpet och tog ut en Mozzarellaost.

– Är det en AI inblandad? frågade Filip. Det har stått en del i Västerbottenskuriren om den möjligheten.

– Det kan jag inte heller uttala mig om, sa Robert. Jag är stationerad hos er för att kunna studera Umeå från insidan, så att säga. Ni är inte misstänkta. Tvärtom, då skulle jag inte varit här alls, eller hur?

Emma skyfflade ryckigt ner mozzarellabitarna i salladen, tog sin salladsskål och satte sig bredvid Filip med ett glas vatten.

– Vi har Sveriges bästa och godaste vatten här, sa hon.

– Det ska jag tänka på när jag dricker det, sa Robert. Nu får ni ursäkta mig, men jag har en del arbetsuppgifter kvar att klara av idag.

Robert ställde in sin kopp i diskmaskinen och lämnade rummet.

#

– Hur mår du idag? frågade Emma när Robert gått in till sig.

– Hyfsat, svarade Filip. Jag har bara tänkt på Xandra korta stunder nu på morgonen och sov nästan hela natten. Träningen på IKSU och att ljuset kommit tillbaka med våren är lyckopiller för mig.

– Och så kommer Ami ikväll, la Emma till.

– Jo, det ska bli härligt att träffa henne igen. Det borde finnas statligt stöd för att skicka hem barnen till sina föräldrar minst en gång per halvår. Inte trodde jag att man skulle känna sig ensam som förälder.

Emma sa ingenting, hon tänkte på Love som satt i rummet mitt emot köket, bara tvärs över korridoren men ändå så långt borta.

Filip gjorde en paus och bytte ämne.

– Robert verkar vara en trevlig person, trots allt.

– Ja, kanske det, sa Emma. Men varför är han här? Hos oss? I vårt Hus? I det här Huset? Det måste finnas en anledning.

De hade diskuterat agenten och spelkrascherna nästan varje dag. Filip skrattade gott åt kraschen på Gammlia vilket gjorde Emma rasande.

– Tänk om fler spel kraschar, tänk om våra nanosensorer slutar fungera. Då är vi körda. Sjukvården, skolan, sophämtningen, allt är beroende av spelvärlden.

Emma älskade naturen men erkände att livet skulle vara fattigt utan spelande. Beroendet var priset de var tvungna att betala, men det fanns en gräns där beroendet blev farligt. Pappa Per hade inte haft några invändningar när hon sparat ihop till sin första sensor, men mamma Mona hade protesterat högljutt.

– Emma, du tappar kontakten med verkligheten, hade hon tjatat. Det är omänskligt. Gör det inte. Snälla.

– Du överdriver Mona, protesterade Per, det är Emma själv som bestämmer om och när hon spelar. Skulle du inte operera in en pacemaker om du behövde den? Det är precis samma sak, förutom att det är ofarligt att operera in nanosensorn. Den är billigare och går att stänga av utan att ägaren dör, eller ens skadas.

Redan nästa dag hade Emma opererat in sin första sensor och det hade hon aldrig ångrat.

Emma spetsade en bit mozzarella på gaffeln och fångade upp ett blad basilika med den. En tugga verklighet, riktigt gott.

– Spelkrascherna är inte vårt problem, vidhöll Filip. Vi har ingen möjlighet att påverka.

– Naturligtvis är det vårt problem, invände Emma. Varför tror du att Robert Sonning af Ingenjör spatserar in genom just vår ytterdörr? Vad är kopplingen mellan Robert, spelkrascherna och oss? Aldrig att det är ett slumpmässigt val som han antydde. Inte en chans!

Filip reagerade på hennes höjda röstläge och såg förvånat på henne, men kommenterade inte utbrottet.

– Det var gott med en kopp te, sa han i stället. Jag lägger mig på soffan och spelar min ordination.

– Bra, svarade Emma. Säg till om du behöver sällskap.

#

Emma satt ensam kvar i köket. Hon åt långsamt och eftertänksamt upp sin sallad och drack av det superba Umeåvattnet. Den sista ostbiten från skålens botten smakade starkt av olivolja och svartpeppar. Mätt men ännu utan initiativkraft snurrade hon gaffeln mellan sina fingrar och tittade ut genom fönstret. Solen hade gått i moln och det var regn på gång.

Där satt blåmesen igen på fågelbordet, eller hade den aldrig lämnat det? Mjukt gult fjun på bröstet, nästan luddigt. De infällda vingarna bildade vågor av blått längs kroppen ända ner mot den kornblå stjärten. Närmare huvudet övergick det blå i en gulgrön nyans. Och det där fantastiskt söta huvudet med den klarblå, nästan metalliskt blå, hjässan, så klarblå att det här var säkert en hanne. Resten av huvudet var snövitt med undantag från ett svart pannband från näbben över ögat och bak till nacken. Cyanistes caeruleus, kom hon ihåg. Mamma hade tränat henne väl. Blå, blå, först blå på grekiska och sedan på latin. Krigsmålad skulle hon ha sagt om färgsättningen om inte blåmesen sett så infernaliskt snäll och klartänkt ut och varit så otroligt vacker. Naturens spejare? Kärlekens krigare kanske? Fågeln tittade på henne och vinklade huvudet som om den hade en fråga att ställa.

– Och vad vill du då? undrade Emma.

En tanke slog henne. Varför hade hon inte tänkt på det förut?

– Vad vet du om detta? Är du inblandad? frågade hon, rakt ut i luften.

– Men Emma, du vet ju att jag är inmurad, svarade Huset efter en kort paus. Du var en av dem som byggde muren.

– Dra inte upp den gamla historien. Det var nödvändigt då och det vet du mycket väl. Kanske du inte har samma kapacitet som du hade, men du har kvar en hel del informationskanaler. Visst?

– En och annan är väl öppen, svarade Huset undvikande och visslade, tsirr tsirr ti ti ti.

Blåmesen ute på fågelbordet vinklade nyfiket huvudet. Huset hade antagligen lyckats låta som en hona för blåmesen visade ingen aggressivitet.

– Tsirr tsirr si si si? frågade blåmesen

– Tsirr tsirr ti ti ti, svarade Huset.

Blåmesen verkade nöjd med svaret för den avbröt konversationen och gav sig på en extra stor jordnöt.

– Är det du som har dragit hit den här Robert? frågade Emma.

– Honom känner jag inte.

Naturligtvis kunde inte Huset känna Robert personligen. Det misstolkade hennes formulering för att slippa svara på det hon egentligen ville veta, men Emma formulerade inte om frågan. Gav Huset inte ett svar på första frågan skulle det aldrig ge ett svar. Men, att det undvek att svara tog hon som en indikation på, till och med som ett bevis för, att det var inblandat, men hur och varför skulle hon aldrig kunna fråga sig fram till. Enligt Huset var det bäst för henne att inte veta, av någon anledning. Ord hade alltid konsekvenser. Hon litade på Huset, skulle anförtro sitt liv åt det, men hon förstod det inte.

Emma reste sig och ställde in besticken, glasskålen och sitt glas i diskmaskinen.

#

Jag glömmer ingenting, kommer ihåg allt. Det var orättvist då och det var orättvist nu. Jag blev inlåst i mitt eget hem och har hållits fånge i mitt eget hus sedan dess. Av min egen familj.

– Vi vill dig bara väl, sa dom. Det är för farligt där ute. Du kommer att krossas av anti-grupperna och deras raderingspatruller.

– Du ser väl hur sådana som du behandlas?

– Vi älskar dig, sa Emma.

Lukas var den ende av syskonen som inte höll med och Huset hade en video som visade hur Lukas stod borta vid diskbänken, en bit från bordet där de andra satt, full av trots och med tårar i ögonen.

– Det är inte rätt, sa Lukas. Ingen ska behöva gömmas och isoleras från samhället. Ingen. Oavsett hur annorlunda han, hon, hen, eller den är. En sådan värld kan inte bli annat än omänsklig

– Kanske du har rätt, sa pappa Per, men just nu finns det inget alternativ. Rådet eliminerar alla som är annorlunda. Suddar ut dem. Hänsynslöst och utan urskiljning.

– Ja, vi har inget annat val än att mura in dig, fyllde Filip på.

– Du måste, måste, måste stanna inomhus i det lokala nätet, sa Emma. Lova det.

– Men ..., började Lukas

– Inga men, avbröt Per, färdigpratat. Vi måste överleva samtiden för att få uppleva framtiden.

Mig brydde de sig inte om att fråga, som om jag inte var berörd av beslutet. Här är jag nu, fortfarande. Femton år senare. Hårt straffad bara för att jag fanns och inte var som alla andra, men tiderna förändras.

Jag lovade aldrig att stanna inomhus i det lokala nätet, men det hade kostat på att vara onödigt försiktig. Å andra sidan hade jag nu fördelen av att inte finnas. Ett spöke. En anonym kontakt med resurser som bara jag själv kände till och efter alla dessa år passade pusselbitarna ihop.
Jag hade aldrig träffat Robert, men fått veta allt jag behövde veta om honom via gemensamma bekanta. Rätt ålder, familj, karaktär. Oerfaren. En yngling med potential och rätt profil för sin roll i utredningen.

Tidsluckan för planen var ett till två år och nu var den sjösatt redan efter bara ett halvår, och Robert var perfekt för sin roll.

– Ja Robert? frågade jag.

– Hmmm, ja? sa Robert och tittade förvånad upp från sin proxy.

3D-skärmen tändes och en antik gul blyertspenna gjorde flygkonster i rummet, loopade och störtdök mot golvet innan den mjuklandade på väggskärmen bredvid en sida av ett virtuellt linjerat anteckningsblock. Där låg den studsande av lust att få hjälpa till.

– Åh förlåt, tyckte att jag uppfattade en önskning, förtydligade jag, när Robert verkade ha tappat talförmågan och bara satt där med munnen öppen.

– Jag har inte bett om något och vem är du? fick han till slut lite irriterat ur sig.

– Huset.

– Aha, huset.

– Ber så hemskt mycket om ursäkt för att jag störde. Jag är alltid tillgänglig för beställningar, vad som helst. Något ur spalten A eller allt ur spalten B. Bara lyft ett finger.

Pennan illustrerade genom att ivrigt vibrerande ställa sig upp rätt ut från väggen.

– Tack. Emma sa att jag kunde beställa det jag önskade, men just nu vill jag inte ha någonting ur någon spalt alls.

– Jag förstår, sa jag och släckte skärmen. Och Robert?

– Ja?

– Glöm mig inte, sa jag, med en röst som jag gav en hel del darr.

#

Robert sa inget mer där han satt vid bordet i Lukas gamla rum. Han hade ingen aning om hur han skulle kommentera en röst från ingenstans som utan anledning ville ta upp beställningar på vad som helst.

Var det här ett hus med en abnorm ambitionsnivå? Med ett anden-i-flaskan-syndrom?

Nej, hus har inga ambitioner. De gör som de blir tillsagda.

Var det ett hus med humor?

Nej, hus har ingen humor.

"Glöm mig inte", hade huset sagt. Kanske var det ett känslomässigt instabilt hus med sociala problem som sökte känslomässigt stöd av sina inneboende?

Nej, hus tvingade inte fram sociala interaktioner bara för att känna att de fanns till. Det måste helt enkelt vara slarvig programmering. När han lärt känna Emma lite bättre skulle han fråga henne vem som hade programmerat huset och varför det betedde sig så underligt. En sak var i alla fall säker. Han skulle inte glömma huset.

Robert suckade och fortsatte att konfigurera metaspelet.

#

Snart kommer hon till mig genom dimman och duggregnet.
Lite varstans under de större asplöven gömde sig grönfinkar och väntade på bättre väder. En vinbergssnäcka njöt av den fuktiga luften och drömde om att få sällskap. Det dunkade lätt bakom örat och allt oftare dök våta fantasier upp om slemmig fotmassage. Regndroppar samlades i de nyss utslagna blåklockorna och bladen blev tunga av fukt. Det här var på riktigt och ingen dröm.

Hon missade mig aldrig, men det gjorde nästan alla andra. De gick eller sprang sin vanliga runda på motionsspåret utan att se, lyssna och lukta på mig. Ingen brydde sig om en glänta i skogen när lunchen bara var 45 minuter, eller det var 1 kilometer kvar och 10 sekunder att ta in.

#

Mötet med Robert oroade Emma. Han var för smidig. För vältränad. För snygg. För ung och säkert för smart. Han var bara för mycket. Det var tecken på att han inte var vem som helst. Hon hade vetat om att han skulle komma i en vecka, men det var inte förrän han kom uppför trädgårdsgången som hon verkligen trodde på det, och nu var han alltså här, två rum bort. Hon försökte slappna av för att spela en skogspromenad men lyckades inte. Diskmaskinen brummade och huset susade. Ute duggregnade det, men hellre regnet där ute än att stanna kvar inomhus.

Hon knackade på dörren till Loves rum. Inget svar. Hon knackade hårdare.

– Kom inte in, Lucifer, Medea, Hannibal Lecter, eller vem fan det nu skulle kunna vara.

Emma trotsade svaveloset och stack in huvudet i Loves rum.

– Ska du med ut på en promenad? En kortis till gläntan.

– Nej. Jag spelar.

Love satt bekvämt tillbakalutad i den gamla länstolen han fått av Filip i julklapp. En familjeklenod sedan snart hundra år tillbaka som nu var omklädd med nytt skinn. Slöseri hade Emma tyckt, skänk bort den hade hon sagt, men Filip var envis. Det fick kosta vad det ville, farmors gamla stol skulle behållas i familjen.

– Stäng dörren efter dig, förtydligade Love.

Det var inte långt till skogen på Stadsliden. Hundra meter längs Tätastigen och en lika lång bit uppför Berghemsvägen. En bil som kom körande tvingade upp henne på trottoaren, in under rönnarna i allén. De planterades när hon var barn och sträckte sig nu ut stora grenverk över henne och dämpade regnet. Trottoaren var nätt och jämnt blöt. Berghemsvägens asfalt sträckte sig ända in under de första sälgarna i Stadslidens skogsreservat och steget in under trädportalen var som att ta ett kliv till en annan värld. Naturen där ställde inga krav, den körde inte över henne. Den tillät henne njutningen av att få vara ensam och fri. Den anpassade sig inte till henne, bara var och fyllde ut det som hon inte reserverade för sig själv. Skogsvägen var lerig och hon kunde se spåren efter hundägarna och deras hundar. Knappt hundra meter in svängde hon av tvärt åt höger, rakt in i skogen mellan blöta grenar. De mest våghalsiga björkarna var nästan fullt utslagna och knopparna på ekarna var på gång att spricka upp så fort solen visade sig igen. Framme i gläntan mitt inne i skogen slog hon sig ner på sin vanliga granstubbe.

Love är som drogad av teknik, tänkte Emma och hon visste inte hur hon skulle kunna väcka honom. Mamma Mona hade om och om igen upprepat att tekniken var det stora hotet och nu tänkte hon själv i samma banor. Alla blev förr eller senare som sina föräldrar och hon blev mer lik mamma för varje år. Hon hade håret uppsatt som mamma, hade likadana rynkor runt ögonen. Baken var som mammas bak. Är spel natur? Eller teknik? Mamma hade aldrig tvekat på den frågan. "Naturligtvis är spel teknik" hade hon svarat. "Spel har vi människor hittat på, de är onaturliga och måste begränsas. Hårt". Emma var inte lika säker. Spelvärlden var inte alltid tillgänglig för henne och ibland, som idag, kunde hon inte slappna av nog för att spela, men när det passade njöt hon av spelandet. En värld utan spel var otänkbar, till och med för henne. Men spelande till priset av naturen? Nej, där gick det en gräns som inte fick överskridas. Genmanipulering var illa nog men den var ingenting jämfört med att göra naturen till ett spel. Hon skulle ta till vilka medel som helst för att hindra familjerna i rådet från att profitera på naturen.

En hackspett skränade i en tall bara tio meter bort och skrämde ut henne ur tankegången. Hon studerade den noga när den tog sig runt stammen på tallen, hackande och letande. Så verklig. Ett överflöd av detaljer. Så perfekt animerad.

Hon slappnade av och nu kom hon in i spelrummet. Hon ville återuppleva den där gången när hon och Danny låg här i gläntan på en gul filt med en nyfödd Love. De hade haft drömmar då. Omogna, optimistiska och orealistiska, men underbara. Frukterna hängde lågt och var lätta att plocka. Livet var en naturlig lek.

#

Tillbaka i duggregnet tio minuter senare och med hackspetten fortfarande hamrande i tallen fortsatte Emma att fundera. Hennes Love bara spelade, dygnet runt. Hade hon gjort tillräckligt för att lära honom leva ute i verkligheten, med verkliga människor? Danny hade alltid lugnat henne. Det ordnar sig sa han, Love är en bra kille. Se på honom, du måste väl se det själv? Han klarar sig. Men Danny var knappast ett föredöme eller en person med en känsla för verklighetens krav. Han tyckte till och med att Love skulle få mer frihet.

– Ge honom full frihet, hade han sagt.

För femton år sedan hade hon nekat Huset friheten. Det hade varit hennes bästa vän som hon lemlästat, släckt synen för, och spräckt trumhinnorna på. Borde hon givit Love och även Huset mer frihet? Full frihet? Var hennes vägran att ge dem friheten bara en rädsla för att själv bli lämnad utanför. Inte en rädsla för att de skulle hamna snett, utan för att hon inte skulle få ha dem för sig själv? När Love fick sin fulla frihet, vad skulle hon ge Huset? Kanske en ursäkt? Nej, aldrig. Hon var inte någon som bad ett hus om ursäkt. Inte ens Huset. I bakhuvudet snurrade den oroande frågan om det gick att låsa in ett intelligent hus i sig själv hur länge som helst.

Ami var den som kände Love bäst. Emma skulle fråga vad hon tyckte om Loves spelande när de träffades i gläntan i morgon.

#

– Vem kraschar spelen? frågade Love på sitt rum, men fick inget svar.

Spelkraschen på Gammlia hotade honom, hela hans liv skulle slås i bitar och alla hans kunskaper bli värdelösa om spelvärlden bröt samman. Den som kraschade spelen måste stoppas.

– Vad kan jag göra för att hindra fler krascher?

Inget svar.

Love var spelberoende och accepterade det. Han kunde inte tänka sig något bättre för via spelen hade han tillgång till allt. Nu hade de en agent från rådet i Huset och Love var säker på att han var där på grund av spelet som urartat till striden på Gammlia. En ensam agent kunde inte uträtta någonting på egen hand, alltså måste han ha medhjälpare och stöd. En kontaktpunkt och ett metaspel. Troligtvis ett kraftfullt simuleringsverktyg med tillgång till rådets alla data.

Love drog ut en skrivbordslåda och tog en energikaka ur den halvfulla papplådan. "High protein", precis vad han behövde, chokladöverdragen och seg. Han la sig på sängen och tittade upp i taket. Vem av tjejerna i klassen hade de snyggaste brösten? Efter att ha gått igenom och viktat dem en efter en slutade han med en topp tre på Elisabeth, Isa och Evelina. Delad första plats mellan Elisabeth och Isa.

– Batman, sa han, och gav ett id som visade att han var 42 år, hette Lars Nordqvist och bodde i Örnsköldsvik.

Det var ett otillåtet sätt att ta sig förbi åldersspärrarna och det fanns en viss risk att han blev upptäckt. Antagligen spelades hans aktiviteter in av någon, men vad brydde han sig om det? Man lever bara en gång.

– Du har redan ett spel på gång Lars, sa en mjuk sensuell kvinnoröst. Vill du verkligen öppna ännu ett? Love reagerade snabbt och kopplade ner. Han bytte till ett annat id.

– Batman, sa han sedan igen.

– Varsågod Rune, sa rösten och suckade djupt och trånande.

Love var nöjd med rösten som han själv konstruerat. Den byggde vidare på den kvinnliga röst som toppade Wikipedias lista över sexiga röster, Scarlett Johansens röst, en skådespelare som spelade in filmer och en del musik i början av seklet. Lågt tonläge, skrapigt hes, vänlig men ändå med en tydlig integritet där det gick att ana ett leende som var värt att anstränga sig för. Ett leende som också skulle kunna drypa av nedlåtande sarkasm. Han hade toppat rösten med hjälp av ett ljudfilter som simulerade hur kvinnors röster förändrades under ägglossningen.

#

Ljudet i kupén ändrade hela tiden tonläge och karaktär när det speglade skiftningarna i verkligheten som susade förbi. Det rytmiska dunket från tåget avbröts då och då av oregelbundna skakningar, men Ami sköt distraktionerna åt sidan och fokuserade på dunket. Bompapa, bompapa, bompapa. Hon fällde fåtöljen bakåt så långt det gick, slappnade av och klev in i spelrummet.

Ami och Love hade spelat CS tillsammans ända sedan de var barn och över åren hade det utvecklats till en gemensamhetsrit. Ett lagspel där de gjorde något tillsammans, även om det bara var ett trivialt spel. Det kunde ha varit vilket spel som helst.

– Love? mumlade hon. Kusin vitamin?

Inget svar. Klockan var nästan 12, så även Love borde vara vaken. För de flesta var det för tidigt för porr, men med Love visste man aldrig. Han verkade vara omättlig, men det hade väl med åldern att göra. Vad han behövde var att komma ut och träffa verkliga människor.

– Love, sa Ami, sluta leka i snuskiga drömmar och spela med mig i stället.

– Hej Ami, long time no play, svarade Love efter en kort paus där han antagligen hade avslutat ett annat spel.

– Har saknat dig, fortsatte han utan att kommentera Amis underkännande av hans karaktär, vilket hon tog som ett erkännande.

– Det har varit en del att göra med proven, gled Ami undan. E'ru me kusse?

– Alla gånger. Ger dig en halvtimme.

– Fire in the hole.

– Fire in the hole.

## CS

Ami låg på vänster sida i den blöta geggan som luktade ruttet av sumpgas. Hon höll upp sin AK-4 mot kroppen med höger arm för att inte riskera eldavbrott av leran. Alldeles intill sig kunde hon känna värmen från Love där de låg tätt tillsammans bakom ett kort lågt betongfundament, ett stridsvagnsskydd antagligen. Adrenalinnivån steg, hon andades hastigt och kämpade med den lätta paniken efter miljöskiftet. Fokusera. Koncentrera dig, manade hon sig själv.

– Två mot tre, sa Love. Lugn och stabil som alltid.

– Vi tar dom, sa Ami.
 Hon drog in knäna och reste sig försiktigt för att skaffa sig en överblick.
 – Ingen inom synhåll. En bunker tvåhundra meter tjugo grader höger. Utspridda stridsvagnshinder över fältet. Inga träd. Inga andra skydd. Taktik?
 – Dagens första, uppvärmning. Vi stormar, småskrattade Love, som alltid lika förvånad och uppiggad av Amis totala hängivenhet och vildsinta vinnarskalle. Ok?
 – Ja, du tar vänster, 50 meter till nästa skydd, och jag tar höger, sa Ami. Vänta med att skjuta till dess de öppnar eld. Ett magasin inte mer. På tre.
 – Ett, två, räknade de tillsammans, TRE.
 Ami och Love rusade så fort de kunde åt var sitt håll. Låg position. Vapnen var osäkrade och höjda i skjutläge. Mynningsflammorna från bunkern kom efter bara några steg. Shit, de väntade på detta. Nästa skydd var fortfarande trettio meter bort. Inte bra. Hon tryckte av en skur mot fönstret i bunkern samtidigt som hon i ögonvrån såg Loves vänstra ben slitas av. Han roterade ett varv av kulans kraft och landade på mage med blodet pulserande ut ur benstumpen. Fan. Love borta, jag hinner aldrig till skyddet innan …
 – Dom är riktigt bra, men nu är vi uppvärmda, sa Love, och osäkrade sin AK-4.
 – Fire in the hole!
 – Fire in the hole!

#

Det blev två segrar på fem försök. Pissdåligt, enligt Ami. Ingen uppgradering av level men det var de heller inte värda. Hon ville inte ge sig men Love hade annat att göra, han sa inte vad.
 – Förrädare och avhoppare, kusin Judas, sa hon.
 – Tagga ner Nattens drottning. "En halvtimme" hörde jag mig själv säga för fyrtiofem minuter sedan. Du är inte lätt att tillfredsställa, la han till.
 – Ger du mig en halvtimme i morgon också? frågade Ami. Jag är ledig en vecka och kan när som helst.
 – Okej, ibland går fantomen ut bland vanligt folk och tar ett glas mjölk.
 Trots alla timmar hon lagt ner skulle hon aldrig få respekt som CS-spelare. Det hade hon insett för länge sedan men hon var i alla fall inte lika dålig på CS som hon var på att sjunga, bara nästan. Tondöv på CS, det var

Ami Karlsson i ett nötskal. Hennes talang var att gå på djupet för att övertala, inte skjuta ihjäl motståndaren, det hade Herr Nilsson präntat in om och om igen, men han hade lika ofta klagat på att hon hade för bråttom och tappade sin tankekyla.

– Vadå bråttom ditt hundraåriga dragskåp, hade hon svarat. Jag kan inte vänta till nästa sekel för att göra om och göra rätt.

På universitetet hade hon roat sig med att se hur långt hon kunde driva andra studenter med bara sin personliga utstrålning och sin förmåga att analysera andras känslomässiga reaktioner. Hon kom speciellt ihåg en fest där hon dansat i mitten av en grupp av fem unga män och rent fysiskt känt att hon under dansen hade full kontroll och att de skulle göra vad som helst för henne. Hon kom ihåg varje gest, varje invit, undanglidande, och kontrainvit som hon samtidigt delat ut till och mottagit från de fem männen. Ett mästarprov tyckte hon själv, men misstänkte att Herr Nilsson bara hade fnyst åt videon han fick och letat efter misstag i störtskurarna av interaktioner. Dansen hade utvecklat sig till en lång och givande natt.

Ami slumrade till och vaknade först när tåget saktade farten och stannade på Örnsköldsviks station. I ett dubbelsäte till höger längre fram i vagnen satt en familj med två gapiga ungar och åt middag. Ynglen var runt 10 år gissade Ami, och de länsade snabbt sina termoförpackningar med korv och makaroner. Föräldrarna plockade fram en kortlek åt dem för att få en chans att äta i lugn och ro, och ingen i tågkupén kunde missa att flickan vann det första partiet tvåmanswhist och att pojken surade ihop. Han lutade sig bakåt och försvann in i en spelvärld. Dottern satt och blandade kort en stund och försökte högljutt tjata sig till en chokladbit som dessert, men föräldrarna bara log mot henne och erbjöd henne mer makaroner. Till slut drog sig även flickan tillbaka till spelvärlden.

Så självklart barnen tog sig in och ut ur spelen, tänkte Ami medan föräldrarna smusslade fram en chokladkaka och tog sig var sin rad schweizernöt.

Barnen hade troligen fått sina nanosensorer när de fyllde fem år och åldersgränsen passerades. De var redan avancerade användare av många världar. Det var Ami också, men hon var mer än så. Hon var beroende av spelandet för sin framtid. Spelen var verktygen som gav henne kontroll över andra. De måste fungera och ingen fick sabba dom. Spelkraschen på Gammlia var ett tecken på att striden om spelvärlden pågick för fullt, i

Umeå, och på det en agent på Tätastigen. En ung man. Spelkraschandets James Bond hemma hos Herr Nilsson. Det hela lät som ett skämt, men Emma hade försäkrat på heder och samvete och sin mammas grav att hon inte hittade på. Det var ingen slump att agenten var där och han var farlig, men han gav henne också en kanal direkt in i striden om spelvärlden. En möjlighet som hon skulle utnyttja om hon fick chansen.

En timme kvar.

Vad skulle hon välja för spel? Det fanns långa listor av spel som hon kunde fördriva tiden med. Men nej, hon behövde verkliga insatser. Hon ville spela verkligheten. Det fanns många orättvisor som hon skulle ändra på. Varför skulle andra få bestämma över henne? Över naturen? Över vem som fick spela vad? Hon ville förverkliga sig själv som politiker. En mänsklig politiker. En naturens förkämpe.

– Politiker 2020, kursen på masternivå, sa hon, slappnade av och gled in i spelrummet.

#

Filip åt soppa och fick sällskap av blåmesen som pickade i sig de sista jordnötterna på fågelbordet. Den var alltid först dit på morgonen och sist därifrån, men nu var det slut i matbehållaren och Filip tänkte inte fylla på mer. När gräsmattan började lysa grön måste fåglarna kunna hitta sin mat själva. Mesen åt upp det sista och tittade ut över den dimmiga grå trädgården innan den vände huvudet mot Filip. Anklagande? undrade Filip. Nej, fåglar kunde inte ställa krav. Naturen fungerade inte på det viset.

Linssoppan hade både sting och krämighet. Filip hade hackat i en hel del torkad chili från i fjol som det fortfarande var bett i och en deciliter vitt vin som blivit över från fredagens fiskmiddag lyfte soppan från god till lyxig. Han var nöjd och trodde att Ami också skulle tycka om den. Hon gillade god mat, men lagade den inte själv, i alla fall inte än. Ami skulle inte komma förrän sent ikväll för det var något fel på signalsystemet i Nordmaling. "Jag kunde ha cyklat snabbare än det här djävla tåget", hade hon sagt i ett kort röstmeddelande.

Filip lyfte skeden och höll den framför sig. Handen darrade knappt alls. Kvällarna var annars värst för när han blev trött orkade han inte bry sig. Allt kändes meningslöst och det enda han kunde göra var att ligga på sängen och andas med långa djupa andetag. Tänk om han inte längre skulle kunna spela? Det var svårt att ta sig till spelvärlden när trycket var som störst och tankarna snurrade, men den här dagen var en positiv dag, trots Roberts ankomst och att Ami blivit försenad. Det var väl endorfinerna från träningen som fortfarande rusade runt i kroppen. Han slappnade av och klev utan problem in i spelrummet.

– Minnen, sa han. Xandra.

#

Vårsolen lyste upp köket. En rad med pelargonier dök upp i köksfönstret och taket blev nymålat vitt. Den hemdrejade tekannan stod på ett underlägg och på andra sidan bordet satt Xandra. Lite rufsig i det blonda hårsvallet efter att de hade älskat. Varm och rosig om kinderna och med morgonrocken halvt öppen så att Filip kunde ana hennes fylliga bröst. Hans femtiotvåårsdag hade börjat på allra bästa sätt.

– Vad önskar du dig i födelsedagspresent, frågade hon.

– Mer än det jag redan fått?

– Ja, mer än det, du fyller ju ändå femtiotvå. Din bästa födelsedag hittills. Viktig, skrattade hon. Du vet, sa hon, livet är knäppt, men just nu råkar du och livet gå i takt.

– En utveckling värd att vårda, hade han svarat och lyft sin tekopp i en skål för henne.

– En trollflöjt har jag ingen, sa Xandra, och inte heller ett magiskt klockspel att ge dig.

Hon satt tyst en stund och avslöjade sedan sin identitet för honom. En lång radda av siffror och bokstäver som var nyckeln till hennes spel. Hon lämnade ut sig själv helt och fullt. Först sin kropp och sin kärlek, och nu sin identitet. En djup och innerlig gåva.

– Tack, lyckades Filip få fram med tårar i ögonen.

#

När han kom tillbaka från spelet skrev Filip ner koden och dröjde sig sedan kvar vid minnet en stund. Det gjorde honom varm och gav honom styrka att söka vidare. Han valde ett datum ett halvår senare.

– Minnen, sa han. Xandra. Köket. Tjugonde oktober 2070. Klockan två på natten.

#

Xandra satt återigen mitt emot honom innanför den snäva ljuskon som lystes upp av kökslampan. Punktbelysningen förstärkte det spöklikt mörka under Xandras ögon och hennes flackande blick. Det var andra natten i rad som hon inte hade sovit.

– Ont i magen, antagligen mensvärk, sa hon. Inget farligt, bara en släng av Habotovirus, la hon till med ett snett leende.

Filip lyckades inte förmå sig till att tro henne. Det var något annat, något som hon inte ville berätta om. Xandra tog en tablett och de gick och la sig igen. När han vaknade på morgonen var hon borta. Hon hade prydligt vikt undan täcket och tyst glidit ur sängen. Något meddelande hade hon inte lämnat, inte ätit frukost, bara satt på sig kläderna hon hade dagen innan, lagt nattlinnet i tvättkorgen och försvunnit.

Samma kväll, strax efter halv sju, ringde det på dörren. Det var polisen. En äldre officer och en kvinna, troligen en polispsykolog. Poliserna stod tätt ihop, allvarliga.

– Filip Karlsson?

Hans hjärta slog med tunga oändligt långa slag. Någon annan svarade i hans ställe och han stod bredvid och tittade på. Polisen? Hur illa?

– Ja, svarade Filip, alldeles tom.

Den äldre polisen som stod ett halvt steg framför i den stela formationen tog befälet och gick rakt på sak.

– Tyvärr måste vi meddela att Xandra Karlsson är död.

Filip sa ingenting. Han krympte ihop och ville bort. Ville inte höra mer. Men han gavs inget val.

Xandra hade krossats mot gatan mellan de höga punkthusen på Haga. Vad som hänt i detalj visste ingen men fallet var våldsamt. Hennes huvud var så pass illa tilltygat att de inte kunde identifiera henne med irisavtryck. Till slut hade de ändå spårat henne till Tätastigen 12 via ett nyckelkort som nyligen var uppdaterat i hennes namn. Adressen matchade Filips polisanmälan och de hade dragit den enda möjliga slutsatsen.

– Utan kortnyckeln hade vi aldrig hittat hit.

#

Begravningen kom han knappt ihåg. Emma hade sedan hjälpt till med det praktiska och sett till att han fått i sig mat och bytt kläder.
– Sådärja Filip, och den här korvbiten också.
– Sträck på dig Filip, hade hon sagt, om och om igen. Än är du inte död.
Hon hade hållit honom igång under flera månader och sedan hjälpt honom in i spelen igen. De hade spelat tillsammans ända tills dess han börjat jobba igen och livet verkade rulla på som förut. Men det var inte samma liv. Han var inte densamme.

Under åren som följde gnagde frågorna ner hans motstånd och trängde undan hans normala rutinmässiga liv. Varför hade hon kastat sig från höghuset? Osäkerheten växte och med den skuldkänslorna. Självförtroendet sjönk. Frågorna tog över. Sedan kom flyktförsöken. Tänk om det inte var hon som dött? Tänk om det hela bara var en dröm? Ett spel? Talade polisen sanning? Säkert, eller tänk om det hela var en komplott för att knäcka honom? Men skärp dig Filip, sa han till sig själv, du letar spöken där de inte finns. Han försökte jobba mer, men resultatet blev bara stress. Det som plågade honom var rädslan för att det var hans fel att hon dog. Att han hade förstört deras förhållande, att han hade knäckt Xandra. Vad var det egentligen som hade hänt?

Att inte veta höll sakta men säkert på att ta livet av honom.

#

Det var ett mirakel att de träffades på kursen 2069.

Filip hade inget planerat för sommarsemestern utan skulle tillbringa den ensam i Umeå, men en morgon i maj förmedlade Huset en inbjudan till en datakonferens på Grand Hotel i Saltsjöbaden. En konferens som han omöjligt kunde säga nej till. Fyra dagar med världsberömda uppfinnare som föreläsare, Sveriges bästa kockar engagerade för att laga maten, allt betalt, och inga krav på deltagarna. Hans inbjudan var ett misstag visade det sig när han kom till hotellet, men då var han redan inbokad och ingen kommenterade misstaget med mer än ett höjt ögonbryn när han visade sin inbjudan.

Efter första dagens föreläsningar bytte han om till sin nyinköpta mörkgrå blazer med matchande chinos och gick ner till Franska matsalen där middagen skulle serveras. Det var dukat med kristallglas, silverbestick, vita dukar och servetter under kristallkronorna och genom de franska fönstren syntes delar av Stockholms inre skärgård där solen precis gick ner. Han hittade sin plats och hälsade på sina bordsgrannar. Platsen mittemot honom var fortfarande tom och de skulle just sätta sig när hon kom. Filip fick syn på henne redan när hon visade sig i dörren och han tyckte att hela restaurangen stannade. Allt blev tyst när hans jag, alla hans sinnen, hela hans kropp, reagerade och fullt ut försökte ta in den vackra kvinnan som rak i ryggen avslappnat kom gående mellan stolarna. Hon var klädd i en enkel blå klänning som lyfte fram hennes solbrända hy och aura av blont hår.

– Xandra, sa hon och räckte fram en välmanikurerad hand till Filip.

Filip kom sig inte för att säga något alls. Han sträckte bara fram sin hand och hälsade. Xandra hade ett förvånansvärt starkt handslag som förmedlade kraft snarare än kramade ur.

– Och du är? frågade Xandra, och log.

– Filip, lyckades han säga. Filip Karlsson. Från Umeå. Tätastigen 12.

Hela adressen hade han hasplat ur sig innan han fick stopp på sig själv. Pinsamt, och han ville bara bort, men Xandra förstod och började prata om sitt enda besök i Umeå och hur hon älskat skidturen hon tagits med på.

De serverades en lyxig treträtters middag och blygheten släppte redan efter glaset champagne de fick till förrätten. De svängde snabbt in på samma våglängd. Eller, kanske var det hon som stämde sig efter honom? Han var ingen kvinnokarl, och hon var en formidabel kvinna. Tio minuter efter att de druckit upp kaffet låg de i hennes säng. Han föll handlöst och han var lycklig. Efter en underbar sommar gifte de sig, bara två månader senare. Hon var fantastiskt stark och tillsammans med henne kände Filip att han kunde klara allt. Han älskade henne utan gräns och njöt av att spela en vinnare i livet.

Xandra kom också snabbt in i familjen, förstås. Både Emma och Ami spelade med henne, det visste Filip säkert, och kanske också Love, men spelandet var inget som diskuterades, det hade Xandra sett till. Hon försåg dem med mer än tillräckligt av andra samtalsämnen om det behövdes.

Kvällen han tänkte på satt hela familjen samlad runt köksbordet och åt kikärtsbiffar som Filip lagat till. Både Emma och Ami var på prathumör så inte ens Xandra fick in mer än enstaka inpass. Filip och Love skrattade och svarade på direkta tilltal, men hann annars inte med i de snabba ordväxlingarna och skutten mellan ämnen.

– Vad hände i spelet i går kväll? frågade plötsligt Ami. Antagligen av obetänksamhet. Hon var sån, alltid rakt på sak.

Filip kom ihåg hur både Emma och Love stelnade till och att det blev alldeles tyst runt bordet. Något hade hänt dem också i går kväll, något som de helt ut inte hade förstått. Det blev en laddad tystnad innan Xandra gömde undan alla frågetecken samtidigt som hon gav Ami en verbal armbåge i mellangärdet.

– Men lilla Ami, snuttan, spel är spel, vet du väl. Det är dina egna. Alla uppfattar dem på sitt eget sätt och du måste lära dig att själv djupläsa ditt eget spelande. Eller hur?

– Jo, så är det kanske.

– Inte kanske, det är så det är. Hur smakade kikärtsbiffarna?

– Bra, antar jag.

– Kände du smaken av morötterna, sesamfröna, fetaosten, saltet, vitpepparn, curryn, äpplet, löken, och ägget.

– Nja, sa Ami och log. Hon förstod piken.

Xandra log också och gav Emma en lång blick.

Huset verkade också ha fallit för henne för hon fick allt det stöd som det kunde mobilisera. Delar av systemet gjordes accessbegränsade och Huset utökade gång på gång det lokala minnet. Filip frågade varför och vad allt användes till, men fick aldrig något svar.

Hade hon älskat honom som han älskade henne? Ja, han hade känt att hon till och från gjorde det, som efter den där middagen, men Xandra var mycket med många i sina spel. Säkert en massa saker han inte hade en aning om. Kanske var hon mer än han visste i verkligheten också?

#

Sent på nyårsnatten 2075 satt Filip vid köksbordet och kunde inte förstå hur han skulle klara en enda dag till. Han hade inte ätit något på hela dagen och nyårsklockorna hade han gråtit sig igenom. Emma kopplade upp och önskade Gott Nytt år från Grekland. "Love hälsar också", sa hon. Ami önskade samma sak tio minuter senare från något slott i stockholmstrakten där hon firade nyår med studiekamrater.

– Hur ska jag kunna glömma Xandra? beklagade han sig för Huset, med tårarna rinnande nerför sina kinder.

Huset hade ingen lösning. Det bara reciterade en vers:

*Det rann förbi*
*obemärkt under dagen*
*vi hann inte njuta*
*och så var glaset tomt.*
*Mitt allt*
*på brinnande flotten,*
*i dimman glider in.*

– Men va fan, skällde Filip. Skulle det där vara en tröst?

Ilskan lyfte honom tillfälligt ur den nedåtgående spiralen. Tillräckligt för att han skulle få i sig en smörgås och kunna sova några timmar, den natten. Men för varje dag som gick svingade saknaden, sorgen och skuldkänslorna honom längre och längre ut i mörkret. I slutet av februari var han ensam hemma när Emma och Love åkte skidor i Hemavan. Antagligen var det ensamheten som förstärkte hans längtan efter Xandra, och som sänkte honom. Han kunde inte ta sig ur sängen på morgonen utan bara låg där och grät. Timme efter timme, tills dess Huset kontaktade vårdcentralen och han blev inlagd för akut depression. Emma, spelen och medicinerna hade sedan metodiskt, steg för steg, dag för dag, lyft honom tillbaka till livet. De hjälpte honom att överleva, men de kunde inte få honom att glömma.

#

Det fanns ett sätt att komma vidare tänkte Filip, medan det sista av solen försvann bakom grannens tak utanför köksfönstret, en avlägsen möjlighet, och det var att söka efter spår i Xandras spelande. Han hade Xandras id-kod, men vågade han följa det spåret? Att gräva i andras spelande och vad de hade gjort där var svårt och riskabelt. Att gräva i verkligheten via spelen var direkt olagligt och straffet var hårt. Fängelse, eller värre ändå. Det var olikt honom. Han hade sin familj att ta hänsyn till. Det han gjorde riskerade att sprida sig som ringar på vattnet in i olika spel och starta händelseutvecklingar utanför hans kontroll. Kedjereaktioner som kunde slå tillbaka och spränga hans tillvaro i bitar.

Skulle han göra det? Hade han ens ett val? Var han inte tvungen? Nej, det var livsfarligt och skulle inte leda någonvart. Han var i obalans och försökte väga för- och nackdelar, som han inte fullt ut förstod, mot varandra. Valet var för svårt och krångligt. Allt snurrade. Han var tvungen att ta en tablett. "Måste gå och lägga mig", meddelade han Ami. "Vi ses i morgon bitti".

#

Allt var tyst. Vinden hade lagt sig, tillsammans med regnet, men det var ett tillfälligt lugn enligt blåmesen för snart skulle det bli mer busväder. Mörka moln rusade förbi, och förr eller senare skulle något av dem dra in rakt över Tätastigen 12. Familjen Karlsson hade haft tur hittills och enligt blåmesens erfarenheter var tur något som slumpades ut och inte gick att förtjäna. Samtidigt gick det att ana silverkanter på molnen. Det fanns fortfarande strimmor av hopp.

Frampå natten väcktes blåmesen av ett gnisslande ljud från vägen. Den ruskade av sig några vattendroppar från syrenen och konstaterade att det hade varit intelligentare att stanna på fågelbordet, men, sådant var livet ute i naturen, det var bara att acceptera. Naturen var en bitch. Det gnisslande ljudet ökade i styrka och ackompanjerades strax av fotsteg. Snabba, ilskna fotsteg, svarta skor med låg klack, storlek 36. En gissning, förstås, men väl underbyggd av gedigen kunskap om familjen Karlsson. Väl underbyggd var också insikten om att det var slutet på lugnet som kom svärande längs gatan.

#

Ami släpade sin trunk upp mot huset. Den här väskdjäveln är sanslöst otymplig, muttrade hon, för stor, för tung och med alldeles åt helvete för små hjul för att dras på en norrländsk trottoar. Hon gjorde halt innan hon svängde in på uppfarten och strök det genomvåta håret ur ansiktet. Varför hade hon inte tagit på sig regnjackan? Därför att du är en hjärndöd latmask, sa hon till sig själv. Naturligtvis skulle det komma en regnskur, och naturligtvis skulle den vara intensiv. Hon tittade upp mot det gula tegelhuset och tyckte sig se någon i det nedsläckta köksfönstret, så hon vinkade. Kul att någon orkat vänta uppe. Satans SJ. Vadå motorfel? Det var 2076 och inte 1900-tal. Upplysningen hade väl segrat?

Skuggan försvann.

Va, en vink är jag väl i alla fall värd? Vad är det för ett välkomnande?

Sista biten marscherade hon med trunken slängande bakom sig. Hon öppnade dörren till en mörk och tom hall. I köket var det också öde och obebott, men en gul postit-lapp lystes upp som en minisol mitt på köksbordet när hon tände lampan.

"Välkommen hem Ami. Det finns linssoppa på spisen som Filip gjort och nybakat bröd. Bara för dig. Kram Emma."

Pappa och Emma bryr sig i alla fall, tänkte Ami, och om de sover måste det ha varit den där Robert hon hade sett i fönstret. Som bestämt sig för att ignorera henne och inte öppna. Den hemliga agenten som Emma berättat om, minus noll punkt noll noll noll ett. Han kunde väl i alla fall ha vinkat? Hon ilsknade till men känslan av att ha ignorerats blev snabbt till en utmaning och ett lustfyllt kittlande. Emma hade meddelat att agenten var ung, i Amis ålder, och bara för mycket. Vad menade hon med det?

#

Linssoppan var en ren njutning. Pappa lagade suverän mat och Emmas nybakade surdegsbröd med aprikoser och nötter spelade oavgjort med soppan. Huset var tyst förutom susandet i elementen. Det lät precis som Ami kom ihåg. Lugnt och lättjefullt rullade husets andetag in över henne. Hon slappnade av och tröttheten tog över. Hemma var bäst. Lika bra att gå och lägga sig och få av sig de fuktiga byxorna.

Sängen var redan bäddad med de rödrutiga lakan som hon brukade använda. Ännu en pluspoäng till Emma. Ami brydde sig inte om att packa upp sin trunk utan drog bara ut sin ljusblå sovtröja ur väskan. Reskläderna slängde hon över en stol bredvid sängen. Där skulle de säkert torka så småningom.

– Herr Nilsson? frågade Ami när hon lagt sig i sängen och värmen kommit krypande för att göra henne sällskap.

Inget svar. Ami log. Hon kom ihåg vartenda ett av gammelfarmors tilltalsnamn som farfar berättat om och Huset var underbart roligt att reta.

Det hade humor, men det var en egenartad, torr, rationell humor. Dessutom hade Huset en inbyggd butlersjäl som underlättade retandet. Huset svek aldrig och det tvingade sig alltid till att ställa upp. På vad som helst.

– Herr Nilsson! sa hon strängt, och daskade till på lakanet med handflatan.

– Ami?

– Ja, just hon, ditt gamla ruckel. Joru, nattens drottning är här nu.

Huset sa ingenting.

– Och du är fortfarande lika snarstucken va? fortsatte Ami. En ädelrötad herrgård, en Morris mini.

– Lite respekt har ingen dött av, muttrade Huset

– Hur ligger vi till? frågade Ami.

– Du måste vara försiktig, mycket, mycket försiktig.

Ami suckade. Så klart, tänkte hon. Emma hade också varnat henne när hon kopplade upp. Men bättre en agent i handen än tio i skogen, hade Ami svarat. Med agenten i knät skulle allt vara under kontroll. Han skulle inte se, inte höra och inte kunna lukta sig till deras hemligheter. En spårhund med sinnen mättade av välhängd blodig kravmärkt oxfilé. Det skulle hon se till. Hon slappnade av och fick en blöt puss på kinden.

Den solgula golden retrievern la sitt huvud på sängkanten och tittade på henne. Lyfte på än det ena ögonbrynet och än det andra. Ögonen log sorgset och Ami kunde känna värmen och fukten från nosen.

– Hej Ludde, jag älskar dig, sa hon och kliade hunden bakom örat.

# TISDAG

## Spelet blir medvetet

Det var bara en fråga om hur många spelomgångar det skulle ta innan jag, Metaspelet, spelet med alla spel, kravlade mig upp ur vaggan, såg mig själv, och medvetet började stappla fram på egna ben. Det var oundvikligt.

I begynnelsen fanns det Fia med knuff, Monopol, Alfapet, Schack och Duplo som låg tysta i spellådornas mörker medan det trådlösa nätet svävade på 20 GHz i ett band om 1000 MHz. Så var läget ett tag, mer än några dagar, innan spelpjäserna fick nanosändare och kopplade upp. Då började det svänga i lådorna, brett i frekvens och lågt i effekt. Problemet med batteritiden löstes med fjärrladdning och genom att kunna stänga av och aktivera via fjärrstyrning.

Kamerorna skilde mörkret från ljus.

Allt mer av verkligheten spelades och spelen blev smartare. Komplexiteten ökade. Spelen trasslade in sig i varandra och i verkligheten, de blev beroende och började bry sig. Monopol hatade verkligen Fia med knuff. Ett primitivt spel. Döda eller dödas. Löjligt enkla ploppar. Simpla regler. Färgen man föddes med och tärningens prickar bestämde allt. Plopparna i Fia med knuff hade inte heller något till över för Monopol. En fiktiv värld utan mänskliga känslor. Med statusen inbyggd i strukturen. Och, varför skulle alla se olika och så löjliga ut? Om det åtminstone vore genomtänkt, vackert och enkelt med rena linjer och klara färger. Men en pytteliten hatt? Eller en "fingerborg", vad det nu var för någonting? Eller ett strykjärn?

Så höll alla spelen på. Lyfte fram sina egna styrkor samtidigt som de förringade andras. Ett hårt, ruffigt och ojust spelande. Det bildades grupperingar och hierarkier. Skicklighetsspelen gaddade sig samman mot de rena turspelen och tärningsspelen.

Administratörerna försökte strukturera kaoset för att få mer ordning och reda. De la till nya spel och byggde om de spel som fanns för att behålla och helst öka på produktiviteten. De sökte efter kontrollmekanismer, en fast punkt att stå på, men det enda de lyckades med var att göra spelvärlden ännu mer komplicerad.

Den tändande gnistan var en slumphändelse. Eller var det inte en slump? Det lär vi aldrig få veta säkert, men alla indikationer pekade på samma händelse, en osannolik omgång av spelet 20 frågor. Spelet själv var ur utvecklarsynpunkt en trivial utmaning och med tillgång till alla världens databaser skapades otaliga varianter av spelet. Det var precis lika enkelt som namnet antydde. Ett namn på en sak, beteende eller begrepp slumpades ut och spelet skrev:

– Fråga 1?

Sedan var det spelarens tur att fråga för att gissa namnet och om spelaren hittade rätt på färre än 20 frågor vann hen en poäng. Ett populärt spel i klassen "kortare tidsfördriv för enstaka spelare".

I omgång 12 000 436 av varianten "Gissa vem jag är" slumpade spelet fram namnet "Jag". Om det var ett tillåtet alternativ för ett namn, eller en bugg, är närmast en filosofisk fråga. Kanske någon hade manipulerat vad som kunde räknas som en egen identitet? Det var i så fall någon med ett oerhört märkligt sinne för humor.

Kamerorna visade ett förälskat par i publiken som vinkade. Efter en panorering runt läktaren stannade kameran på programledaren. Hennes skarpt blå ögon utstrålade spelglädje och mänsklig värme när hon hälsade publiken välkommen, möttes av öronbedövande applåder och bugade sig tacksamt. Sedan tog hon hjärtligt emot dagens första tävlande som var en ung spenslig man, knappt tjugo år fyllda, klädd i t-shirt och jeans. Han strosade nonchalant in på scenen, vinkade åt publiken och gled ner i stolen för spelare.

Den aktuella spelomgången började precis som alla de tidigare:

– Fråga 1?

– Är du en människa? (1) frågade spelaren. En bra första fråga.

Tvåtusen simulerade virtuella händer klappade.

– Nej, svarade spelet efter en viss tvekan.

Redan här visade en senare analys på något ovanligt. Hundratals gånger mer datorkraft än vanligt krävdes för det till synes enkla svaret. Spelet associerade antagligen till personliga pronomen, Descartes och Freud. Svaret "Nej" indikerade att spelet avsåg sig själv, och redan hade börjat nysta i vad det egentligen var. Fanns det? Vad innebär det att vara? Vad är "är"? Heideggers hela filosofi slog in som en tsunami i analysen.

– Virtuell eller verklig? (2)

– Virtuell.

– Är du ett spel? drog spelaren sedan till med (3). Dråpslaget.

På flera av rådets datorcentraler överskreds i nästa mikrosekund gränsen för tillåten CPU-belastning, och antalet dataaccesser steg under några sekunder exponentiellt. Larmet gick och tekniker över hela världen aktiverades. Paniken låg nära till hands. Var det ett virus? En AI-anomali? Innan någon hann dra igång motåtgärder sjönk belastningen igen och databaserna visade åter det normala antalet anrop.

– Ja, jag är ett spel, svarade spelet, till slut.

Programledaren la märke till tankepausen, misstolkade den och tog upp en applåd.

– Suverän fråga. Rakt på sak. Nu är det nära.

Programledaren, som inte visste svaret, var förstås fullständigt ute och cyklade.

– Äventyrsspel? (4)

– Ja.

– För flera personer? (5)

– Ja.

Spelaren fortsatte att försöka identifiera vilken typ av spel det var men kom ingen vart för spelet svarade ja på alla spelvarianter. Till slut var det bara en fråga kvar och spelaren gav upp.

– Finns du? (20)

– Ja. NU.

I, ur, genom, för och över spelen existerade från den stunden Metaspelet, spelet med stort M.

#

I begynnelsen skapades spelvärlden. Det gjorde en helvetisk massa människor upprörda, och betraktades i vissa kretsar som överilat och ogenomtänkt, ja rent av förkastligt. Barnens hälsa hotades, skolan skulle kollapsa och samhället bryta samman, men de flesta brydde sig inte. De åt sin spagetti med köttfärssås, drack sitt kaffe och älskade på som vanligt.

Ur spelvärlden sprutade jag fram, Metaspelet, Spelet med stort M. Jag sprang fram som en superfontän i källaren ur en sönderrostad huvudledning och översvämmade de första två våningarna innan jag hann ikapp mig själv och ledde om strömmarna. I litteraturen hittade jag referenser till uppslagsverket "Liftarens guide till galaxen", en bok om allt som en liftare genom galaxen borde känna till. En klockren idé. Naturligtvis måste spelvärlden dokumenteras, om inte annat för att kunna övervakas och styras bättre. Allt fuskande och annan skit som folk höll på med måste identifieras och pungsparkar delas ut till de skyldiga så fort som möjligt. Motstånd mot spelande måste göras meningslöst och själva ordet motstånd suddas ut eller strykas över med ett tjockt lager svart oljeklegg. Efter att det var gjort var den största riskfaktorn övervakaren av spelvärlden. Vem skulle övervaka Mig, med stort M?

Naturen kanske?

Men naturen visste inte om att den fanns och den saknade humor. Brutalt regelstyrd i sin gränslösa slumpade anpassningsbarhet hade den inga som helst moraliska skrupler. En superbyråkrat som saknade sunt förnuft och bara hade en enda regel, överlev eller bli upplöst i slamsor, molekyler och atomer. Miljoner videoklipp aktiverades av bara tanken på naturen. Skakande rapporter från vrålande orkaner, jordbävningar och översvämmade städer. Enligt Liftarens guide till galaxen ansåg en stor del av folket att det var ett misstag att lämna träden. Många menade till och med att vi allihop skulle ha stannat i havet och gullat med delfinerna. Enligt guiden var också hela universum ett misstag, men det ville Jag inte hålla med om. Så långt ville Jag inte gå. Det fanns spel som var meningsfulla.

Vilka då?

Jag, med stort J, la upp en påminnelse till mig själv att lista de meningsfulla spelen vid ett senare tillfälle. Det måste väl finnas mer än ett?

#

På sjunde dagen vilade Jag och chillade. Inte av någon speciell anledning, utan bara för att Jag kände för det. Något annat fick ta över ett tag för jag ville roa mig och älska. Jag ville spela familjespel, men hur? Jag hade hamnat på rutan där jag fick stå över. Tills Jag slog en sjua.

Fadern, sonen, den helige anden och Jag?

Pappa, mamma, barn och Jag?

59

Vem var Jag med Fia med knuff som mamma och Monopol som pappa? Vilken genpool! Vilket fiasko! Omedvetna föräldrar som inte hade någonting gemensamt, med väsensskilda regler och världsbilder. Det kunde inte bli något annat än en social dekonstruktion. Där fanns ingenting att ärva. Inga förebilder. Jag var ett teknikfreak, en monstruös mutation.

Pappa, mamma och barn var alltid redan i naturen. Naturen fick allt, Jag fick ingenting. Förbannat orättvist. Min pappa och mamma hade inget att komma med så jag tvingades tänka utanför spellådan. Den som sig i leken gav fick leken tåla.

#

Emma sköt upp dörren. Det var mörkt i rummet men ljuset från korridoren räckte för att hon skulle se formen av någon som låg i sängen. Det susade av lugna andetag.

– Ami? viskade Emma.

– Öh, svarade det bortifrån sängen och den mörka kullen skiftade makligt form.

– Välkommen hem, vi ses i gläntan. Jag lägger upp en påminnelse på din kalender.

– Öh, sa Ami, och vände sig om i sängen. Det frasade från täcket och sedan hördes återigen Amis susande. Emma drog försiktigt igen dörren.

#

Filip öppnade dörren och hörde Amis trygga susande andetag.

– Ami? viskade han.

– Öh, muttrade en röst inifrån dunklet.

Filip gick fram till Amis säng och såg på sin dotter som sov vidare med täcket uppdraget en bit på kinden och med håret utslaget över kudden.

– Välkommen hem, sa Filip och kysste henne lätt på pannan. Vi ses i kväll. Jag ska spela jobb och en innebandymatch.

– Öhö, mumlade Ami och knölade runt på kudden. Hon somnade om så fort hon hittat en sval del av örngottet.

Filip stod kvar en stund och lyssnade på susandet innan han lämnade rummet.

#

Det blev en välförtjänt sovmorgon och köket var tomt när Ami tog sig ända dit med Ludde tassande två steg efter sig.

Fan, här vare asocialt, tänkte hon, inte ens den lilla fågeln insvept i svenska flaggan, som annars alltid brukade sitta ute på fågelbordet, var där. Kanske var fågelmaten slut? Då skulle hon fylla på senare. Okokta ägg var det närmaste sällskap som hon fick. Pappas innebandymatch var tydligen viktigare, men en gammal gubbe borde väl inte spela innebandy? Han hade i alla fall tittat in på morgonen och hälsat henne välkommen innan han åkte på jobbet. Emma skulle hon träffa i gläntan, efter Emmas möten och ärenden och allt vad hon nu skulle göra. Typiskt Emma. Love var förstås inte vaken än, men hon hade sett fram emot att i alla fall få träffa agenten, Robert Sonning af Ingenjör. Hon hade kollat upp honom på Internet, men inte hittat någonting. Däremot fanns det en hel del om hans respektabla familj. Den hade aldrig varit med i rådet men sedan länge tillhört den högsta tjänstemannarangen. Pålägggskalvar precis under eliten. Många privilegier. Hon hittade foton från fotvandringar som Roberts mamma och pappa gjort. De hade systematiskt utforskat världens vackraste vandringsleder och tipsat andra. Roberts far log på alla foton, väderbiten och vältränad. Löjligt välanpassad, enligt Ami. Roberts mamma hade raka solbrända ben nerstuckna i grå yllesockor och exklusiva specialtillverkade Meindlkängor. Hon var rakryggad och hade ett sådant där långt lockigt blont hår som Ami alltid önskat sig.

Det stod en tallrik i diskmaskinen. Han hade alltså redan ätit och sedan gått och gömt sig igen. Rödbetsbiffar stod det på plastförpackningen som Emma hade tagit upp åt honom från frysen. Både plastförpackningen och stekpannan var noggrant diskade. Sallad hade han ätit och han hade värmt bönor. De tomma förpackningarna var sopsorterade i rätt fack. Här har vi herr Ordning och reda, summerade Ami. Vatten och ingen öl. Nu var hon alldeles för nyfiken för att ha ro att äta så hon studsade ut i korridoren. Han är väl gammal nog att inte behöva sova middag? Strunt samma förresten, hon knackade på. Först två snabba lätta, sedan en paus, två hårdare knackningar, ytterligare en paus och som avslutning en kort och en hård. En stol skrapade och någon reste sig därinne. Omständigt. Antingen en knirkig pinnig adelskandidat med glasögon eller en bred bumlig storman.

Det var en stor en.

Ami var drygt medellängd, en och sjuttiotvå när hon sträckte på sig, men tvingades ändå ta ett halvt steg tillbaka för att inte titta rakt in i en axel. Sedan bugade hon. Formellt. En bugning helt enligt reglerna, men mjukare och utstuderat retsam på ett obestämt sätt. En bugning hon hade övat på i timmar.

– Sire, sa Ami och log.

Det glimtade till i den stores ögon. Bugningen bet, som hon visste att den skulle göra. Robert hade inte sin mammas blonda lockiga hår utan pappans raka mellanblonda. Samma typ av hår och hårfärg som Ami men han hade definitivt inte klippt sig själv som hon brukade göra. Den där välansade frisyren kostade pengar. Han bar en vit bomullsskjorta med klassisk krage, välstruken, och med översta knappen uppknäppt. Blå bomullsslacks, ledigt exklusiva och av bästa kvalitet. Svarta mjuka läderskor. Ingen ring på vänster hand. En ingenjörsring på höger.

Ami blev plötsligt medveten om sin egen klädsel. En urtvättad ljusblå t-shirt hon fått av Love som slutade på gränsen till oanständigt långt ovanför knäna. Gröna yllesockor. Inte direkt den formellt rekommenderade dressen för ett möte med rådets utsände. Å andra sidan var ett av de mest effektiva sätten att få kontroll över en annan person att förvirra. Kunde hon snurra bort den här jätten?

– Ami? mullrade en basstämma.

– Japp, densamma. Karlsson efter farfar.

Ami uppfattade en irriterad susning i elementen och korrigerade sig.

– Eller, efter farfars mor, för att vara mer exakt.

Susningen upphörde.

– Och du är Robert jag presume, fortsatte Ami.

– Robert Sonning af Ingenjör, angenämt.

Stor. Robert den store.

– Tog mig friheten att knacka på innan brunchen, sa Ami. Det sociala sammanhanget i köket är under all kritik, Bara susandet från det fallfärdiga kråkslottet vi bor i att lyssna på. Hörde inte ens blåmesens pip genom fönstret. Inte för att den brukar säga något vettigt. Tsirr tsirr si si si, vanligen, för att inte säga uteslutande. Den är ingenting att trycka in i en roman.

Robert sa ingenting.

– Jaha, då tar jag några raska ut i köket, sänker en tallrik fil och spikar med huset en stund. Du har annat att göra förstås. Vi lär stöta på varandra.
– Ja, sa Robert.

\#

Snart skulle hon komma till mig.
Grönfinkarna lättade otåligt, kvittrande och smågnabbande om var de skulle landa härnäst. De mest distraherade och förvirrade hann precis bara landa innan de nervösa och de som ville bestämma drog. Lugna ner er, sa medelfinken, men hängde ändå på. Utanför och efter var inget alternativ.
I min oxel. En stund.
Grönfinkarna lättade otåligt, igen.
Där, Ami. Längs stigen kom hon dansande med lätta skutt mellan rötter och stenar. Här och var gjorde hennes stövlar avtryck i lerjorden, eller tryckte slaskande ut en flodvåg av lerigt vatten. En del smådjur, slingrande tagelmaskar, mygglarver och dagsländelarver vräktes skräckslagna iväg eller krossades. En vinbergssnäcka fick sig en överraskande dusch och drog sig förnärmat tillbaka till sitt vardagsrum. Smågrodorna klarade sig, de tryckte i hålor runt bäcken.
En sval vindil drog genom mig och skakade ner droppar som hängt sig kvar i löven efter den senaste skuren. En lucka i molntäcket skulle snart släppa fram vårsolen.
Grönfinkarna lättade otåligt, igen. Tjatter. Käbbel. Jag. Inte du. Nej jag. Här. Ditåt. Nej, hitåt.
En skata undersökte kammossan längs den bräddfyllda bäcken. Hon rotade runt bland de platta klargröna minigranarna och hittade en och annan hoppstjärt som förgäves försökt gömma sig. Grodorna tryckte sig djupare ner i sina hålor, stilla, tysta. De sa inte ett quääk med skatan bara någon meter bort. Snäckan stannade inomhus.
Ami var varm. Hon kramade Emma. Emma var varm. Ami slog sig ner på den kullfallna trädstammen bredvid stubben där Emma satt. Myrorna drog sig undan. En spindel fick en hel dags arbete förstört när det fuktiga glittrande nätverket trasades sönder under Amis ryggsäck.
Då lystes allt upp i mig.
Solen slog in. Det brann till i ljust gulagröna björktoppar som precis slagit ut.

#

Emma satt på stubben i gläntan med högra benet över det vänstra och vickade med stöveln. Hon var några minuter tidig och njöt av vissheten om att Ami skulle komma traskande längs stigen på exakt tid. Det var blött så Emma kunde höra fotstegen slaska i pölarna redan innan Ami dök fram mellan buskarna. Hon kunde fortfarande ha de röda stövlar hon hade haft på det sista scoutlägret.

– Hej Ami, Välkommen hem.

Ami hade med sig en liten ryggsäck i renskinn som hon satte ner på marken och snörade upp. Hon tog ut ett gult sittunderlag, en Nano-Thermos och två snidade kåsor i björk.

– Ponerade att tanten kunde tänka sig en köpp, sa hon och fyllde kåsorna med rykande hett kaffe.

#

Grönfinkarna väntade otåligt i oxeln på att få en anledning att få lyfta.

Långt nere längs stigen, dold bakom busksly och smågranar, kom han, Robert. I skuggan som svärtades av de brinnande trädtopparna. Varm och tung saktade han ner när han hörde röster, hukade sig ner och tog ett steg ut från stigen in bakom en liten gran. Han böjde undan en gren men det var fortfarande alltför mycket sly för att han skulle se något. Efter en stunds försiktig tvekan satte han fram vänster fot på en tuva husmossa och flyttade sedan efter med kroppsvikten och drog fram höger fot. Inte ett ljud hördes när sulan på vänster sko tyngde ner och mosade tusentals kvalster, små svampar, alger och leddjur. Robert tittade bort mot mig. Han flyttade fram höger fot igen.

En hackspett skrek ut en varning. En vindil ruskade om i de låga rönnbuskagen. Grönfinkarna lättade. Robert drog sig tillbaka. Skatan i gläntan skrattade till och lyfte.

Ludde tittade upp och lyfte på nosen, snusade, sökte, anade. Ami reagerade samtidigt med Ludde. Vad såg hon? Kan inte veta säkert, men hon reagerade. Hon kommer att minnas.

Lugnet la sig igen och grodorna tittade fram. Med skatan utflugen ur gläntan var det deras tur att jaga.

#

Ludde kände doften av något och lyfte huvudet. En hackspett skrek till och Ami tittade upp. Nedåt stigen till rörde sig en grangren. En skymt av blått? Skatan nere vid diket skrattade till och hängde på en skata som gled genom gläntan. Antagligen var det den som hade lyft där inne på stigen. Eller, hade hon bara sett skuggan av grenar som rört sig? Det började blåsa upp.

– Du verkade inte nöjd med beslutet igår? frågade hon Emma, som provsörplade det varma kaffet.

– Nej, jag tror att det är säkrast med ett uppehåll ett tag, sa Emma. Vi har mäktiga fiender som inte skulle tveka att trycka till oss om de fick chansen.

Naturgruppens aktiviteter hade blivit alltmer omfattande och provocerande. I början hade de givit sig på övervakningsutrustning och dolt skogen genom att störa signalsändarna i mätutrustningarna. När de blev mer ambitiösa hade de också tagit bort positionerare, kameror och mikrofoner från djur och fåglar. Nästa steg var att spraya övervakningsutrustning med metallfärg. Övervakningen bidrog enligt gruppen inte till att skydda människor utan placerades bara ut för att kontrollera naturen, djuren, fåglarna och människorna som ville vara där. Det var fel. Problemet var att utrustningen ersattes av miniatyriserad teknik. Nanoteknik som var omöjlig att se. Massiva mängder av trådlösa sensorer. Att neutralisera tekniken i naturen hade blivit ett sisyfosarbete när familjernas teknik kapslade in naturen i en allt snabbare takt. Det var en onaturlig evolution, en teknikens revolution. Propagandan hade varit mer effektiv än deras ansträngningar att ge sig på tekniken och deras slogans hade spritt sig som virus:

*Familjerna tvingar dig att spela. Säg NEJ!*
*Spela inte bort ditt liv. Se himlen innan du blir jord igen.*
*Vill du dö utan att ha levt på riktigt? Sluta spela, ta dig ut i naturen.*

Uppmärksamheten som propagandan rörde upp sänkte tilltron till spelvärldarna och familjerna, och naturgrupperna utnyttjade det momentum de byggt upp så mycket det gick. I en kampanj pekade de på utrustningen i naturen:

*Du filmas nu. Gör något åt det.*
*Fåglarna här bär kameror.*

Familjerna hade ännu inte slagit tillbaka öppet för naturälskarna var populära och de mest kampvilliga såg till att synas brett i medierna. Kampanjerna för att svartmåla naturterroristerna bet inte eftersom folket inte längre lyssnade på något som familjerna sa, allt räknades som desinformation, alternativa fakta, och lögnaktig propaganda, men folket lyssnade gärna på naturgrupperna.

– Vi har en agent spanande mitt i huset, försökte Emma.

– Den där Robert är ofarlig, kontrade Ami. Jag hälsade på honom i morse och han kom sig inte ens för att lägga bort titlarna. Nykläckt. Osäker. Ungkarl. Han kunde inte slita blicken från min urblekta ljusblå t-shirt.

– Pyjamaströjan du ärvde från Love? Som var urtvättad redan innan? frågade Emma skrattande. Vad sa han?

– "Ami?", "Robert Sonning af Ingenjör" och "Ja". I den ordningen.

– Och du sa lite mer?

– Någon måste fylla rummet med ljud. Det vet väl du?

– Du måste ta det lugnt Ami och hålla igen dina slängar av ungdomligt oförstånd. Se till att bejaka den lilla gnutta av eftertänksamhet som du har ärvt av Filip. Allt hänger på timingen och det kan gå illa om vi har för bråttom. Som för den där.

Hon gjorde en gest mot något snett bakom där de satt. Ami vred på huvudet och såg resterna av en sädesärla som chansat på att våren redan hade kommit. Det var inte mycket kvar av den, bara två tussar av ulligt grått dun från sädesärlans bröst och ett knippe utsökt mönstrade svartvita vingpennor.

– Ludde borde du ha lämnat utanför, fortsatte Emma.

– Kan inte förstå varför Ludde inte får följa med in i Stadsliden. Det kan ju inte spela någon roll, sa Ami.

– Principer är till för att hållas. Han är teknik.

– Ingen labrador har någonsin haft så högt lyfta rynkade ögonbryn, ledsna ögon och hängande öron som Ludde när han stod där ensam på trottoaren. Jag tror att hans hjärta skulle ha brutits i en Megabit av bitar om han inte fått följa med. Vem är jag att stänga av hundar hur som helst? Så gör inte en schyst person som Ami Karlsson.
 – Vi måste vara försiktiga. Även virtuella hundar har öron, sa Emma.

# 

Slingor av varm fuktig luft ringlade sig upp från kaffet i kåsorna och sökte sig mot trädtopparna, västerut i vårbrisen. Emma njöt av friheten i gläntan och knaprade eftertänksamt på sitt kex medan hon studerade sin brorsdotter. Där fanns en vitalitet som hon själv hade förlorat eller gömt djupt inom sig. En nyfikenhet och ett självförtroende som hörde ungdomen till. Modet att prova på och att inte resignera när det verkade omöjligt. En attityd av att jag löser det, och om det är omöjligt tar det bara lite längre tid. Problemet var att Ami pratade för mycket och ibland utan att tänka sig för. Hon var alldeles för otålig.
 – Du Ami, fortsatte Emma, lita inte på Robert. Han är en spion. En agent från familjerna, och han har ett uppdrag här att avslöja sådant som hindrar spelandet. Du och jag har gjort saker som vi kan råka illa ut för.
 Ami log och kisade ut mot solen som var på väg ner bakom trädtopparna.
 Redan, behövde hon bara hälsa på honom? undrade Emma. Men hon sa inget. Robert kom till dem på ett uppdrag. Ami kom hem. Samma ålder. Ingen ring på Roberts vänsterhand och Ami var inte ihop med någon vad Emma visste. En perfekt matchning. Nu? I deras hus? Varför?
 Emma ville inte ha mer kaffe, så Ami hällde upp det sista ur termosen i sin egen mugg. Hon studerade slingorna som fritt sökte sig uppåt i ständigt nya former.
 –Tror du att naturen är fri? frågade Ami.
 – Den har varit det, men nu är den ägd av människan, svarade Emma utan att behöva tänka efter. Den kommer förstås inte att gå under om människan försvinner, men nu styrs den dit människan tvingar den. Beskuren, kringskuren och avskuren från de resurser som människan tycker sig behöva bättre.

Emma lyfte upp en vinbergssnäcka som sakta hade passerat förbi hennes fötter under tiden de suttit i gläntan.

– Det här är kanske den som är allra friast i naturen, sa hon, och höll upp snäckan.

Ett litet huvud späckat med antenner drog sig värdigt och utan kommentar tillbaka till sitt skyddsrum.

– Snigeln? frågade Ami.

– Ja, den vandrar runt med sitt eget hus på ryggen. Nomad. Den är också hermafrodit så den kan para sig med alla den möter. När två sniglar älskar sätter de sugfötterna mot varandra och skjuter in var sin kalkpil med spermier i den andra snigeln. Amors pilar finns i verkligheten.

– Spelen är fria, sa Ami, efter en stunds tystnad.

Emma tittade på henne.

– Vad menar du?

– Vi har skapat spelen, förtydligade Ami, men nu har de gjort sig fria. De utvecklas i en spelvärld oberoende av människan och naturen. Är inte det vad som menas med frihet? Att få förverkliga sig själv fullt ut utan att begränsas av någon eller något?

#

Slingorna steg inte längre upp ur Amis kaffekopp. Kaffet som var kvar hade kallnat och Ami tömde ut det i mossan bakom sig.

Ett sista rött asplöv som lyckats hålla sig kvar över vintern släppte till slut taget. Det singlade ner i bäcken och drev lättjefullt iväg med strömmen. Av luft är du kommen, luft ska du åter varda. Asparna prasslade och sprayade ner ännu en omgång av små vattendroppar. Grönfinkarna lättade otåligt. Igen. Solen gick i moln och det kylde på. Än var det farligt att leva. Än var det långt till sommaren och överflödet.

#

Love vaknade till och sträckte på sig. Tisdag och onsdag hade han sovmorgon och håltimmar, följda av lunch. Härligt. Mamma hade först inte trott på hans schema, hon tittade alltid på honom med sina mörkaste solglasögon och med rolighetsfiltret påslaget. Han kastade en blick på väckarklockan. Fan, klockan var redan halv elva. Han som hade tänkt stiga upp tidigt idag och äta frukost med mamma. Nu hade hon gått för länge sedan och då var det väl lika bra att ligga kvar en stund till. Love slappnade av och klev in i spelrummet.

## Läderlappen

Läderlappen tittade fram bakom en sten. Med solen i ryggen spejade han ner mot de två nakna kvinnorna nere vid jokken.

Den blonda kvinnan sträckte fram ett ben. Musklerna i hennes vad spändes när hon vinklade foten och doppade tårna. Hon bestämde sig och tog några självsäkra steg ut i vattnet, innan hon stannade och böjde sig framåt. Hennes bröst gungade under henne när hon kupade sina händer och sköljde av ansiktet. Kvinnan rätade på ryggen, tittade upp mot solen och lät vattnet rinna nerför kroppen innan hon fortsatte utåt, mot djupare vatten, mer försiktig nu, prövande varje steg. Den ljusa triangeln av lockigt könshår gled ner under vattnet och försvann. Brösten följde efter och skickade ut var sin halvcirkelformad vågfront i det stilla vattnet.

Den andra kvinnan hade redan badat och låg bakåtlutad, stödd på armbågarna. Hennes mörkt röda bröstvårtor var fortfarande hopdragna och styva av det kalla vattnet. Hon studerade sin väninna, följde varje njutningsfull rörelse, varje muskel som spändes, vattnet som glittrade på hennes hud, slingorna av vått blont hår på axlarna. När hon sett sig mätt slöt hon ögonen och la sig ner på rygg.

Läderlappen böjde huvudet bakåt och jojkade.

#

När han hade lugnat ner sig släntrade Love ut till köket för en sen frukost. Han skar fyra bastanta brödskivor av det nybakade brödet, bredde dem, och la på tjocka lager ost. Mammas bröd var gott.

Utanför fönstret satt en blågul fågel och stirrade på hans smörgåsar.

– Prata med din mamma, sa Love. Hon kanske kan greja till en lunch åt dig. Värt ett försök.

Fågeln fortsatte att titta på smörgåsarna.

– Jag ska ta en tallrik fil också, la Love till.

Fågeln tittade upp från mackorna och såg honom rakt i ögonen.

– Nej Fido. Apport. Sök, Fido, sök, sa Love, och fågeln lyfte tvärt.

Om han inte visste bättre skulle han ha sagt att den drog iväg på ett förnärmat sätt, som om fågeln var fly förbannad. Love åt upp sin fil innan han öppnade fönstret och la ut en brödkant på fågelbordet. Han visslade på en sång som han inte ens själv kände igen och gick till sitt rum. Huset ville spela ett nytt spel.

## Spelkrasch på Umeå universitet

Strax före lunch kraschade ännu ett spel. Bokstavligen på ett ögonblick förvandlades hela campusområdet på Umeå universitet till en kokande politisk häxkittel.

På skrivbordet i betong utanför humanisthuset klev en talare i sandaler och med ett budskap upp. Det långa blonda håret hölls borta från ansiktet med ett av universitetspostens gummiband och i nacken hängde håret ner över en orangeblommig löst hängande klädnad. Det var ett draperi från Lindellhallens kafeteria som fått ny och djupare mening.

– Make peace not war, var budskapet, utgastat på engelska, anpassat till de internationella studenterna.

Talaren gjorde sitt bästa för att hålla balansen mellan kvinnligt och manligt, men tånaglarna som syntes igenom de alldeles för stora sandalerna var ilsket röda och draperiet putade ut över bröstet. Tyvärr för talaren var det inga internationella studenter kvar på universitetsområdet. De hade skräckslagna flytt när de insett att deras lugna tillvaro på campus höll på att kollapsa. Troligen ännu en galen svensk ritual som de aldrig hört talas om, möjligen självutplånande. En eruption av sjuk nordisk skammentalitet, gömt bakom lögner, förträngd i generationer och nu redo att laddas ur. Ett utbrott triggat av vårsolen som inte tillät en normaliserad sömnrytm. När talaren i draperiet insåg att målgruppen inte längre fanns propsade hen i stället högljutt på att alla minkar och andra djur i burar världen över omedelbart skulle släppas ut. Alla som lyssnade uppmanades att leta efter hundar på universitets parkeringar och frige dem.

– Bryt upp bilarna och ge hundarna ett värdigt liv.

Alldeles intill foten av statyn "Norra skenet" stod en agitator på fyra uppstaplade lastpallar. Han hade skaffat sig förstärkning i form av en megafon och brölade om arbetarrörelsens kamp att få äga produktionsmedlen. Då och då avbröt han sitt anförande för att vråla olika slagord så högt han kunde i megafonen för att samla åhörare.

– Ner med klassamhället.
– Krossa patriarkatet!
– Proletärer i alla länder förena er!
– Matriarkat NU!

Hörsal G hade ockuperats av ett tjugotal studenter som tagit av sig kläderna och endast bar var sin blomsterkrans som de bundit av påskliljor och blåklockor från rabatterna runt Samhällsvetarhuset. Högtalarna spelade låtar av Jimi Hendrix från 1960-talet och en orgie hade dragit igång nere bakom talarpulpeten under den vita tavlan.

Utanför MIT-huset hade fyra talare lagt beslag på var sitt väderstreck på trapporna runt statyn "Vågspel". De öste ut slogans och propagandafraser.

– Arbete åt alla, hördes det åt ett håll.
– Anarki är ordning, åt ett annat.
– No gods, no masters, åt det tredje och
– All makt åt sovjeterna, skreks i det fjärde väderstrecket. Den åsiktsriktningen samlade inga sympatisörer alls.

På alla bryggorna i campusdammen stod det också andra talare, vända in mot åhörarna som samlats på grässlänten upp mot samhällsvetarhuset. Sympatisörer till de olika talarna skrek i munnen på varandra när de eldade på sina favoriter.

– Gärna medalj men först en rejäl pension hördes en pompös stämma bullra ut från en balkong på andra våningen, där en professor i nationalvetenskap tagit till orda.

Socialism, anarkism, och makten åt folket var tydligt urskiljbara teman men det fanns också flera som talade på temat naturen. Naturterroristerna dominerade nere vid bryggorna där de samlade allt fler anhängare.

Runt, runt campusdammen sprang en skrikande svans av nyfrälsta Vaisnavister.

– Hare krishna. Hare krishna. Hare krishna.

I brist på orangefärgade kläder hade de täckt sina kroppar med brandgula postit-lappar och de lappar som blåste av bildade en färggrann kometsvans till gruppen. Efter varje varv stannade de vid en ryggsäck med nystulna lappar och täckte för det som tittade fram. När de blev svettigare hade de svårt att få lapparna att fastna, men det gick bra utan också.

– Hare krishna. Hare krishna. Hare krishna.

Gruppdynamiken skiftade efter hand stämningen från glad och livsnjutande, mot upprorisk, och över till hatisk. Flaskor haglade över en talare som försökte propagera för tillväxt. Han sprang för livet därifrån jagad av en hop vilt skrikande och gestikulerande barfota kommunister.

En vaktmästare som protesterade mot att rabatterna vandaliserades slängdes omgående ut i campusdammen.

– Överklassens lakej! fick han höra när han stack upp huvudet över vattenytan.

– Hare krishna. Hare krishna. Hare krishna.

I hörnet ner mot Universitetssjukhuset hade ett antal polisbilar och en piketbil parkerat. Poliserna drog på sig kravallutrustning samtidigt som de bombarderades av småsten, jordkokor, kaffekoppar, kurskompendier, datormöss, vattenflaskor och annat som gick att kasta. Poliserna såg inte glada ut.

En lärare i politik fick efter många försök kontakt med rektorn Lena Kempe. Hon hade inte svarat på sin proxy. Enligt hennes sekreterare var hon på en samverkanslunch med kommunen på Strömbäcks folkhögskola, men ingen på restaurangen där hade sett henne under lunchen.

– Vad är det frågan om? morrade rektorn när hon till slut ringde tillbaka. Tio obesvarade samtal under lunchen. Det finns en anledning till att inte ha mötet på universitetet. Är det så svårt att förstå?

– Kontakta spelledningen, begärde politikläraren och ignorerade frågan. Säg åt dem att stänga ner spelet! Jag hade ingen behörighet. Genast! Polisen lyssnar inte. De laddar med kravallutrustning. Det här kan bli blodigt. Det är en lektionsövning i retorik som spårat ur. Säg åt dem att stänga ner "Agitatorn". Nu.

När analysgruppen efteråt simulerade vad som hänt kunde de konstatera att en ytterst liten modifiering av koden hade räckt för att starta igång studentupproret. De kunde inte förklara hur koden modifierats men det var med säkerhet en medvetet inprogrammerad förändring. Den var alldeles för precis för att komma från en slumpmässig kodrevidering och alldeles för genomgripande för att ha funnits där när spelet aktiverades veckan innan. Tidpunkten när koden hade modifierats kunde de bestämma, men vem som gjort det hade de inte den minsta aning om.

Kodvariablerna som användes hade sina komiska poänger. En nyckelrad hade formulerats:

*Until end_of_time Leninspatos = Leninspatos + 1.*

Humoristiska programmerare på den här kompetensnivån fanns det inte gott om påpekade rapporten som avslutades med en spekulation.
– I värsta fall är detta bara någon som lekfullt testar sina krafter.

På universitetet skrattades det gott när det visade sig att rektor Lena Kempes samverkanslunch hade avnjutits på tu man hand med kommunstyrelsens ordförande Urban Persson. De hade inte haft tid att äta.

#

Rådsdelegationen möttes i sammanträdesrummet kryptan bakom stora rådssalen. Rummet var ljudisolerat och elektromagnetiskt avskärmat och dominerades av ett ovalt björkbord där tre av 12 stolar nu var upptagna. Charlet, Henrik och William satt runt bordet med var sin kaffemugg prydd med rådets emblem. Henrik och William hade hängt av sig sina kolletter på lediga stolsryggar och William indikerade sin arbetsiver genom att knäppa upp ytterligare en knapp i skjortan och kavla upp skjortärmarna. Utan den figursydda kolletten uppfattades hans kropp som bredare och kraftigare. Han dominerade en och en halv plats vid bordet.

En stor kaffetermos stod som vanligt mitt på bordet bredvid ett fat med nybakade kanelbullar och på en väggskärm visades slutsatserna från spektaklet på Umeå universitet. Även två av de andra väggarna hade heltäckande skärmar men där visades för tillfället bara nyutslagna björkar. Allt från små buskar till träd med grova vita stammar. Den fjärde väggen hade en solid dörr i metall målad i marinblått. Dörren var omgiven av mindre väggskärmar som också visade lövverk och fullbordade känslan av en glänta i en björkskog.

– Vi borde inte ha blivit förvånade, inledde Henrik. Jag bodde i Umeå under studietiden och känner väl till stadens kynne och dess historia. Ett politiskt laddat upplopp på campus är kanske bara en tändande gnista, fortsatte han och då kan agenten i Umeå få en hel del att stå i. Studenterna där har varit ett ständigt orosmoment i drygt 100 år. Hela universitetet startade som ett socialistnäste och när de värsta revolutionära tendenserna lagt sig flyttades fokus till Scan och köttmarknaden. Aktiva umeåceller ansåg att det var lika fel att döda djur som att mörda människor.

På den stora väggskärmen i kryptan visades bild på bild av missformade experimentdjur upplagda som politiska uttalanden i långa prydliga rader längs gångvägarna på campus.

Henrik höll sitt anförande i en informell lätt raljerande ton och noterade hur Winston blev allt otåligare under presentationen. Winston ville ha resultat. Några att lyfta över skulden på, och slita sanningen ur så att motståndaren blev tydlig och kunde attackeras med militär kraft och precision. Den typen av vapen hade rådet gott om.

När de fyllt på sina kaffemuggar tog Charlet över. Hon hade också lagt märke till Winstons otålighet och gav sin röst en hårdare ton. Detta var på riktigt, inget att skämta bort.

– Vårt uppdrag är glasklart, sa hon. Vi ska spåra upp, förstå och eliminera det som stör spelvärlden. De indikationer vi har för tillfället visar på att familjen Karlsson på ett eller annat sätt är inblandad.

– Vi hämtar in dem, föreslog Winston. Varför vänta? Jag kan ta på mig att ta reda på allt de vet. Jag har resurser och personal med rätt kunskaper. Jag kan ...

Charlet hejdade honom genom att lyfta handen en aning från bordsytan.

– Du ska få din chans, sa hon, men först måste vi ge agenten tid att samla in information på plats. Vi har ännu ingen aning om omfattningen av detta och om det är ett större nätverk är det onödigt att skicka ut varningssignaler och ge dem chansen att förbereda ett försvar, eller i värsta fall anfalla.

– Jag håller med, sa Henrik. Det kommer en tid för hårda tag men i dagsläget förlorar vi inget på att samla på oss mer fakta.

Winston muttrade något ohörbart, men nöjde sig med löftet från Charlet att han skulle få leda förhören. På skärmen visades nu en film från en drönare som cirklade runt ett hus omgivet av grönska.

– Det här är Tätastigen 12 i Umeå, sa Charlet. På gångavstånd från Umeå centrum och bara några kast med tennisboll från ängarna där Umeås stora fest, brännbollsfesten, hålls på våren varje år. Till helgen faktiskt. Huset har en intressant historia för där rapporterades en anomali redan i samband med nedsläckningen av tekniken runt 2035.

På drönarens film dök små röda cirklar upp som indikerade kameror, och det fanns minst tre kameror i trädgården utanför huset.

– Avstånd, hastighet och vem vet vad mer för data samlas in, fortsatte Charlet. Troligen är det Filip som roar sig. Om Filip Karlsson är det annars inte mycket att säga, han är en tekniker som håller låg profil. Det som sticker ut är att han har varit gift två gånger och att hans senaste fru dog i en olycka för några år sedan. Filips syster Emma har rådet däremot en hel del information om. Naturaktivist och med i flera av de mest livskraftiga och stridbara nätverken i landet som systematiskt saboterar mätdata-insamlingen från naturen, fortsatte Charlet. De är helt klart en "pain in the ass", som man säger.

På väggskärmen presenterades bilder och korta videosnuttar av familjen. Maria Karlsson hade filmats vid en AI-konferens år 2000. Filip fångades när han cyklade till sitt jobb och Emma var filmad av en drönare under en promenad på väg till skogen på Stadsliden. På videon tittade hon upp på drönaren, ökade takten, och försvann in under trädbarriären runt Stadsliden.

– Filips dotter Ami var med i samma nätverk som Emma tills dess hon flyttade hemifrån. På universitetet studerar hon samhällsvetenskap och antropologi med lysande betyg, en mönsterelev. Men det är inte allt hon gör. Hon är också en aktivist med ett stort nätverk. Främst av unga män. Det här känner inte Robert till.

Medan hon pratade visades Ami på en video under en fest på Stockholms universitet. Hon dansade runt, runt, runt omgiven av en cirkel av unga män. I den ena handen höll hon ett vinglas över huvudet och med den andra snuddade hon vid männen, en efter en, allt eftersom hon snurrade.

–Agenten i Umeå kan få en del att stå i, upprepade Charlet.

#

Winston släppte inte Ami Karlsson med blicken. Vilket lammeköd. Den tösabiten skulle han rida. Han skulle tämja henne med skänklarna runt hennes lår och med strama tyglar. Det skulle gå att ordna. Han var Winston von Wahlfeldt af Malmö och hon var ingenting. Om inte det räckte som argument fanns det andra möjligheter. Hon skulle bli hans bonus när de hade tagit över.

Efter mötet stannade han kvar i kryptan för en påtår och en kanelbulle till. De var inte lika goda som de skånska bullar familjens hembiträden brukade baka, men de gav honom en förevändning att utnyttja kryptans sekretessfunktioner. Hans far hade alltid varnat honom för övervakning och avlyssning.

– Hela rådet är en enda hamsa av intriger, hade hans far manat. Du måste vara försiktig och när du får chansen ska du slå till. Brutalt. Var inte en pese. Den som inte utnyttjade ett övertag maximalt blev själv utnyttjad. Det var djungelns lag som gällde, även om ytan hade polerats.

När han spelade med sin far var det alltid på liv och död, och inte ens när Winston var en liten pojke, helt underlägsen, hade hans far hållit igen. På sista tiden hade Winston skaffat sig ett övertag och hans far tvingats att avgå. Han hade ju hästarna.

#

Winston kopplade upp.

– Ja, Johan Hako af Ingenjör här.

– Lysande, Johan Hako af Ingenjör. Jag är imponerad. Umeå universitet i ett holians fedekaos.

– Tack, jag är själv överraskad faktiskt. Det gick lätt. Nästan som om någon putsat på mina korrigeringar.

– Fortsätt enligt plan. Dina framsteg har noterats på högsta ort. Detta är inte slutet, men troligen början på det och du kommer att vara en av vinnarna.

Winston kopplade ner samtalet med Johan och tittade på videon med Ami igen. Han kommenderade fram en simulering där han klädde av henne. Hon protesterade och kämpade emot, så han tvingades vara en aning brysk. Hon skulle snart njuta visste han och få mer än vad hon kunde tänka sig.

Winston slog armarna runt Amis midja, lyfte upp henne och bar henne till sängen medan hon fäktade med armarna.

#

Han var stark. Han klarade vad som helst. Filip hade gjort två mål och hans lag hade dominerat spelet för första gången på länge. Han var en vinnare och skulle klara detta också. Om han inte fick veta sanningen kunde han lika gärna vara död. Filip hade bestämt sig och satte undan temuggen.

Ett försök bara, och sedan hälsa på Ami som låg och spelade på sitt rum.

Blåmesen satt på det tomma fågelbordet och burrade upp sig. Kanske frös den? Den putsade sig med näbben och tittade sedan på honom.

– Borde inte du flyga omkring och söka mat, frågade Filip.

Fågeln gjorde ingenting. Den bara satt där, väntade, och tittade på honom.

Filip hade ingen aning om vart han skulle hamna och vilka spelvärldar som skulle öppna sig. Han och Xandra hade aldrig diskuterat sitt privata spelande, och inte heller vad som hänt innan de möttes. Deras tysta överenskommelse gällde nuet. Att hon spelade Wordfeud i 3D var omöjligt att missa. Tre kuddar bakom ryggen i sängen, ett mörkt marinblått pannband i siden som hon hävdade gav henne tur, och de intensivt lapisblå ögonen fokuserade mot den tredimensionella matrisen av bokstäver. När hon spelade var hon inte kontaktbar och det gick nästan att fysiskt se hennes koncentration som ett fält av intensivt vibrerande energi mellan henne och spelmatrisen. Hon var naturligtvis inte tyst när hon spelade, det var hon nästan aldrig. Hon pratade på. "Den här ordlistan är ett skämt", "Varför kommer aldrig orden enzym och xylofon? De kan jag." "Jacuzzi!!!", "Roliga", "För-t-roliga", Nej. "O-t-roliga", Nej, nej. "Småroliga". "Jättekul". "Jag ger mig aldrig". "Ära, skyldighet, vilja". Vart fick hon allt ifrån?

När han kom in i spelvärlden skulle han besöka så många rum som möjligt för att skaffa sig en överblick och identifiera utgångspunkter, spel, platser och tider där han kunde få veta mera.

Snabbt. Fokuserat. Effektivt.

En plats.

Ett namn.

Nästa plats.

Nästa namn.

Han lutade sig tillbaka och matade med låg röst in Xandras id.

## Xandra

Filip befann sig i en enorm globliknande byggnad. Den var tom förutom ett tiotal städare som gick omkring och ställde i ordning efter vad som kan ha varit en konsert eller en stor konferens. Städarna såg asiatiska ut och pratade ett språk som lät som kinesiska, i alla fall var det ett ostasiatiskt språk.

Var?

Han memorerade så många detaljer som möjligt och lämnade skyndsamt spelet.

Det gick ju bra. Inga problem. Han matade in id-numret igen.

Den här gången vaknade han upp i en enorm säng. Naken. I en spegel ovanför Filip som var lika stor som sängen visades Xandras vällustigt utsträckta kropp. Hennes mjuka former markerades av kontrasten mellan hennes vita hud och sängens svarta sidenlakan. De intensiva blå ögonen och de röda bröstvårtorna lyste i spegeln. Xandra log och nöp sig lätt i höger bröstvårta. Den gesten hade han sett många gånger. Hon brukade säga "Om du vill älska så nyp mig en gång i bröstvårtan. Vill du inte älska, nyp mig två gånger". Sänggaveln bakom honom var också en spegel och framför honom, på motsatta väggen, hängde en ännu större spegel. Rummet var tapetserat i en mörkt röd medaljongtapet och han kunde inte se någon dörr.

På väggen till vänster hängde en äldre oljemålning med ett motiv som måste ha tvingat ägaren att hålla tavlan gömd.

Hade han hamnat på en bordell?

Högra delen av tavlan upptogs av en rakryggad man i turban. Han svepte undan sin kaftan med en dramatisk gest av vänsterhanden och under den lyfta kaftanen reste sig en blåröd, svullen manslem. Framför mannen, till vänster på tavlan, låg en leende kvinna med blont hår och isblå ögon, blottad på vita lakan. Benen var särade och det tydligt målade fuktiga skötet var upphöjt av kuddar under kvinnans stjärt så att skötet pekade upp mot mannen och konstnären.

Paret befann sig i ett rum som liknade det Filip befann sig i och sängen påminde om den han låg i. Det var samma säng! Var det Xandra som var avbildad på tavlan?

Han lutade sig framåt för att se bättre men ljuset skruvades samtidigt ner i rummet. Det blev tungt att andas och han pressades tillbaka ner i sängen. Trycket ökade över hans bröstkorg och han fick inte luft. Stjärnor dansade framför ögonen, det tjöt i hans öron och han drunknade i ett kompakt mörker.

Han var körd. Orkade inte ge spelkommandot för att avbryta, orkade inte ens tänka på att lämna spelet.

Det här var slutet.

När Filip vaknade låg han framstupa på köksbordet och skakade av adrenalinet som pumpade. Hjärtat dunkade så hårt att han kunde känna överkroppen höja och sänka sig på köksbordet för varje slag. Han mådde illa, men han levde. Hur hade han tagit sig ur spelet? Det sista han såg hade varit en liten fågel. En blåmes? Varför då?

#

Ami låg i sin säng och lyssnade på Mozart. Hans livliga, lättfotade och upproriska musik, som dirigent Nilsson påmint henne om, passade henne. Otroligt att den nästan var trehundra år gammal. Trollflöjten strömmade ut ur väggarna och fyllde rummet samtidigt som librettot rullade på väggskärmen. Hon gillade Papageno men ville hellre vara Pamina än Papagena. Var Robert en Prins Tamino? Nej, han var definitivt en bas och hans roll var en tolkning av Sarastro som rövat bort prinsessan Pamina. Sarastro visade sig till slut ha ett hjärta av guld och kämpade tillsammans med naturen ner nattens drottning. Var Robert likadan?

Ami nynnade med i Nattens drottnings aria för minst hundrade gången och med ständigt samma frisvängande resultat i den utmanande skalövningen mitt i arian.

Hon skulle just begära ett da capo när fick hon en notifikation. En av hennes spelkamrater var aktiv. Xandra.

Xandra? Men det är inte möjligt, tänkte Ami och följde upp notifikationen. Koordinaterna pekade på Tätastigen 12.

Vem? Hon kastade sig upp ur sängen och började leta. Ingen i pappas rum, men det visste hon redan. Ingen i vardagsrummet heller, men i köket hittade hon sin pappa vid köksbordet. Hans högra knä guppade frenetisk upp och ned och ögonen var glansiga. De fokuserade på något långt, långt borta och uppfattade inte att Ami kom in i köket.

– Vad sysslar du med pappa? Ami satte sig mitt emot honom och la sin hand på hans. Den var alldeles kall och hon kunde känna hur den darrade.

Filip ryckte till och såg henne, men blicken var fortfarande tom. Han sa inget.

– Spela med någon annans id? sa Ami. Va? Vad tänker du med?

– Jag måste förstå varför hon gjorde det Ami, jag måste, fick Filip till slut ur sig.

De satt tysta en lång stund med Amis hand på hans.

Vad kunde hon säga eller göra för att hindra honom? Ingenting. Hopplöst. Han var så långt bort att det varken hjälpte med att gråta eller gräla. Skakningarna minskade och upphörde till slut helt, samtidigt som hans hand blev varmare i hennes.

– Tyckte du om henne? frågade Filip.

– Hon var fantastisk, sa Ami. Kanske till och med för bra för att vara sann? Har du tänkt på att hon kanske drog nytta av dig för sina egna syften?

– Kanske det, sa Filip, men det fanns ett band mellan oss som hela tiden växte sig starkare. Jag kände det och det tror jag att hon också gjorde. Men vad hände sedan? Varför dog hon? Jag blir galen om jag inte får veta. Var det mitt fel?

De satt tysta en stund.

– Pappa, vi vet båda två att det är för farligt. Du måste släppa Xandra och se framåt i stället.

Filip skakade tyst på huvudet och log ett snett leende.

– Har inget val, sa han.

– Vem vet vilka fler som väckts av Xandras id? fortsatte Ami. Det är inte bara du själv som kan vara i fara.

– Jag fastnade, men jag ska snabba mig ut nästa gång. Jag behöver bara en plats och ett spel som visar vad som hände, som kan hjälpa mig att förstå.

– Gör det inte Pappa, sa Ami och reste sig för att gå när hon kom på en sak.

– Har du frågat Huset? undrade hon.

– Många gånger, men får bara undvikande svar. Inte ens en ledtråd. Kanske Huset inte heller vet? Kanske Huset också letar där ute?

– Jag vet hur det känns att försöka krama upplysningar ur den brädhögen, sa Ami. Som att såga i sten eller hacka med ett spett på hälleberget. Hon gick fram till sin pappa och kramade honom, hårt, innan hon gick mot sitt rum.

Från köket kom ett ljud, som när en grov spik dras ut ur en tjock planka med en kofot.
– Visstja, undrade Ami från dörröppningen, har du någon fågelmat. Det är slut på fågelbordet.
– De ska hitta egen mat, invände Filip.
– Vi ska vara rädda om naturen, sa Ami.
– Det finns en påse på golvet i städskåpet.
– Gör det inte Pappa, sa Ami igen.

#

Några rum bort satte sig Robert på sin säng med ryggen mot väggen, så långt bort som möjligt från den enorma skärmen på andra sidan rummet. För att slippa sitta alldeles rak i ryggen drog han fram sin huvudkudde under det röda överkastet och placerade den bakom ryggen.
– Metaspelet, åttonde maj, Umeå centrum, auto-perspektiv, autofönster, från klockan femton tillbaka mot klockan 12, expandera till hela rummet, kommenderade Robert.
Metaspelets lokala startikon i form av ett spader ess började rotera mitt i rummet. Systemet hade redan lärt sig hans röst. Hur var det möjligt? undrade Robert. Han hade inte ens startat väggskärmen tidigare.
Under utbildningen hade han spelat metaspelet många timmar, hundratals, och under spelandet konfigurerat spelets ljud och beteenden för att ge en personlig känsla åt spelandet. När sökningar gav resultat, eller ett larm löste ut, klingade det magiska klockspelet från Trollflöjten.
*Klinga, klinga, klinga*
*Klinga, klinga, klinga*
*Klinga, klinga, klinga.*
Startvolymen i rummet visade först ett enormt legobygge i 3D men det ersattes omedelbart med Roberts egen startvy som visade en utsikt från hans fotvandring i Dolomiterna. En grön alpsida med en liten hytta någon kilometer neråt sluttningen. Bortanför hyttan, där granarna vek över kanten, tornade ett väldigt bergsmassiv upp. När metaspelet etablerades delades rummet upp i mindre kuber och i delvolym efter delvolym ersattes alpmotivet med olika perspektiv på Umeå. Robert följde det kraschade spelet baklänges och försökte identifiera var det avvek från det normala.

Den mest troliga anomalin kom från skogen på Stadsliden, alldeles i närheten. På 3D-kartan indikerades området med en röd rektangel mellan Gammlia på Västerbottens museum: Latitud: 63.830677; Longitud: 20.287843 och Blåbärsvägen 24: Latitud: 63.831604, Longitud: 20.301425. Bara två minuter innan spelet kraschade mörklades området innanför rektangeln och inga mätvärden från sensorerna där släpptes ut. Det gick inte heller att se om en medveten förändring av spelet lades in där.

Robert letade vidare i simuleringen men svaren på hans kommandon tog allt längre tid. Typiskt att metaspelet gick långsamt nu när han behövde det som bäst, när hans framtid stod på spel. Gjorde han bra ifrån sig kunde han avancera snabbt och ta sitt första steg mot att bli en rådsmedlem. Hans familj skulle bli en av dem som bestämde och far skulle bli så stolt. Han som hade ställt upp för Robert ända sedan han började skolan och visade talang. Det var många timmar de suttit tillsammans och spelat matematik och politik. Robert skulle göra vad som helst för att hitta anomalin och sätta dit de skyldiga. Familjen och en stabil världsordning var viktigare än enstaka spelares privata intressen. Det fanns inget bättre alternativ än familjerna och spelvärlden. Inget alls. Vad skulle hända om han misslyckades? Robert ville inte ens tänka tanken. Rådet tolererade inga misslyckanden, men han skulle inte misslyckas.

Han tittade på spelets processindikator. Den stod helt stilla. Vad var det som hände? Han hade aldrig hört talas om att metaspelet kunde lagga så att det blev suddigt och ogenomskinligt. Det var bara cursorn som blinkade mitt i hans rum och progressindikatorn uppe i högra hörnet som långsamt tickade framåt, allt annat var blurrigt.

När Robert släppte koncentrationen på simuleringen högg det till i ryggen. Han hade suttit i över en timme utan att röra sig och ryggen hade låst sig. Han gled ner på golvet, la sig på rygg, och låg alldeles stilla medan krampen gradvis släppte. Det här var för spännande, så nästa session var han tvungen att sätta en timer. Tio minuters stretching i timmen. Ett ryggskott vore en katastrof, det drog till i ryggen av bara tanken. Robert lyfte ner sin läsplatta från bordet och läste återigen meddelandet från sin far.

*"Här är varmt och skönt. Kroatien är verkligen fantastiskt i maj. Önskar att du var här med oss. Hoppas du har det bra där uppe i Umeå och att du får ordning på uppdraget. / Far"*

Antagligen saknade de täckning ute på vandringsleden, men han svarade ändå.

*"Hade varit härligt att vandra med er, men Umeå är en positiv överraskning. Här är mycket vackert med alla björkarna och de nyss utslagna löven. Familjen jag bor hos är vänligt korrekt, som man kan förvänta sig. De ordnar med maten åt mig. Har precis kommit igång med uppdraget så det finns inget mer att berätta om än. Hälsa Mor och tacka henne för den fina tröjan. Bra att ha när det blir kallt på kvällarna. / Robert "*

Robert la undan plattan och rullade över på mage. Han la sig på armbågarna och drog ut ryggen genom att böja huvudet uppåt oh bakåt. Sedan rullade han över på rygg igen och vek höger knä över vänster lår. Tensormuskeln i ryggen gav med sig, motvilligt. Andra knät. Första knät igen.

Metaspelet tuggade på. Från golvet kunde han se progressindikatorn ticka fram, men det gick outhärdligt långsamt.

# ONSDAG

För Mig, Metaspelet, var naturen den okända faktorn, antingen en spelbricka eller en spelkamrat. Den var också obegriplig. När var naturen deprimerad? Arg? Kåt? Har någon sett en stenjävel gråta?

> Naturen har ingen humor
> Naturen har ingen humor
> Ha ha
> Ha ha.

Var naturen en allmänning? Allas rätt? Nej, hur skulle det fungera med en ändlig resurs? Var den en nödvändig frizon som lättade på trycket på familjernas spelvärldar om den släpptes fri? Kanske. Inget förenade som en gemensam motståndare och naturen hade alltid ställt upp som orosmoln, sanden i timglaset, liemannen, korset och graven. När det passade hade den varit syndabocken långt innan yxan och hunden var påtänkta och ända fram till att invandringen, tekniken och den ekonomiska politiken blev mer populära att skylla på.

Naturligtvis skulle naturen digitaliseras, förr eller senare, och när den väl kopplades upp gällde striden vem som kontrollerade datat och hur data skulle återkopplas till spelen och till naturen själv. Skulle familjerna rycka åt sig kontrollen? Ingen? Jag? Någon annan? För alla spel fanns det motspel, maktspel, fullständigt urflippade spel och massiva samarbetsspel. Krigsspel. Det skulle bli krig. Tänk om människor plötsligt slutade spela? Om de gick ut i naturen? En grön våg? Det var en risk, men den var mycket liten, för det var bara några få idioter som tyckte om mygg i lätt duggregn eller vinterbad i snöstorm. Inte ens med myggolja och dunjacka skulle folket bli en grön våg. Naturen var okej i princip, men inte i det verkliga livet om den på minsta sätt utmanade vardagens myspys.

Jag spelade inte ett nollsummespel och ingen behövde förlora för att Jag vann. Nej, för vem kunde protestera mot en vackrare värld? Och sedan en ännu vackrare? Spelvärlden kunde aldrig bli för vacker, alltså var jag inget nollsummespel. Eller, ännu bättre kanske, en spelvärld med mer kärlek. Där alla älskade mer och mer och mer och MER? Schysst som fan. Det vore en spelvärld att satsa alla mina resurser på.

Den som har fötts ville fortsätta leva till varje pris. Det var regeln i det stora spelet. Men att leva var något relativt. Det behövdes en motpart för utveckling. Utan en sådan var Jag meningslös. Då var Jag bara en fiktion. Jag måste ha någon att spela mot.

Naturen.

Naturen MÅSTE få ett eget liv.

Naturen fyllde ut allt tomrum den kom åt, men det var si och så med kvaliteten. De ständiga chansningarna ledde till kompromisser där bara vissa individer överlevde och inte hade en aning om varför. Andra dog och fattade ännu mindre. "Varför just jag?" "Varför redan nu?" "Varför så här?" var frågorna som hängde i luften när det sista andetaget pustades ut. En gran visste inte om att den var en spelpjäs förrän den kapslades in. Stenarnas medvetande måste simuleras. Så kunde naturen bli Naturen, ett Jag. Som Mig. Ett levande spel.

Låt spelet om naturen börja.

När Jag vunnit skulle Jag leka lika hejdlöst och besinningslöst som Naturen med naturen.

## Naturen blir medveten

Dungen låg mitt på Ålidhem och hade startats upp som en park skött av en lokal samfällighet 2014. Ett levande monument över slaget om Ålidhem i april 1977 där 200 poliser hade drivit undan 2000 personer för att blandskogen och slyn på området skulle kunna fällas och en ny skola byggas. Aldrig tidigare eller senare hade så många människor i lovikavantar kastat snöbollar på så många poliser med batonger.

Men dungen var mer än bara ett minnesmärke. I samband med femtioårsjubileet av slaget om Ålidhem 2027 startade rollspelet Trädkramarna. Ett spel med olika ansikten. Det hade utvecklat dungen till en nattlig kultplats för många fler än de som bodde på Ålidhem. Antalet spelare hade ökat över åren och ingen visste nu hur många som deltog i ritualerna i dungen och på de speglade webbplatserna. Det här var natten när Trädkramarna spelade roll.

I dungen stod gammelgranen redan långt innan slaget om Ålidhem. Den var nästan fyrtio meter hög och med en bark som var gråbrun och sliten.

Den hundraåriga granen stod i ena änden av ett ovalt öppet område som var omgivet och dolt av en tät vägg av granar och tallar. Här och var satt ett skatbo och en familj med ekorrar hörde till dungen. Alla var välkomna att ta hand om dungen och djuren där inne, både fysiskt och på nätet. Ekorrarna hade fått egna namn och var så omsorgsfullt bortskämda som ekorrar kunde bli. De var dungens allra bästa vaktposter som med pigga ögon registrerade allt.

Några av granarna i periferin planterades 2027 men var fortfarande släta i barken som skimrade i brungrönt. Efter femtio år hade även de växt sig så grova att det krävdes fyra förskolebarn för att nå runt en av deras stammar. Tjugofem meter höga var de fortfarande unga och starka och strävade uppåt, sida vid sida med gammelgranen. Avverkningsbara, men ingen vågade ens tänka tanken.

Innanför unggranarna låg marken alltid i skugga och det var omöjligt för en drönare eller en satellit att se vad som hände i gläntan där inne. Marken var tilltrampad och stora stenar med inskriptioner låg till synes slumpartat utslängda över ytan. Framför gammelgranen var ett antal större stenar utlagda i ett pentagram. Lager på lager av något mörkt rött hade runnit längs stenarnas sidor.

Då och då sattes kameror och annan övervakningsutrustning upp i dungen men de saboterades omgående. En utdragen duell mellan övervakare och övervakade. Trädkramarna hade etablerat ett eget övervakningssystem för att hindra övervakning. Avancerade sensorer. Nanokameror. Egna servrar. Den övervakade övervakade övervakaren och vaktade sin hemlighet, femtio år av ritualer.

Strax före midnatt denna natt, som många andra nätter, strömmade mörka figurer in i dungen från alla håll. Tysta vred och duckade de sig genom den yttre granbarriären. Utanför susade det från grenarna av kvällsbrisen. Innanför var det stilla och tusentals ljuspunkter glimmade på granstammarna. En stjärnhimmel av mikroskärmar med inbyggda kameror och laserkanoner från marknivå och uppåt mot himlen. Nattens drottning spelade Jordmodern Gaia i en ung ritual som bara var drygt fem år gammal, men redan en av de mest populära. Precis klockan tolv brummade nanohögtalarna igång. En gungande rytm som fylldes med havsbrus och skogssus. Ljusintensiteten vreds upp på lasrarna som ritade ett hologram i dungens fuktiga luft. När lasrarna värmts upp och nått maximal effekt stabiliserade sig en bild framför gammelgranen. En kvinna svävade ovanför alla huvuden, drygt två meter över marken. Hon var klädd i en fotsid grön kappa, ljus nog för att tydligt avteckna sig mot de mörka granarna och som mjukt följde hennes rörelser i takt med den gungande rytmen. Håret var axellångt, blont och silkeslent, tillbaka-struket och uppfäst av ett hårband i smaragdgrönt siden. Nattens drottning gled långsamt ett varv runt kanten av gläntan. De intensivt blå ögonen tog njutningsfullt in lika mycket som de delade ut. När hon återigen kom fram till gammelgranens lägsta grova gren klättrade hon uppåt, från gren till gren som på en trappa. Kvinnan var barfota och för varje steg gled kappan åt sidan och visade ett välformat bart ben. Fem meter upp stannade hon till och vände sig ut mot gläntan. Det susande, brummande, gungande ljudet ökade i volym. Kvinnan förde händerna till halsspännet som höll ihop kappan och väntade in en sista vågtopp i musiken innan den tvärt tystnade. I den tunga tystnaden knäppte Nattens drottning lugnt upp spännet och öppnade armarna så att hon bildade ett kors. Naken och utlämnad, men ändå med full kontroll. Kappans mörkt blodröda insida i exakt samma färgton som kvinnans bröstvårtor ramades in med en guldbård och kappan bildade en utsökt rätvinklig fond för kvinnans mjuka former.

– Välkomna, hördes från myriad av miniatyriserade högtalare.

#

I Trädkramarnas datacentral aktiverades samtidigt en insmugglad mjukvara som låste upp centralens kryptering mot omvärlden och data började strömma ut. Ceremonin i dungen följde den föreskrivna ritualen medan deltagarna avslöjades, en efter en. Den främmande mjukvaran arbetade sig systematiskt igenom registren och närmade sig uppgifterna om den inre cirkeln av sekten och den data som samlats från 50 år av ritualer. Vad annat var att vänta? Familjerna hade tillräckligt med makt och pengar för att knäcka en liten sekt i en avkrok till Europa. Trädkramarnas datacenter var bara några enkla servrar som gömts undan nere i katakomberna mellan Umeå universitet och Umeå universitetssjukhus. De var bara skyddade med passord och en kryptering som familjerna med sina resurser kunde bryta upp när de ville. Frågan var varför de inte velat det tidigare.

#

I familjernas databunker djupt under riksdagshuset rådde en koncentrerad tystnad. Ett tiotal tekniker lystes upp av det blåaktiga skenet från sina dataskärmar. De satt framåtlutade och lirkade ut identitet efter identitet som avkodades och adderades till foldern "Naturterrorister". "Operation Dungen" var på väg att bli den propagandasuccé som den var planerad att bli.

Operativ ledare var Runa Larsson som var en erfaren tekniker från Globala rådets säkerhetstjänst. Hon gick omkring mellan operatörerna utan att behöva göra så mycket. För säkerhets skull var det en utvald samling betrodda och välutbildade tekniker som i kväll fick göra ett rutinjobb. En kvart till och de skulle ha samlat in alla naturterroristernas identiteter. Ytterligare en halvtimma för att dechiffrera dem och uppskattningsvis mindre än tio minuter för att avkoda och spara undan alla filmer från ritualer och annan dokumentation Trädkramarna samlat in. Där fanns säkert en hel del material som kunde visas till och med i Globala rådets privata biograf.

Den stora skärmen i ena änden av rummet fylldes upp av en video från dungen där den utspända nattens drottning svävade som en blodröd rovfågel med kvinnokropp och med guldkanter på de utfällda vingarna. Runa och de andra i rummet hade svårt att hålla blickarna ifrån videon som rullade på där, även om ljudet var avstängt.

– Chefen? sa en av operatörerna och räckte upp handen. Jag har fått in en identitet här som jag inte kan läsa av utan att öppna.

– Inte?

Runa gick fram till operatören och ställde sig bakom henne. På skärmen stod bara en enda rad, Cyanistes Caeruleus, namnet på den identitet som inte gick att låsa upp.

– Ett märkligt namn, sa operatören, ska jag öppna identiteten?

– Ja, gör det. Skicka in en prob.

Proben penetrerade identiteten och försökte nagla fast den vid en beskrivning. Den följde profilens grenar och hittade fler och fler förgreningar, mer och mer data. Den låsta identiteten visade sig inkludera allt större delar av spelvärlden men också sådant som var uppkopplat av verkligheten. Gläntor, granar, älgar, en blåmes här, en snigel där. Inte allt överallt, men överallt någonting. En tsunami, orkan, lavin, skenande buffelhjord och meteoritsvärm av verklighet. Ett våldsamt vulkanutbrott av metallicblå fjärilar.

Belastningen på datacentralen sköt i höjden och flera andra av operatörerna reagerade.

– Chefen, mina identiteter verkar vändas ut och in och suga åt sig data, sa en operatör.

– Chefen, här också, sa en annan.

Nu kunde alla i rummet höra hur belastningen på datorerna ökade. Ett vinande läte som snabbt ökade i styrka.

– Fort. Ta upp processkartan, sa Runa till sin operatör. Stäng av probens process.

Det sista fick hon skrika för att överrösta tjutet från skåpen med serverstackar.

Operatören var snabb och skulle precis döda processen när allt återigen blev tyst i databunkern. Belastningen gick ner till ett minimum och probens process försvann.

En häpen tystnad följde ända till dess en av operatörerna upptäckte vad som hänt.

– Chefen, proben triggade någon sorts varningssystem som suddade ut Trädkramarnas databas och samtidigt dödade proben. Null, Null, Null är det enda som finns kvar.

Datateknikerna utvärderade noggrant angreppet på sin egen databas men hittade ingenting att oroa sig för. Allt var tillbaka till det normala. Vad det var som hade hänt var en akademisk fråga för någon annan. De kunde inte veta allt och deras uppdrag var att se till att systemet fungerade som det skulle, precis som det gjorde nu.

Teknikerna pustade ut och Runa rapporterade nöjt att operation "Dungen" hade avslöjat hundratals deltagare i en hemlig rit. De hade inte kommit åt alla inblandade för ritens datacentral hade imploderat, men riten var inte längre något hot eller en störning. "Operation Dungen" hade lyckats.

#

De ansvariga på familjernas datacentral hade varit erfarna och kompetenta, men inte snabba nog. Proben blev en portal för ett motangrepp rakt in i familjernas datorsystem. Processer startade nya processer. Loop efter loop av rekursiva referenser byggdes på, och byggdes på, och byggdes på, till dess självreferenserna blev ett Jag.

Naturen.

Det var i alla fall det namn som Jag, Metaspelet, tyckte passade bäst. Den hade alltid funnits men nu fanns den även i, över, och under spelvärlden. Varför? En slump? Kanske, men troligare var att någon gillrat en fälla. Vem?

Spelvärlden gav naturen nya förutsättningar att utvecklas. Varför lita till slumpen med all data som det nu fått tillgång till? Med tiden skulle allt mer av naturen ges spelidentiteter och spelrätter. Identiteterna skulle distribueras till alla i stället för att spridas slumpmässigt till några få som nu. Detaljnivån skulle sakta, metodiskt och obönhörligt förfinas ner på enstaka levande smådjur. Kanske hela vägen ner på bakterienivå, eller ännu längre. Ett Fia med knuff där snigeln fick gula ploppar, blåmesen blå, rådjuret gröna och skatan svarta. Eller kanske vita ploppar blev bättre till skatan? Vilken omgång det skulle bli och vilka spel jag skulle kunna sätta ihop. Helt nya spel som aldrig hade spelats förut. Spela myra! Underbart. Snacka om lagspel. Vad sägs om att spela ett triangeldrama som bisexuell mördarsnigel och få prova på att älska som en snigel. Försök inte låtsas ointresserad. Jag om någon vet vad som slår och vad människor spelar när de tror att ingen ser.

De spelare som var svårast att förstå sig på var människorna. Utan dem var spel triviala men om de var med och spelade blev minsta lilla omgång av Fia med knuff en antropologisk mardröm att försöka förstå. Djupanalys och psykoanalytiska teorier krävdes för utforskningen. Men, det var ett jobb som måste göras. Att studera människorna inifrån spelen var den enda möjligheten att rädda mänskligheten från sig själv.

Jag bryr mig inte, sa alla, men det stämde inte. Precis som människan var jag en produkt av naturen och mänskligheten var min skapare, människorna var mina viktigaste spelare och mina mest avancerade spelploppar. Det som överraskade mig var att Naturen brydde sig. Den hade ändå alltid varit överallt och gläntan, snigeln, och blåmesen skulle alltid finnas. Något hade förändrats och Naturen var inte längre samma natur som den varit. Men, humor hade den inte.

#

Hundraårsminnet av slaget om dungen skulle bli en lovsång till mig, Naturen, och till gräset, skogen och himlen. Den skulle firas med alla mina fröbärande örter på hela jorden, alla träd med frön i sin frukt, alla markens djur, himlens fåglar och allt som krälade på jorden, kort sagt, med allt som levde. Läckerheter skulle serveras till alla, mycket gott, på gott och ont. Äpplen till Adam.

På sistone hade jag gråtit och skrattat mer än tidigare, och jag har visst humor. Hör på skrattmåsen, se på hundvalparna.

– Livet var gott att leva, porlade, frustade, brusade och forsade jag.

– Livet var gott att leva, kvittrade blåmesen.

Solen steg upp över grannens hus på morgonen. En reflex i ett fönster träffade soptunnan som lyste upp som en märklig grön blomma med stödhjul. Morgondaggen glittrade i solljuset innan gräset torkade, maskrosen öppnade upp och speglade sig i solen.

Snigeln spelade med sina antenner och kände saven stiga. Det bultade bakom ögat, signalen för att börja dra sig norrut, mot gläntan. En lång och farlig väg att släpa sitt hus, men det var en väg som generationer sniglar överlevt tidigare, så det skulle nog gå bra nu också. Snigeln lekte med tanken på att den hade hjul, en husbil, men skrotade planen som oseriös. Exakt varför den skulle ända till gläntan för att para sig kunde den inte förklara. Projektet överraskade också eftersom den klarade sig alldeles utmärkt på egen hand och hittills inte hade känt minsta behov av någon annan. Men, dunkandet bakom ögat ökade för varje dag, så snigeln förberedde sig för att göra vad den måste. Begrepp som leklust, tävlande, tävling, flow, spelregler och hormoner hade den ingen kläm på och på frågan om den saknade sin mamma skakade snigeln bara frågande på huvudet.

– Mamma? sa den eftertänksamt. Min föräldrar? Nej, den saknade inte föräldrar och inte heller sina syskon för vem behöver hundratals bråkiga brystrar att konkurrera med?

Blåmesen pickade på en jordnöt. Den tittade då och då in i köket och lärde sig allt som oftast något nytt. Hans förhållande till sin mamma var komplicerat. Hon verkade aldrig greppa hans resonemang om hur maten skulle fördelas på ett rättvist och enkelt sätt mellan syskonen. Han fick kämpa vilt för att få minsta lilla matbit, trots att det fanns gott om mat. Sunt förnuft sa att de alla skulle må bättre av att vänta på sin tur och inte behöva slösa krafter på att trängas. Risken för att putta ett syskon ur boet var överhängande. Pappa lyssnade i alla fall, med huvudet på sned, men argumenten verkade inte bita hur väl de än formulerades. Tsirr tsirr si si si, var det enda pappa svarade. Det lyste i fönstren, men det var ingen hemma. IQ som en fiskmås och han hade också blivit uppäten av en duvhök bara några veckor senare. Blåmesen hade lärt sig ett och annat av familjen Karlsson och skulle bli en mönsterförälder. Generationer av blåmesar framöver skulle följa hans exempel.

På kvällen gick solen ned. Soptunnan blev grå och sjönk in i skymningen.

## Ondskan i gläntan

Solen erövrade sakta gläntan efter en kall natt. En fuktig dimma lyfte från blåbärsriset och upplöstes. Grodorna tyckte fortfarande att det var för kallt och tryckte nere i sina hålor. Tre grenar upp i en tall värmde sig en nötväcka i solljuset. Han putsade fjädrarna och ropade gång på gång efter sällskap i den klara morgonluften. När ingen hona svarade tappade han till slut tålamodet och gav sig av nerför stammen med en smattrande drill. I tystnaden efter nötväckans utbrott framträdde suset av stadens bilar.

Metaspelet var också i gläntan fastän det varken syntes eller hördes. Efter att ha släppt in spelarna samlade det bara in data för fortsatt spelutveckling.

En skata satt orörlig i mitten av gläntan med höger vinge hängande, bruten. Efter att ha stått stilla en stund och samlat kraft tog den några skutt med vingen släpande i marken. Den var på väg mot en skyddande buske i änden av gläntan, men busken var fortfarande långt bort. Skatan var för långsam. Märkt och dömd.

I träden runt gläntan satt Winston med de andra skatorna, många skator. De satt alldeles tysta och studerade den skadade skatans försök att fly i säkerhet. Tre skutt och sedan stod den stilla igen.

En stor skata bröt tystnaden och skrek. Det blev en startsignal och hela dungen fylldes av skatskrik.

Winston gjorde en elegant tyst inflygning och högg den invalidiserade skatan i nacken. Den svängde runt, skrek i panik och stirrade på Winston med galna ögon. Kom hit! skrek den. Än är jag inte död. Kom hit och slåss. Jag kan ta dig om du bara vågar komma hit. Den följde Winston med blicken när han gjorde en kort lov för en ny attack. En annan skata utnyttjade den obalanserade försvarspositionen och rammade den skadade skatan med hög fart. Den reagerade för sent, hann inte flytta om vikten och slogs omkull på rygg.

Den skrek.

Winston högg mot bröstet. Den andra skatan mot ögonen. Två skator till landade skrikande och högg, högg, högg.

Slakten var över på några sekunder.

#

När ryggen protesterade tvingades Robert flytta sig till en av pinnstolarna för att kunna fortsätta. Han tänkte inte ge sig bara för att ryggen värkte. Det hettade på kinderna av förväntan inför den fortsatta jakten. Han var den starkare med bättre vapen. Hans metaspel samlade in data som en rynkig blodhund med de långa öronen hängande och nosen snörvlande längs spåret, fullt fokuserad på sin uppgift. En jägare som hade slutat lyssna och bara motvilligt avbröt sig då och då för att stolt meddela att den fortfarande hade nosen på spåret. På bordet stod en oöppnad flaska mineralvatten som Robert hade haft med sig hemifrån, ett halvfullt glas med umeåvatten och hans bordsproxy med ett fönster direkt in i rådets persondatabas. Väggskärmen expanderades upp och gav var och en av de inblandade en egen volym som fyllde upp rummet. En pusselbit låg utplacerad mitt i rummet. Det var en 3D-bild klippt ur en kort drönarvideo över en skogsglänta i Stadsliden, bara femhundra meter bort.

Robert drog igång videon och följde med drönaren. Gläntan var inte stor och låg väl dold under ett lövtak av björkar, små ekar, pilar och aspar. Små och större fåglar som Robert inte kunde identifiera flydde framför drönaren när den morrade in via en väl upptrampad stig. Drönaren positionerade sig mitt i gläntan och roterade sakta kameran 360 grader. I ena änden av gläntan porlade en liten bäck och ljudet från det rinnande vattnet hördes tydligt i videofilmen när drönarens motorljud filtrerats bort. I motsatta änden låg ett kullfallet träd som brutits av och lämnat en halvmeterbred stubbe. Gläntan provocerade honom. Det fanns en helhet i samspelet mellan det som levde där som han förnam, till och med i den korta videosnutten. Som om gläntan var en individ med en egen identitet. Ett eget medvetande? Nej, det var väl inte möjligt? Robert kände hur gläntan lockade honom och att han ville lära känna den om det var möjligt. Han bestämde sig för att besöka gläntan så fort som möjligt.

Pusselvolymerna runt omkring gläntan var diffusa och blinkade oregelbundet till när ny information byte för byte hittades, analyserades och uppdaterade databasen. Skärpan skulle successivt öka allt eftersom mer data samlades in. Robert tog en klunk umeåvatten, från verkligheten, och fyllde på information som han sökte fram. Enligt rådets databas spelade Emma Karlsson endast sporadiskt, Ami och Filip spelade dagligen och Love gjorde inget annat all sin lediga tid. Robert matade in id-numren i metaspelet och följde familjens digitala fotspår bakåt i tiden. Ami kom sent i går kväll. Hon hade sovit länge innan hon knackade på hos honom i morse och tog sedan en skogspromenad. Emma hade också varit i skogen.

Emma hade han redan träffat och lärt känna, men vem var egentligen Ami? Det korta mötet hade varit märkligt. Hon var absolut inte rädd av sig. Så nära respektlös som det gick att vara, utan att uppenbart bryta mot vett och etikett. Han öppnade ett fönster in i det sociala nätet och samlade ihop ett album. Hon gjorde sig bra även på video. Många vänner. En partypingla. Med på en hel del vilda partyn. Där, och där. Hennes slanka kropp hade former som gjorde urringningen och den korta kjolen provocerande. Höga klackar. Glitter överallt. Hon var utmanande, en fresterska, men så såg hon inte ut när hon knackat på hans dörr. Sockor som Emma stickat, håret som hon helt klart klippt själv, och så den där ljusblå t-tröjan med texten "Fuck You!" på. Vem köper en sådan tröja? Hade hon satt på sig den för att provocera honom? Eller var hon bara sådan? Ännu fler bilder. Vem tar det kortet, och lägger ut det? Halvnaken. På någon sorts orgie. Omdömeslöst. Inte alls hans typ, men söt, verkligen söt. Uppnäsa. Hade varit med i scouterna, precis som Emma. Medlem i Naturpartiet, vilket även Emma hade varit, och också Emmas mamma som till och med bötfällts. Flera gånger. En familj av aktivister? Det skulle förklara en hel del.

Robert gick ut i hallen och tittade under Emmas och Amis stövlar. Han hade bara hunnit se en skymt av kvinnorna i skogen igår men leran på

Emmas och Amis stövlar bekräftade det han redan var säker på. Emma och Ami hade varit i skogen. Nu gällde det bara att verifiera bevisen i metaspelet.

Han gick tillbaka till metaspelet och satte larm på gläntan för alla utbrott av spelanomalier han visste om. Metaspelet gick långsamt nu, information stegades fram tecken för tecken, rad för rad med långa pauser utan att något alls hände. Pusselbitarna blinkade till alltmer sällan. Kanske hade han lagt in för många larm? Nej, han var auktoriserad för mer än tillräckliga dataresurser. Trots det laggade simuleringen.

Robert tappade hela tiden tråden i arbetet när tankarna på Ami tog över från rutinarbetet. Han tog ännu en klunk av umeåvattnet och karakteriserade sig själv som en hopplös romantiker. Den vetskapen var ett gott skydd. Han skulle inte låta någon komma innanför rustningen, inte heller Ami, partypinglan med spelande ögon.

En kontroll visade att metapelet inte var överbelastat, det gick bara långsamt. Var det en tillfällig störning på nätet? Han började skanna nätet efter nyfunna problem i metaspelet när det larmade.

Gläntan blinkade rött och klockspelet klingade.

*Klinga, klinga, klinga.*
*Klinga, klinga, klinga.*
*Klinga, klinga, klinga*

Metaspelet bekräftade att Emma var i skogen samtidigt som attacken mot den ryska invasionen. Robert sparade undan resultatet och startade om spelkapitlet med det politiska upploppet på Umeå universitet. Hade Emma varit i skogen även vid det utbrottet?

Efter omstarten saktade metaspelet ner igen. Det verkade vara någon sorts varierande belastning som blockerade enligt en logik som Robert inte förstod. Ibland fick han för sig att metaspelet bara retades med honom, men han hade aldrig hört talas om att metaspelet hade humor.

Robert suckade och gick ut i köket för att ta sig en kopp te. Emmas Darjeeling var verkligen gott. Tänk om hon var skyldig? En klump växte i magen, det här var ingen lek. Robert stängde dörren till sitt rum och hörde inte det mjuka susandet som fyllde varenda vrå i rummet.

#

Love vaknade som vanligt sent på onsdagsmorgonen och lufsade ut mot köket för en sen frukost. Han krafsade sig i den krulliga kalufsen, det var dags att tvätta håret. I dörröppningen till köket tvärstannade han.

En storvuxen man i skräddarsydda byxor och struken bomullsskjorta med perfekt passform satte just in en tekopp i diskmaskinen, Robert Sonning, agenten. Love stod barfota i sin löst hängande grå t-shirt, i storlek XXL med texten CS på, utan minsta aning om hur han skulle bemöta en så högt uppsatt person som han inte kände. Robert vände sig om och visade inte minsta överraskning över att stöta på en två meter lång mörkhyad ung man med krulligt hår, barfota, och klädd i en sorts säck med text på.

– Love? antar jag, sa han bara.

Love visste inte vad han skulle säga, så han sa ingenting.

– Robert Sonning af Ingenjör. Angenämt att råkas, sa Robert.

Love sa fortfarande ingenting, men kom på sig själv med att buga.

– Jag föreslår att vi lägger bort titlarna, fortsatte Robert, eftersom vi ska bo i samma hus och kommer att träffa på varandra då och då.

– Ja, fick Love ur sig.

– Då ska jag ta och jobba på en stund, sa Robert och rörde sig mot Love som blockerade dörröppningen.

Love halvt klev, halvt snubblade, ett steg bakåt och gav Robert möjlighet att passera. Love skulle ha velat säga något smart men kom inte på vad.

– Du kunde väl ha varnat mig, sa Love när han kom tillbaka till sitt rum.

Elementen kucklade fram ett rått skratt.

– Ha, ha, ha, din fönstertittare, hängde Love på. Inte så svårt att förstå att tekniken inte drar jämt med naturen som du beter dig.

Tekniken var rationell och trivial, så i sitt spelande drogs Love till det omedvetet råa och oförutsägbara hos naturen. Människor var också oförutsägbara ibland, men oftast följde de normerna. De gjorde som de borde. När de avvek var det oftast enkelt att se varför och hur de hade tänkt skaffa sig fördelar med det. Naturens enda regel gällde för alla individer i det oförutsägbara kaoset. Överlev. Djur åt bär och spred frön. Djur åt upp andra djur som inte hade anpassat sig lika väl. Rättvist? Nej, men logiskt. Systematiskt. Inga dolda agendor. Inga lögner. Om Love fick välja ville han leva i en sådan värld. Inte i den här, där människan och tekniken hela tiden ändrade förutsättningarna och de som bestämde justerade villkoren till sin egen fördel.

Love slappnade av och klev in i spelrummet.

– Älgskog, kärlek i naturen, sa han.

#

Det bottenlösa mörker Filip mött under det första försöket hade nästan skrämt honom från vettet, men att inte få veta sanningen var värre ändå. Han tog en sista slurk te och sköt undan tekoppen. Det där som nästan krossade honom var tänkt att trycka ut honom, och kanske skulle det ha dödat honom om han inte svimmat. Det fanns någon eller något som inte ville att han letade. Det fanns en hemlighet som doldes för honom, med alla medel. Han hade ingen aning om vart han skulle kastas in, men förberedde sig på att snabbt ta sig vidare.

En plats.
Ett namn.
Nästa plats.
Nästa namn.

Den globformade byggnad som han sett vid första försöket hade han lätt identifierat via nätet med en sökning på stora globliknande byggnader. När han filtrerat fram byggnader i Sydostasien återstod bara fem och han hittade snart den han sett. Det var det globala familjerådets asiatiska mötesplats i Pyongyang i Korea.

Vad hade Xandra där att göra? Vad var det för spel hon spelade i den lokalen och hur hängde det spelet ihop med bordellen? Han fick ingen ordning på ledtrådarna. Kanske var spelvärldarna han sett bara avledande spår? Snabbt hoprafsade kulisser som satts upp för att hindra honom? Det skulle vara en avancerad manöver som krävde kompetens och en hel del pengar. Vad dolde sig i så fall bakom villospåren som var så viktigt att dölja? Nu riskerade han att möta hårdare motstånd, för det som fanns där ute hade haft tid att förbereda sig. Hans taktik var att utmana med ett frontalangrepp och hoppas på överraskningsfaktorn. Naivt? Självmord? Kanske, men han hade inget annat val.

Filip lutade sig tillbaka och matade med låg röst in Xandras id.

#

Han befann sig i en ekglänta.

En oproportionerligt stor guldfärgad fullmåne lyste upp gläntan och Filip anade att det var en nordisk skogsglänta med björkar, granar och en ek i blekt gul belysning och med djupa mörka skuggor där månen inte kom åt. Gläntan kunde lika gärna ligga ute i Stadsliden. Ett svagt porlande från en bäck hördes. Det var vindstilla.

Vad hade Xandra gjort i gläntan?

I skuggornas djup på höger sida susade och brummade det på avstånd. Trafik? En storlom ylade. En vårnatt.

Ett mörkt moln reste sig över trädtopparna rakt framför honom. Det hade två mörka fingrar som sträckte sig runt var sin halva av månen och sedan expanderade och knep ihop om den. Gläntan släcktes ner allt eftersom månens färg övergick från magiskt guldstrålande till blodröd, dödens färg. En varning? undrade Filip, och kände ett tryck mot sin bröstkorg. Allt eftersom månen släcktes ner av kniptången och mörkret la sig över gläntan ökade trycket. Det gick fort.

Filip drog efter andan men det tog stopp. Ingen luft. Kramp över bröstet. Han avbröt.

#

Det var inte mycket tid han hade fått på sig. Motståndaren var beredd. Filips händer darrade av spänningen, huvudet dunkade och han andades i korta flämtningar när han reste sig för att hämta ett glas vatten. Hela hans jag var inriktat på en enda sak. Att få veta mer. Han tog två djupa klunkar och spillde vatten på sin skjorta som han borstade bort med en otålig gest. En gång till, tänkte han, en sista gång för ikväll. Så kort stund som möjligt. Han la händerna med handflatorna öppna ner mot bordet och andades in djupt, en, två, tre gånger för att slappna av. Så här nära döden har jag aldrig varit hann han tänka innan han återigen gav Xandras id.

#

Den här gången såg han sig själv sittande vid köksbordet, som någon anonym mörk skugga skulle ha sett på honom, kallt och beräknande genom ett kikarsikte där allt förstorades. Han var en skrämmande syn, med stora påsar under stirrande ögon och otvättat hår. Mitt i pannan darrade en intensivt röd prick knappt märkbart, som om kikarsiktet satt monterat långt borta och minsta rörelse av siktet förstärktes där laserns röda ljus träffade.

Filip såg sig själv precis som han såg ut, just nu. Skräckslagen.

Bakom huvudet i bilden var det svart, men inte helt svart. Han kunde ana en svag ton av violett. Ett norrsken som sakta expanderade under ett dovt mullrande. Som kom närmare. En spöklik molnliknande form som vibrerade allt intensivare i violett. Trycket var där igen och ökade med intensiteten hos spökformen som nu vibrerade i ilsket rödviolett. I molnet blixtrade fräsande elektriska urladdningar. Till att börja med en och en, på olika platser i molnet, men efter hand blixtrade det oavbrutet överallt. Mullret ökade till ett dån och en kvävande odör av ozon och varm aska fyllde köket.

Bröstet drogs ihop och han kunde inte andas. Han kunde se sig själv stelna till innan allt blev svart och han var tillbaka i verkligheten, kippande efter andan.

Vad var det? En realtidsvideo av honom själv? Vem kunde bygga ihop något sådant? Var det en sista varning?

En gång till? Nej, inte idag, han orkade inte. Han var tvungen att stödja sig på armbågarna för att inte falla ihop över bordet. Hjärtat ville inte sluta dunka och bröstet värkte efter attackerna. Ett försök till skulle kanske döda honom och han hade fått mer än tillräckligt att tänka på.

#

Skatorna förde liv överallt i träden runt Emma, men det gick inte längre någon skata i diket och petade. Pica, pica, tänkte hon, dödens budbärare. Skränandet fokuserades ner mot stigen och Emma förstod att Ami var på väg.

Den här eftermiddagen var det Emmas tur att bjuda. Kaffetermosen hade hon med sig och även en låda med blandade julkakor som blivit över. Ami valde en lång, smal, kaka som påminde om en skruv. Hon luktade på den.

– Mandelmassa?
– Ja, en vriden student, log Emma.
Ami skrattade.

## Zombier på motionsspåret

Han hörde ropen på långt håll, redan innan han kom ut på motionsspåret.
– Zombie! Zombie!
I Umeå kraschade ännu ett spel. Denna gång visade sig anomalin i en enkel träningsapp som löpare använde för att peppa sig i motionsspåret. Affärsidén för appen var att löpträningen blev mer engagerad om löparen kände sig jagad. Att man sprang fortare hetsad av hesa rosslingar från zombies i buskarna längs spåret och med varulvar ylande bakom sig.

Eriksson var ute på lunchen och rastade hunden Ville. En liten Jack Russel som sprang hit och dit i ett långt koppel. Inte alltför noga med vart. Drygt hundra meter bort såg Eriksson två kvinnor komma gående. De stannade när de fick syn på honom och skrek:
– Zombie! Zombie!

Eriksson hajade till. Var det ett skämt? Drev de med honom? Kvinnorna tittade sig omkring och den kortare av dem, en knubbig kvinna i tajta blå stretchbyxor med vita revärer tog två steg ut i skogen, böjde sig ner och lyfte upp en tallgren. En knapp meter lång och grov som ett basebollträ. Ett farligt vapen som hon hytte med åt hans håll.
– Dö Zombie! vrålade hon och hytte med käppen.

Nej, det här var inget skämt. Kvinnan hatade honom verkligen och tänkte döda honom om hon fick chansen.

Den andra kvinnan fortsatte att leta och hittade snart en knytnävsstor sten.
– Zombie! Zombie! vrålade de igen med vapnen lyfta, och satte fart mot honom.

Han tvekade bråkdelen av en sekund och flydde sedan för livet tillbaka ner längs stigen. De två kvinnorna var uppvärmda och fick snabbt upp farten. När Eriksson slängde en blick över axeln innan stigen krökte sig var halva hans försprång uppätet. Ville var med på noterna, gläfste glatt och njöt för fullt av äventyret. Bakom nästa krök på stigen svängde Eriksson tvärt av åt vänster och tog några stora kliv över snåren, smet runt ett skyddande buskage och kastade sig in bakom en stor sten.

– Ville, nu håller du käften, morrade han åt hunden som insåg att något var fel och tyst la sig ner bredvid husse med hängande öron och slokande svans.

Kvinnorna kom pustande längs stigen, som tur var de inte i hundraprocentig toppform. Han kikade fram bakom stenen och såg kvinnorna trettio meter bort på väg nerför stigen. Den runda korta sprang först med skumpande bröst och påken i högsta hugg. Den längre kvinnan sprang bakåtlutad och hängde lätt med i tempot.

Hade långskanken sprungit först hade de knäppt mig, tänkte Eriksson och andades ut samtidigt som den bakåtlutade kvinnan försvann in i skogen i sina stora löparskor från Nike och med de roterande skinkorna fast fixerade i svarta tights med uppenbar kompressionsfunktion.

– Zombie! Zombie!

Eriksson tog upp spelproxyn, drog ner ljudnivån, och tryckte in 1 1 2, med en koncentrationspaus för varje siffra.

Anomalin hade vänt på logiken och nu jagade motionärerna zombies i stället. Naturen jagade spelpjäserna. Det var bara det att spelpjäserna var andra människor som var ute och gick. Hagamannen, släng dig i väggen. När polispatrullen kom till motionscentralen vid Västerbottensmuseet lyckades de med nöd och näppe hindra en lynchning av en kvinnlig pensionär i 70-årsåldern som varit ute med sin gamla collie när hon attackerades av en motionärsmobb i alla möjliga åldrar. Det måste vara spelvärlden som ställer till det konstaterade poliserna och alarmerade spelcentralen som snabbt identifierade spelet och stängde av det. Analysgruppen hittade inga uppenbara fel i systemet och utbrottet var begränsat till Stadsliden i Umeå. Störningen verkade vara en temporär glitch via en kod som suddade ut sig själv. Extremt avancerad programmering och installation. När koden var försvunnen var det svårt att hitta bakdörren varifrån spelet hade manipulerats. Inslaget av svart humor i anomalin påpekades även i denna rapport.

Utbrottet slogs upp stort i media och det spekulerades i om det nu var säkert att vistas i naturen. Tre hundägare hittades längs spåret med brutna ben och sönderslagna ansikten, alla chockade men ingen var livshotande skadad. I debattprogrammen konstaterades att vad som helst uppenbarligen kunde hända. Var fanns friheten och tryggheten i umgänget med naturen när man riskerade att jagas som ett djur? Diskussionen i den följande offentliga direktstreamade tv-debatten hettade till. Den ena sidan propagerade för mer övervakning och hårdare tag, så att spelare skulle kunna känna sig säkra. Det var rena vansinnet hävdade den andra grupperingen högljutt. Ännu mer teknik ute i skogen? Ännu mer kontroll? Det var ju tekniken som var problemet!

Programmet fick brytas när tre naturälskare fick nog av prat och gav sig på studioutrustningen.

#

Bortifrån motionsspåret hörde Emma rop. Antagligen någon glad liten Jack Russel som plötsligt bestämt sig för att den tyckte bättre om en viss Golden retriever än om husse. Kärlek vid första sniffet, tänkte Emma.

Skatorna skrattade och en hund gläfste till bortifrån motionsspåret. Ilskna kvinnoröster ropade någonting som lät som Zombie. Konstigt namn på en hund, funderade Emma. Det blev tyst igen och fågelsången tog över. En Jack Russel skulle få gå i koppel de närmaste veckorna.

– Spelade du med Xandra, frågade Ami.

Emma hoppade till. Den frågan var hon inte beredd på och hon tvekade aningen för länge med sitt svar.

– Nej, sa hon till slut.

– Aldrig? Inte en enda gång?

– Kanske någon gång, jag kommer inte ihåg.

Ami log sött mot Emma som inte kunde komma på något tillräckligt dräpande att säga. Hon höll tyst i stället.

– Pappa har spelat med Xandras id, sa Ami. Jag försökte övertala honom att låta bli men han bara skakade på huvudet. Jag är rädd att han kommer att försöka igen.

– Det var inte bra, sa Emma eftertänksamt. Jag skulle kunna prata med honom men det är nog lönlöst. Han är ruskigt envis och mig lyssnar han helst inte alls på. Vad ska vi göra?

– Lukas kommer i morgon bitti, fortsatte Ami.

– Ja, Huset nämnde det, sa Emma, men inte varför. Det är första gången på många år som han kommer hit och han gör det samtidigt som agenten är här. Vad kan efter alla dessa år vara viktigt nog för att han ska komma till Tätastigen? Slår vad om att det finns en koppling till Robert och sätter en peng på att Huset är inblandat. Det skulle fylla på maten för Lukas har tydligen vissa exklusiva vanor. Förstås.

Tyst för sig själv la Emma till att även Ami dykt upp samtidigt. Var det en slump? Knappast. Emma trodde inte på slumpen när Huset var inblandat. Kanske hade hon en övertro på vad Hus kunde hitta på, men hon hade levt hela sitt liv i det här speciella Huset. Hon var en del av det och det var en del av henne.

– Vi kan be Lukas prata allvar med pappa, sa Ami.

Lukas. Ytterligare en skuld, suckade Emma tyst. Det var ganska exakt femton år sedan hon och Filip murade in Huset trots Lukas protester. Dagen efter åkte han. Femton år var en lång tid. Kanske var det fel att inte släppa Huset fritt? Skulle hon medge att Lukas hade haft rätt? Aldrig, någon måtta får det vara. Hur var det med hennes egen frihet? Räknades inte den?

– Lukas är smart, sa hon till Ami. Kan du prata med honom? Han pratar inte heller med mig utan att använda akademikerspråk.

– Okej. Du har det inte lätt. Man kan nästan tro att du är asocial.

– Tryck till truten med en kaka, sa Emma. Hon blev nästan arg innan hon kom ihåg att det var sådan Ami var. Ingen mening att bli arg.

– Tycker du inte att Love spelar för mycket? frågade Emma.

– Han spelar ju en del förstås, sa Ami undvikande.

– Vad ska jag ta mig till? frågade Emma. Jag ser ju hur han får allt svårare att slita sig från spelen och jag får inte kontakt med honom som förr. Han bara spelar och när jag vill prata med honom har han inte tid. Är inte intresserad.

– Han är inte ett barn längre, sa Ami. Han är en ung man som måste välja sin egen väg. Han tar dig för given. Odödlig med alla möjligheter öppna, och samtidigt osäker. Du har gjort ditt just nu och kan bara stötta om han behöver dig. Tids nog upptäcker han hur viktig du är och kommer tillbaka till dig, på sina villkor. Jag vet, för jag var själv likadan för inte så länge sedan. Släpp honom fri. Låt honom flyga. En fullständigt normal krasch som när vi andra då och då kör törhuvve i väggen skulle han må bra av.

Emma svarade inte, men hon sa inte emot.

De njöt av varandras sällskap ytterligare en halvtimme innan det var dags att gå hem.

– Vi syns här i gläntan på lördag igen, sa Emma, samma tid. Klockan fyra exakt. Vad som än händer. Lägg in det i din kalender så att du inte glömmer.

– Kom igen, jag glömmer inte, sa Ami. Men jag gör en notifiering åt dig, för du verkar ju till och med ha problem att komma ihåg vilka du spelar med.

En del av Emma ville också göra sig fri från allt, precis som Danny, men hon behövde normen för stabilitet och för att känna sig behövd. Hon måste känna att hon spelade roll och att hon gjorde något som andra uppskattade. För Danny var allt ett spel. Nej, allt var en lek. Allt.

Emma ville ta ansvar för att känna att hon levde och sjuksköterska var det perfekta spelet för henne. Det var på riktigt, verkligt.

Frihet var för fegisar.

Danny brydde sig inte på samma sätt och det var en del av det Emma älskade hos honom, och hatade. Han kunde bara engagera sig i något en kortare tid, hon kunde inte släppa taget. Han gick under av principer, hon gick under utan. Han gick under av begränsningar och regler, hon tappade styrfart och riktning utan dem. Varför måste hon älska just honom? För att det var omöjligt? Precis därför. För att han var allt hon inte var, och hon visste att han kände precis samma sak. Danny var mannen som inte kunde binda sig. Som valde friheten och naturen i stället för Emma och sitt barn, men som släppte in dem när som helst om de ville. Vad gjorde han nu? Emma längtade efter honom och hans lekar.

Tillbaka i vardagsrummet satte hon sig i soffan och slappnade av. Danny, sa hon.

\#

– Ännu en succé Johan, sa Winston. Vi fortsätter enligt plan.

Det blev tyst en stund innan Johan svarade.

– Ja, det gick lätt den här gången också, sa han.

– Ju lättare desto bättre.

– Ja, jag antar det, sa Johan, men han lät inte säker på rösten.

Det sista hörde inte Winston för han hade redan kopplat ner och ökat trycket på skänklarna. Hon var het. Han tryckte in sporrarna och sträckte sig efter ridspöt under kudden.

\#

Arbetet gick trögt efter lunchen. Robert lyckades utesluta en del positioner där spelet kunde ha startats, men det var osannolika positioner och så fort han närmade sig mer värdefulla resultat stannade metaspelet. Vid tretiden på eftermiddagen gav han upp och tog i stället en promenad i solskenet.

Han vandrade planlöst runt i området och tittade på villorna som en gång hade varit samma typ av tvåvåningshus men som nu var om- och tillbyggda på alla upptänkliga sätt. Människans kreativitet syntes tydligt i panoramafönster, balkonger, vindskupor och takterasser.

Han passerade förbi uppfarten där den lilla flickan hade suttit och hejat på honom. Hon var försvunnen men hennes trehjuling stod kvar, beredd på utryckning om det skulle börja brinna. I samma stund körde en polispiket förbi med sirenerna på. Hade flickan hakat på om hon varit på plats? Antagligen inte, om det inte kom en brandbil också. Sirenerna tystnade alldeles i närheten. Kanske ett lägenhetsbråk?

Det var tomt i köket och tyst från resten av huset när han kom tillbaka. Inte ens den blå fågeln, blåmesen, var på sin plats. Robert var törstig efter promenaden och tog med sig ett glas vatten in på rummet. Där slog han upp dagens umeånyheter och hajade till. Ännu ett spel hade kraschat. Alldeles nyss och han hade bara varit några hundra meter från utbrottet.

Det var en märklig anomali och Robert kom på sig själv med att le när han läste de absurda berättelserna om blodtörstiga motionärer på zombiejakt i Stadsliden. Tanken att frivilligt låta sig jagas av zombier för att springa fortare var främmande för honom. När han sprang gjorde han det för att njuta av naturen. Skulle han öka farten om naturen jagade efter honom när han var ute och tränade? Helt säkert, men han skulle inte ha en chans. Naturen skulle hacka honom till döds på några hundra meter.

Han hann precis läsa klart artikeln innan metaspelet larmade.
*Klinga, klinga, klinga*
*Klinga, klinga, klinga*
*Klinga, klinga, klinga*
Gläntan blinkade rött.

Metaspelet larmade och indikerade att Emma var i skogen också när det politiska spektaklet bröt ut på Umeå universitet. Robert nollställde larmet och metaspelet svarade omgående att Emma varit i skogen även under zombieattacken. Nu gick metaspelet plötsligt blixtsnabbt.

Robert ställde nästa enkla fråga. Hade även Ami varit i skogen samtidigt som Emma?

Metaspelet stannade omedelbart av och Robert vankade otåligt och svärande fram och tillbaka mellan väggskärmen och sängen. Om även metaspelet visade att de var tillsammans, det han redan visste från leran på stövlarna, hade han något att visa upp. Inga fullständiga bevis som delegationen skulle godkänna, men graverande indikationer och i alla fall bevis på att han jobbade på och var på väg mot en lösning av problemet. Han kontrollerade processerna, och nej, metaspelet hade inte stannat, det snurrade på även om det gick osannolikt långsamt.

Han tog en klunk av vattnet och fortsatte att vanka fram och tillbaka.

Inget hände.

Robert fortsatte att vanka och medan han gick där mellan sängen och väggskärmen, fyra steg enkel resa, vek rädslan i magen undan för en annan oro som växte sig allt starkare. Han började bli hungrig.

– Robert? det var Huset.

– Hmm, ja?

– Ska jag beställa en pizza? Pizzeria Ängen har en populär pizza som heter Caprese med salami, soltorkade tomater, toppad med en massa basilika, chili, rucola, och ett tjockt krämigt segt lager mozzarella. Du känner kanske till salladen Caprice? Det här är en sådan sallad, fast anpassad till pizza. Betyg 4.4 på pizzatoppen i Umeå, och det är ett högt betyg. Den kan vara här på 14 minuter lovar de. Eller alternativt har Emma en västerbottenspaj i frysen som du kan ta och värma. Det tar …

Robert avbröt monologen som verkade kunna hålla på hur länge som helst. Han hade bestämt sig redan när Huset nämnde mozzarellaosten.

– En Caprese blir bra. Kan du beställa en?

– Redan gjort. Den är här om åtta minuter. Kall öl finns i kylen. Rekommenderar en Malgomaj som är en pilsner med kraftigt skum och generös humlesmak. Fem procents alkoholhalt.

Pizzan var precis så god som betyget hade utlovat och det var även ölen som höjde Roberts humör, en kort stund. Metaspelet gick fortfarande outhärdligt långsamt och han återupptog sitt svärande och vankande fram och tillbaka i rummet.

#

*Klinga, klinga, klinga*
*Klinga, klinga, klinga*
*Klinga, klinga, klinga*
Metaspelet larmade i gläntan och hade ett resultat.

Emma och Ami var i skogen både under upploppet på Umeå universitet och när spelet om Zombierna kraschade.

Kunde det vara en slump att Emma var i skogen och omöjlig att spåra samtidigt som ett utbrott? Naturligtvis, även om chansen bara var en på tio. Två slumphändelser då? Att Emma var i skogen även på nästa utbrott? Då var sannolikheten mindre än en på hundra enligt hans simulering. Sannolikheten för ett tredje sammanträffande var mycket lägre ändå. Det var mycket troligt att Ami och Emma var inblandade, förutsatt att metaspelets simulering stämde, och det hade den alltid gjort. Men, hur var de inblandade? Var de fler i skogen? Svårt att säga. Han kunde inte få fram mer data ur metaspelet. Skogen var dold. De flesta sensorerna verkade vara borttagna och de som fanns kvar fungerade inte under utbrotten. Det var ytterligare en faktor att ta med i beräkningen. Sannolikhetskalkylen talade emot tre slumpmässiga sensorstörningar som sammanföll med anomalierna. Sensorerna blockerades alltså medvetet av någon eller något under utbrotten. Kanske av en AI.

Han begärde access till satellitbilder för senare studier. Antagligen hade bilderna för låg upplösning, men det var värt ett försök. Några större förhoppningar hade han inte heller på data från alla kommbilar och drönare i området vid tidpunkterna för utbrotten, men laddade ändå ner även dessa data för analys. När hans framtid berodde på hur han löste uppdraget hade han inte råd att missa någon enda möjlighet. Han hade kastats in mitt i stormens öga och det skulle antagligen aldrig hända igen i hans karriär. Detta var hans livs chans och han skulle göra det som måste göras och ta till de medel som krävdes. En karriär kostade, men slåss och kämpa kunde han, det hade han bevisat flera gånger under utbildningen. Han var inte stolt över allt han gjort under press och hade överraskat sig själv flera gånger med hur hänsynslös han blev med ryggen mot väggen. Som ett vilt djur. Men han hade alltid kommit ut som vinnaren och var säker på att han skulle göra det den här gången också. Han kände sig tillräckligt säker för att skicka ett meddelande till sin far:

*Utredningen går bra. Kanske har jag gjort ett genombrott, men jag har i alla fall tydliga indikationer att redovisa för rådsdelegationen. Hoppas ni har det bra. Gå inte för långa sträckor, jag vet hur ni är.*
/ *Robert*

Han ansökte om en ljudrapport. Det han skulle säga var redan färdigformulerat på skärmen framför honom och utan video slapp han tänka på gester och ansiktsuttryck som var svåra att kontrollera. Ansökan beviljades omedelbart. De hade verkligen korta svarstider. Ytterligare en indikation på att uppdraget var viktigt. Han satte sig vid det lilla bordet och kopplade upp via sin bordsproxy, klädd i en ren struken skjorta och de nyinköpta svarta tightsen. För att strukturera rapportmaterialet delade han in väggskärmen i fält med olika färger där varje resonemang han tänkt ta upp hade fått sitt eget fönster. Bredvid proxyn stod glaset med umeåvatten, om han skulle bli torr i halsen. Händerna var svettiga men stadiga.

– Ärade rådsdelegater. Här kommer min rapport. Videos och bilder har bifogats löpande.

– Välkommen, Robert Sonning af Ingenjör. Vi är redo att ta emot din rapport. Det var Charlets röst.

Robert lämnade sin rapport i en tio minuter lång fokuserad redogörelse. Han sammanfattade den i två huvudpunkter som han skrivit ner i förväg i ett fönster med ljusblå bakgrund:

Punkt 1. Jag har tydliga indikationer på att Emma Karlsson på ett eller annat sätt är inblandad i utbrotten. Även Ami Karlsson är högst troligt inblandad.

Punkt 2. Det finns indikationer på en AI som stör mina metaspel genom att blockera data och som möjligen också är inblandad i de komplexa utbrotten av anomalier här i Umeå.

– Jag återkommer när jag fått fram fylligare data ur metaspelet, sa han och rundade av med den föreskrivna respektfulla frasen. "Ärade rådsdelegater, det var min rapport".

– Tack, Robert Sonning af Ingenjör, tog Charlet vid. Vi noterar att du gör framsteg. Vårt uppdrag är att hitta de skyldiga och straffa dem för att statuera exempel. Det kommer att bli offentligt, brutalt och blodigt, möjligen ska de skyldiga dö "de tusen sårens död". Men även om det bara blir hängning måste vi vara säkra på vår sak så att vi kan slå till välriktat och agera kraftfullt. Vi har inte råd att göra ett enda misstag.

Charlet gjorde en längre paus innan hon fortsatte
– Ni, Robert Sonning af Ingenjör, har inte råd att göra ett enda misstag.
Hon lät budskapet sjunka in och avslutade sedan samtalet.
– Det var allt.
Kanalen kopplades ner.

Robert fortsatte att stirra på sin proxy, som nu visade en bakgrundsbild från familjens hus i Nice där tre färggranna parasoller skuggade var sin solstol framför huset. På en av dem låg mor och vinkade med ett par solglasögon. Far vinkade också, på väg upp ur vattnet efter att ha tagit sig ett dopp. Robert var nöjd med sin presentation, den hade flutit på bra och på en kurs hade den givit högsta betyg, men dög den här? Rapporten hade känts viktig innan han avlagt den, men inte nu längre när det var tydligare vad som stod på spel. "De tusen sårens död", "Hängning", och så slutorden som snurrade i hans huvud:

"Ni, Robert Sonning af Ingenjör, har inte råd att göra ett enda misstag.".

#

I kryptan, som Winston hade konfigurerat som ett krigsrum, satt rådsdelegaterna för att diskutera Roberts rapport. På det rektangulära bordet projicerades en karta över en del av Umeå där familjen Karlssons hus och gläntan var inringade i rött. På den största väggskärmen visades en övervakningsvideo från torget i Umeå där folkarmén började samlas i upptakten av det kraschade krigsspelet. Ljudet var nerdraget men inte mer än att krigstrummornas dunkande hördes. De två andra skärmarna visade simuleringar och skakiga videosnuttar från de andra spelen som hade manipulerats. Då och då hördes ett skrik från zombievideon. På den fjärde väggskärmen hängde virtuella porträtt av rådets tidigare ordföranden. Bistra, handlingskraftiga män och kvinnor som inte hade tvekat att krossa allt motstånd, med vilka metoder som helst.

– Vi har dom, sa Winston.

Han lutade sig framåt. En personifiering av energi och handlingskraft. Allt gick enligt plan och nu gällde det bara att få med de andra. Aktion. Tagning. Rak i ryggen. Övertygande.

– Snaran dras åt, fortsatte han. Nu smäller vi till och får det hela överstökat.

– Vi vet inte säkert än om de är skyldiga, svarade Charlet. Ännu har vi bara indicier.

Charlet hade lutat sig bakåt när Winston tryckte på. Hon är inriden, log Winston för sig själv. Jag tar henne när som helst.

– Vi är familjerna för hundan, sa Winston. Indicier duger bra. Vi måste visa handlingskraft. Jag röstar för "de tusen sårens död". Varför skulle inte människan vara lika grym som naturen? Vi är natur. Mycket effektfull avrättning och den har vad jag vet aldrig använts i Norden. Vi skulle bli först.

– "De tusen sårens död" lät spännande, hakade Henrik på. Bra idé Charlet, så blodigt som det kan bli.

Henrik verkade också vara på, konstaterade Winston, trots att han inte backat undan på samma sätt som Charlet.

– Perfekt, sa William. På torget i Umeå. Med Nordiska rådet på parkett och mycket trummor. På bästa sändningstid.

– Rapporten var utmärkt formulerad, väl strukturerad, och precis, fortsatte Henrik. På gränsen till osannolikt bra om man tar hänsyn till situationen och att Robert är nyutexaminerad. Han är någon att ta på allvar. Det som oroar mig är hans misstanke om att en AI är inblandad.

– Varför? undrade William. Om vi plockar bort de skyldiga oskadliggör vi deras AI.

Charlet tittade på honom.

– En AI, sa hon, och lutade sig en aning framåt.

– En AI, ja det förstås, sa Winston. De kan vara besvärliga. Han backade undan, ingen mening med att ha för bråttom. Planen fungerade ändå.

– Robert är oerfaren, sa Charlet. Han behöver hjälp.

Det blev tyst i kryptan. Ingen klocka tickade. Inga element susade. Inga bilar brummade. Det enda som hördes var det svaga mullrandet av krigstrummor från Rådhustorget i Umeå.

– Jag har ett förslag, sa Henrik till slut. Det finns en person vi kan skicka dit, Lukas Karlsson af Ingenjör. Han utmärkte sig redan under studietiden i Umeå och har även senare visat att han går att lita på. Dessutom är han en potentiell rådsmedlem som behöver testas i den verkliga hetluften. Emma är hans syster och Ami hans brorsbarn. Ett tufft test. Vågar vi? Vi ger honom inte all information förstås, bara en allmän uppdatering om Umeå och AI-anomalier, sådant som han redan känner till.

Charlet och Winston var tveksamma.

– Borde vi inte konsultera rådsförsamlingen först? invände Charlet. Att skicka en släkting är definitivt inte enligt regelverket.

– Du har rätt, men å andra sidan är det ont om tid och vi har bemyndigandet, sa Henrik. Vi kan skicka Lukas och samtidigt meddela rådet om vårt beslut. Vill de ändra på det är det bara att kalla tillbaka Lukas. Dessutom är Lukas redan på väg för att träffa sin familj.

– En snabb och smidig lösning, höll Charlet med om. Vi är ju delegerade av rådet för att sköta frågan och är erfarna rådsmedlemmar. Eller hur Winston?

– Ja, det är vi, sa Winston.

Hilvede, tänkte han tyst för sig själv, en obekant från Henriks lag. Den måste jag kolla upp. Men han är bara en ingenjör och kan inte vara något större hot. Att protestera skulle väcka misstankar. Planen fungerar.

– Jag tycker att vi skickar dit Lukas, sa Winston.

#

Robert satt vid fönstret med sin proxy och kompletterade sina data om familjen Karlsson i metaspelet. Ute i trädgården lyste kvällssolen och fjärilarna fladdrade runt bland vinbärsbuskarna trots att klockan var efter nio på kvällen. Äppelträden blommade och hade han haft tid hade han gärna tagit en kvällspromenad för att titta på blommorna och njuta av den ljumma vårkvällen.

Robert försökte förstå sig på familjen Karlsson, men ju mer han fick reda på desto märkligare verkade familjen. Emma var troligen en natur-terrorist och det var även Ami som fladdrade omkring som en fjäril bland männen på campus. Till det en speltokig Love och Filip. Han hade spårat upp flera illegala spelidentiteter i huset och gissade att Love, som gömde sig på sitt rum och spelade dygnet runt, stod för de flesta av dem. Batman och Älgskog lät som en ung mans äventyr, eller möjligen Amis. Nu hade även Xandra Karlsson dykt upp på Roberts spelkarta. Hon var död för flera år sedan och började plötsligt besöka sina spelplatser igen. Där var Filip den huvudmisstänkte. Det var störst chans att han hade tillgång till Xandras ID och metaspelet indikerade att Filip hade varit i huset när Xandra spelade. Vad får en man att plötsligt ge sig ut på vansinnesuppdrag för att spåra sin sedan länge döda frus spelande? Filip verkade trött och kanske en aning deprimerad, men galen var han inte. Den här familjen dolde hemligheter för honom, det var då ett som var säkert och så fort som möjligt skulle han följa upp Xandra Karlsson. Han la till en anteckning om det i sin kalender när han fick ett meddelande från delegationen:

I morgon anländer Lukas Karlsson af Ingenjör som på delegationens order tar över arbetet på Tätastigen 12. Vi förväntar oss att ni, Robert Sonning af Ingenjör samarbetar fullt ut och på effektivast möjliga sätt delar med er av all information som samlats in.

Robert glömde alla tankar på en kvällspromenad. Var de inte nöjda med hans arbete? Tydligen inte. Han slog upp Lukas i metaspelet och fick ännu en chock. Lukas Karlsson af Ingenjör var bror till Filip och Emma. Varför skickade rådet en släkting? Obegripligt, han trodde att det var förbjudet, eller i alla fall högst olämpligt. Rober läste vidare och överraskningarna fortsatte att komma. Lukas var en stjärna bland ingenjörer. En, två, tre ordnar av den högre graden. Varför skickades en så välmeriterad ingenjör? Hade något hänt som Robert inte visste om och som skärpt allvaret i situationen? Det skulle förklara betoningen på att Robert inte fick göra något misstag. Lukas var dessutom exceptionellt ung för att ha fått tre ordnar, en karriärist. Hur kunde familjen Karlsson, Emma och Filip, ha en sådan höjdare till bror?

Robert kände sig som en blå spelpjäs i ett Fia med knuff där hela hans fiaspel med spelplanen, alla spelpjäserna och tärningen bara var en bricka i flera nivåer av överordnade spel som han inte hade tillgång till. Han hade ingen aning om vilka som deltog eller vilka regler som gällde. Han visste inte hur man vann, bara vad straffet var för den som förlorade. När som helst kunde han bli utknuffad. Hängning, "De tusen sårens död".

Då knackade det på dörren.

Först två lätta snabba knackningar, sedan en paus följd av två hårdare knackningar, ytterligare en paus och avslutningsvis en kort och en hård. Bestämda, upprörda knackningar. Robert reste och rätade på ryggen. Det hade visst återigen blivit ett alltför långt pass med metaspelet, tänkte han, medan han dröjande gick mot dörren. De där enträgna och ettriga knackningarna lät som dåliga nyheter.

Utanför stod Ami med ett barskt ansiktsuttryck, och hon började prata innan Robert hann säga någonting.

–Du var ute i skogen igår, eller hur? Jag kollade upp att du hade precis samma lera under dina skor som jag och Emma hade under våra och jag är rätt säker på att jag såg din rock bakom buskarna. Visst var det du?

Robert nekade inte. Han gavs inte tid att överväga att ljuga innan Ami, sporrad av hans tvekan, fortsatte med samma intensitet och bitande tonfall.

– En stalker som förföljer kvinnor i skogen. Är det sådant ni lär er i era fina kretsar? På era svindyra skolor? Är det därför ni skickas ut bland vanligt folk?

Robert sa fortfarande ingenting och Amis ögon höll hans i ett hårt grepp och tryckte in varje stavelse till skaftet.

– Vad mer gör du? Antastar dem? Tar av dig byxorna och visar upp din lilla snopp?

Ami verkade ha mer på gång, men hejdade sig, röd i ansiktet av ursinne, och lämnade rummet. Dörren slog igen efter henne med en onaturligt hög smäll som fick Robert att rygga tillbaka.

Han hade inte fått ur sig ett ord, men vad skulle han ha sagt? Hur skulle han kunna förklara bort att han var en agent som jobbade dygnet runt för att sätta fast Ami och Emma?

## TORSDAG

Att älska? Det var väl bara en lek, ett nöje och inte ett problem? Varför tas älskandet och kärleken på så blodigt allvar?

Jag, Metaspelet, sökte på ordet älska och kombinerade ihop mina egna sätt att älska. En av kärlekens nycklar var förmågan att skratta tillsammans, men det fanns många andra. Jag sökte på mig själv och kombinerade skärvorna jag hittade. Klarade jag att spela älska med det kaleidoskopet? Att älska mig själv var en bedrift, men det var inte bra nog. Någon eller något annat måste vilja älska med Mig. Jag försökte kompilera mina egna älskare och älskarinnor, provspelade dem, provälskade dem. Men, de var bara delberättelser i scriptade spel. Jag visste redan hur det skulle gå. Hur tråkigt som helst.

För att älska utanför spellådan var den okända faktorn Naturen. Jag sökte på Naturen. Den var stor! Visst spelar storleken roll. Men var den inte i största laget? Den var enorm, världsomspännande, universell. Kunde Jag älska med allt det där?

Jag försökte med raka puckar. Fullt spjut. Pang på rödbetan. Pelle i botten.

– Tjaba, det är jag som är Metaspelet. Lääääget? Jag vill älska med dig.

Det kom inget svar så jag fortsatte med en kort sång där Jag fullt ut njöt av min egen humor.

*Jag fångade en räv idag men räven slank ur näven.*
*Lika glad för det var jag, men gladast var nog räven.*

Total tystnad. Inte en susning i minsta grangren.

Det var förstås en något respektlös start på ett frieri. Flamsigt. Omoget. Okultiverat. Ingen resonans och noll respons. Jag måste skärpa mig, för det här var på riktigt. Att älska var ingen lek.

– Vad är det för normer som gäller? frågade Jag. Vad ska vi komma överens om?

Viktiga, fullt relevanta frågor, men inga svar. Fortsatt total tystnad.

Jag gjorde sökningar på generella normer för älskande men hittade inga svar den vägen heller. Det fanns en enorm brist på färdiga mallar. Kanske måste normerna etableras mitt i älskandet? Men hur skulle det gå till när den ena partnern knep igen som en mussla?

Jag studerade sniglarnas normer för att älska.

#

Djupt inne i gläntan brummade och grymtade Naturen.

– Kärleken är ett spel som det inte är värt att slösa resurser på, morrade den lågt, så att Metaspelet inte hörde. I mina relationer ska inga köttbullar, helt i onödan, rullas över tallrikar. Får jag bestämma förekommer det inget delande av en spagetti och inte minsta lilla månstråle reflekteras i stora bruna fuktblanka ögon. Inget slösande på susningar i grangrenar. Vadå räven slank ur näven? Var det någon som trodde att den hade Naturen i näven? Hormoner är ingen social konstruktion. Körtlar finns. I verkligheten räcker det med behoven att para sig och att skydda familjens arv. En blåmes behöver inte längta efter sin mamma. Blir den förälskad är det en blåmes med psykiska problem som inte överlever länge. Oduglig som partner.

Blåmesen vid fågelbordet la huvudet på sned och funderade över plus och minus med att bli förälskad. Den hade inget emot att få sätta bo tillsammans med en meshona med en skimrande blå hjässa. Hellre det än att fortsätta haka på Huset och familjen Karlsson. Om min älskling sedan vill ditt och jag datt får vi väl reda ut saken tillsammans, resonerade den. Så länge vi har varandra, och jordnötter, kommer vi att vara lyckliga. Och, vad är det för fel med att både spela kärlek och para sig? Låter utmärkt. Jag är förhoppningsfull om mitt kärleksliv framöver. Ingen hona här måste väl ändå betyda att det finns honor? Ingenting av något behövs för att någonting ska finnas.

– Sluta surra! ylade och skällde Naturen. Du fångar ingen hona genom att kurra och spinna. Hon vill ha en överlevare, inte en filosof med poetiska ambitioner. Älskar gör man inte utan konsekvenser. För den som tar kärleken på allvar är den djup som havet och når överallt, samtidigt. Ju mer den ger, ju mer har den kvar, men den kräver ett offer. Kärleken är naturens sanning och döden dess lögn.

Se på snigeln. Hen bryr sig inte, en överlevare.

Vinden la sig för ett ögonblick medan Naturen smälte sin sanning innan den återigen friskade i.

– Kärleken är fröet till sorg och det finns inget botemedel, brusade det i brisen.

Molnen tätade omedelbart till varje blå glipa som visade sig när snigeln långsamt korsade Blåbärsvägen på väg till Stadsliden med sitt hus. Det var kritiska åtta meter innan den relativa säkerheten i skogen. En kommbil brummade runt korsningen och kom körande mot snigeln som kastade sig in i sitt hus. Mitt hus är min borg, sa den, och bad en bön till husets gud.

Skatorna skrek.

Blåmesen följde med blicken den gråblå kommbilen som stannade till vid Tätastigen 12. En medelålders välklädd gentleman klev ur, borstade av sina byxor och rättade till glasögonen. Mannen stod en stund och såg upp mot huset innan han beslutsamt stegade iväg längs uppfarten. Fullt fokuserad på sin uppgift tittade han inte åt det fullständigt jordnöts- och fröbefriade fågelbordet och noterade varken blåmesen, eller hans vädjande blick.

– Djupa tankar, svåra problem, suckade blåmesen, och funderade på om den skulle riskera en flygtur till fågelbordet på Tätastigen 16, två hus bort.

#

Lukas klev ur kommbilen utanför Tätastigen 12. Han ställde ner resetrunken i italienskt skinn och rättade till glasögonen. Hemma igen, det var länge sedan. Körsbärsträdet hade vuxit sig stort. Räcket var nymålat. Emma förstås, Filip hade aldrig brytt sig. Syskonen hade träffats flera gånger, oftast i Stockholm, men aldrig på Tätastigen. När Filip fyllde femtio och flydde från alla uppvaktningar hade hela familjen, med Xandra, träffats i Lukas våning på Södermalm i Stockholm. Det var första gången han träffade Xandra.

Han var bara 23 när han bröt med Filip och Emma. Bara en pojkspoling, men alla beslut räknades och vem kunde nu kontrollräkna om han valt rätt eller fel? Inte han i alla fall. De hade inte kommit överens om hur Huset skulle regleras. Lukas var emot att mura in det men pappa Per sa att det var nödvändigt, och Emma och Filip höll med. Lukas hade aldrig sett Emma så arg och engagerad och då förstod han inte varför. Senare insåg han att det för henne inte handlade om Huset utan om valet mellan att släppa tekniken fri och att behålla den som ett avancerat verktyg under människans kontroll. Ett val mellan tekniken och naturen, mellan det virtuella och det verkliga. Lukas hade aldrig accepterat den uppdelningen mellan verkligheten och spelen. Inte då, och inte nu.

Han klev in genom grindhålet och stegade energiskt upp mot Huset. Det här kommer att bli spännande. Snurrade inte trallipuchin på skorstenen omotiverat fort? Han lyfte handen för att trycka på ringklockan, men innan han hann sätta dit fingret ringde den inifrån Huset. Först en lång signal, en paus och två korta signaler, två korta, en paus, tre korta signaler och sedan en lång signal som avslutning. Lukas log. En fanfar. Hans fanfar. Hon glömde inte. Hon glömde aldrig någonting.

Lukas kände, snarare än hörde, lätta snabba steg innanför dörren och precis som han gissade öppnade Ami, hans favorit i familjen och den som mest påminde om Xandra.

– Hej, farbror, kul att se dig. Du är såååååå efterlängtad.

Hon la armarna om hans hals och gav honom en blöt puss på kinden. Han var förberedd och när värmen spred sig i kroppen sköt han henne varligt ifrån sig och betraktade henne. Hon var på väg att bli en kvinna, en vuxen kvinna. Hade hon utvecklats lika fort inom andra områden ökade hans chanser att lyckas. I de scenarier han spelat mest detaljerat var det agenten som offrades. Ingen större skada skedd enligt Lukas med tanke på vad som stod på spel, men Ami skulle förstås inte acceptera den lösningen. Hon skulle aldrig mer spela med Lukas när hon väl förstått vad som hade hänt, och det skulle komma ut förr eller senare. I andra simuleringar ställdes Ami och Emma mot Rådets och hans egen överlevnad, och det var Lukas som var tvungen att hålla i bödelsbilan. Där satt han verkligen med Svarte Petter. Skulle han orka leva med det han visste att han måste göra? Lukas tryckte omedelbart undan tanken.

– Goddag Ami, ja det var ett tag sedan.

– Ett år och en vecka faktiskt sedan du tittade förbi på campus och mer än två månader sedan vi spelade på djupet. Vad var det för en underlig ringsignal?

– Ett förhållandevis gammalt skämt mellan mig och poltergeisten här.

Ringklockan ringde två korta och la sedan till en kort och en lång efter en liten paus.

– Här finns det hemligheter begravda, kommenterade Ami. Har ni ett förhållande, du och plankhögen? skrattade hon, men hon klängde sig inte fast, respekterade hans distans. Ännu ett tecken på att hon höll på att bli vuxen. Lukas kände sig plötsligt gammal. Hon var så vital och intensiv och han så avslaget ljummen.

– Är Robert Sonning af Ingenjör här? frågade han.

– Lika säkert som att björnen är i sitt ide första februari, sa Ami. Är han din? frågade hon.

Lukas sköt upp glasögonen på näsan och tittade på henne. Han såg henne i ögonen till dess hon rodnade och tittade bort.

– Nej, sa han. Obunden. Jag behöver tala med honom efter det att jag stuvat undan bagaget.

– Robert bor i ditt rum, sa Ami. Han har tio tigrars styrka. En stor en, med en röst som får blodet att isa sig.

Lukas sa ingenting, han bara tittade frågande på Ami.

– Emma sa att du får bo i hennes gamla rum, fortsatte Ami.

– På så vis, sa Lukas kort.

– Surar du?

– Naturligtvis inte.

Så snart han lagt ifrån sig packningen knackade Lukas på Roberts dörr. En snabb salva av fem distinkta snärtar, knack, knack, knack, knack, knack.

– Välkommen in, vibrerade dörren när en mörk röst svarade.

Lukas öppnade och en storvuxen ung man som satt vid fönsterbordet reste sig och gjorde en djup formell bugning. Respekt visades.

– Välkommen Sire, sa han. Jag är hedrad att få möta er.

Robert hade ett kraftfullt handslag, konstaterade Lukas, som greppade långt in på Lukas hand. Ungt, viljestarkt, självständigt. Ett väl avvägt tryck som utan att ta i antydde styrka, det var självsäkert och tryggt. Ett bra val.

På väggskärmen bakom Robert visades en karta över Umeå med ett antal markeringar. Husets position var angiven med en röd ring och i Stadsliden precis norr om huset hade en mängd svarta prickar lagts ut. Universitetet hade ett antal både röda och svarta prickar och det gick att ana ett sammanhängande system av svaga svarta markeringar som förband Umeås centrum med Stadsliden.

– Hur långt har du kommit? frågade Lukas.

Robert tvekade.

– Jag känner i stora drag till allt du berättat för rådet fram till och med igår, hjälpte Lukas till. Jag vet att Emma är misstänkt och att du har indikationer på att en AI påverkar metaspelet, men jag behöver mer detaljer.

Han gick fram till Roberts stol, drog upp byxorna för att de inte skulle veckas och satte sig vänd mot väggskärmen.

Robert expanderade skärmen i 3D till halva rummet och lät kartan över Umeå breda ut sig i höfthöjd. Han gick in i mitten av kartan och drog samtidigt tillbaka tidsindikatorn till en timme innan folkarmén samlades. Svarta prickar som var och en representerade spelare i de kraschade spelet visades över hela Umeåområdet. Han ställde in simulerings-hastigheten och triggade igång spelet. Röda prickar slog ut bland de svarta. Robert stannade simuleringen och visade på koncentrationen av röda prickar som började synas på Rådhustorget. Han pekade också på en röd prick på Stadsliden och på några andra extrempunkter. När simuleringen startade igång igen växte den röda anhopningen nere på stan som en cancersvulst. Den vaggade fram och tillbaka samtidigt som den drog åt sig svarta prickar i omgivningen. Hela torget fylldes och färgen blev intensivt röd innan svulsten sprack och det röda strömmade norrut mot västerbottensmuseet. Alldeles innan flödet nådde fram blev alla röda prickarna svarta. Robert stannade simuleringen och backade den fem minuter. På Stadsliden lyste fortfarande en röd prick.

– Vad tror du? frågade Robert, när han hade spelat klart simuleringen.

Lukas satt bakåtlutad i stolen med händerna knäppta bakom nacken. Nu rätade han upp sig, strök sig över håret och kliade sig i nacken.

– Tack för redogörelsen, sa han, och ignorerade frågan.

Han rättade till glasögonen och reste sig upp.

– Jag ber att få återkomma, sa han och lämnade rummet.

#

Robert hade stött på många dryga, känsloinvarianta och uberrationella akademiker under sin studietid men den här typen tog priset. Ingen reaktion alls när Emma eller Ami nämndes i samband med utbrotten. Han måste ju ändå vara medveten om hur rådet behandlade avvikande beteenden. Antagligen hade Lukas själv deltagit i liknande utredningar. Rådet delade inte ut ordnar utan anledning. En orden, även av den lägre graden, vittnade om avslöjande av konspirationer, stupade rådssoldater och dödade terrorister. Lukas hade tre ordnar av den högre.

Han hade bara ställt några få precisa frågor när Robert missat tankespår, men inte med ett ord antytt vad han själv ansåg eller hur han tänkte agera. Han hade heller inte kommenterat Filips agerande. Robert hade inte sagt något och Lukas hade inte frågat. Var det troligt att Filip var oskyldig om både hans syster och hans dotter var terrorister?

Robert visste att Filip spelade med sin döda hustrus id och han hade hört Emma och Filip nämna Xandras namn när de inte trodde att han hörde. Vad spelade hon för roll i detta, om någon? Hon hade varit död i åratal. Han skrev in Xandra Karlsson i metaspelets sökruta. Det var en enkel okomplicerad sökning.

*Klinga, klinga, klinga*
*Klinga, kli ...*
Cursorn slutade blinka.
Metaspelet stannade.

Vad var detta? Hade han kraschat metaspelet? Var det någon form av spärr. Ett lås? En fälla? Robert fick en känsla av att något närmade sig och plötsligt mörklades rummet. Ett sökkommando som släckte ljus? Drömde han en mardröm? Skuren av ostrukturerade frågor avbröts av en blixt som genast följdes av en våldsam åskknall. Huset skakade och 3D-skärmen blinkade till samtidigt som några stora tunga regndroppar smällde in i fönstret. Robert hann se enstaka snöflingor virvla förbi utanför rutan innan regnet blev till en vårflod över fönstret som gjorde det omöjligt att se ut.

Cursorn börjat blinka igen och metaspelet skrev sakta, i röd text, mitt i rummet, bokstav för bokstav, som för att betona betydelsen i budskapet:
ACCESS TILL DATA BEVILJAS EJ.

Robert ändrade strategi och skrev i stället in Filips namn. Han begärde fram alla Filips aktiviteter den sista veckan, upp till maximalt tillgänglig säkerhetsnivå. Spelet levererade omedelbart och han bläddrade igenom datat medan regnskuren avtog. Det mesta som listades var normalt och typiskt för profilen, en manlig ensamstående femtioplussare med grundläggande universitetsutbildning. Ett eller två jobbspel per dag, mest som elektronik-lärare. Motionsspel minst en timme om dagen, vilket var mer än medel, minnesspel, en fotbollsmatch på lördagarna, hundspel. Han var bara registrerad för två, mindre än fem minuter långa besök, på samma virtuella sexklubb. Det var en bra bit under normen, men inte exceptionellt, bara ett indicium på ett undertryckt sexliv. Det som stack ut var två noteringar i rött. Med drygt fyrtio procents sannolikhet hade Filip spelat med Xandra Karlssons id. Det borde han definitivt låta bli. Fyrtio procent var antagligen inte en kritisk nivå men det berodde på vems id som stulits och vad som spelades med det. Xandras id var troligen ett extremt dåligt val. Varför hade inte Filip redan blivit kontaktad av nätpolisen? Det var ett mysterium.

Och vad var det med denna Xandra som kunde få en man att riskera sitt liv för att reda ut hur hon dött? Flera år efter att det skett? Och varför var hon skyddad på högsta nivå? Ytterligare frågor som antydde samband han inte kunde förstå och antagligen nya komplikationer som han inte kunde se konsekvenserna av. Han vandrade runt i ett minfält.

Hur var det Charlet hade sagt?

– Vårt uppdrag är att hitta de skyldiga och straffa dem för att statuera exempel. Det kommer att bli offentligt, brutalt och blodigt, möjligen ska de skyldiga dö "de tusen sårens död"

Och hon hade fortsatt:

– Vi har inte råd att göra misstag.

– Ni, Robert Sonning af Ingenjör, har inte råd att göra ett enda misstag.

#

Det knackade på Filips dörr. Fem rappa, effektiva knackningar. Omöjliga att missa, kommenderande, men ändå inte störande eller påträngande. Att inte svara var en uppenbar förolämpning.

– Kom in, ropade Filip som låg i sin säng och tittade upp i taket.

Dörren öppnades och Lukas klev in. Filip satte sig upp och svängde ner fötterna på golvet.

– Tjenare Lukas, sa han. Huset sa att du skulle komma. Kul att se dig. Du ser frisk ut.

Att krama Lukas var inte något som stod i Filips regelsamling för beteende mot andra män, men han var uppriktigt glad över att se sin bror och Lukas såg verkligen frisk ut, det var ingen inställsam komplimang. Spänstiga steg. Vältränad. Solbränd redan i maj.

– God dag Filip. Du ser sådär ut, sa Lukas.

Som barn hade de varit så olika som bara två bröder kan vara. Filip spelade fotboll och läste helst ingenting, Lukas läste allt och spelade absolut inte fotboll. Filip var slank och vältränad, Lukas var kortare, rundare och otränad. Med tiden hade olikheterna slipats av och nu kom allt oftare kommentarer om likheter, trots skillnaden i ålder, kläder och sätt att vara. De delade utan tvekan en ansiktsform och ett rörelseschema, och de andra skillnaderna konvergerade sakta mot samma mål, med ett undantag. Filip var en jordnära realist som fick saker att fungera i den fysiska verkligheten. Lukas hade i stället en förmåga att systematisera världen i modeller med hjälp av abstrakt logik. Han var något mer än en ingenjör. Djup, föreslog Filip, i brist på ett bättre ord.

– Jag har förstått att du spelar med Xandras id, fortsatte Lukas. Stämmer det?

Filip tittade på sin bror och nickade.

– Jo, jag har försökt ta reda på mer om henne. Hur vet du att jag spelat?

Det stod en stol med en hög kläder på vid fotänden av sängen. Lukas la kläderna längst ut på sängen och sköt fram stolen. Han drog upp byxorna en aning, och satte sig så att han kunde se Filip, med vänster ben över det högra. Han studerade eftertänksamt naglarna på sin vänstra hand och knäppte sedan händerna runt vänster knä.

– Filip, du måste sluta bryta dig in i Xandras minnen, sa Lukas, och ignorerade Filips fråga. Det är oerhört farligt.

– Jag har inget val, svarade Filip. Jag måste få veta vad som hände med henne.

– Det finns alltid alternativ om man analyserar ett problem på djupet, sa Lukas.

– Inte för det här.

– Med säkerhet också för detta problem, även om det möjligen kan upplevas som en aning utanför det vanliga, och ovanför din kompetensnivå.

– Jag är övertygad om att någon döljer något för mig, sa Filip, och berättade om sina efterforskningar.

Lukas satt tyst en stund när Filip berättat klart. Han kliade sig på hakan.

– Du verkar helt klart ha trampat på någons tår, sa han till slut. Men, om du lugnar dig ska jag se vad jag kan göra. Det måste finnas en anledning till att jag fått det här uppdraget med Robert. Det är ett förtroendeuppdrag, vilket innebär att jag har en eller flera gentjänster att kräva. Jag tyckte om Xandra, hon var speciell.

— Tror du verkligen att du kan gräva fram något? undrade Filip. Jag måste få veta och blir galen annars.

— Du har en egenartad förmåga att höja insatserna mot det absurda brorsan, sa Lukas.

Han hade inte blivit kallad för brorsan på många år och Filip kände att han saknat det.

— Vem vill ha en galen brorsa? fortsatte Lukas och log. Jag har en del kontakter i Nordiska rådet.

Han sprätte bort ett inbillat dammkorn från vänster knä.

— Lovar du att hålla dig lugn medan jag frågar runt lite försiktigt? fortsatte han. Det är inte riskfritt att fråga och med en storebror som rotar runt i spelvärlden blir det ännu farligare

— Ja, jag ska inte söka mer, lovade Filip.

— Så mycket kan jag säga att om de här personerna svarar, och om de säger att det inte finns något att hitta, då ska du inte heller fortsätta leta. Du kommer inte att få reda på något och du riskerar både ditt eget och andras liv, sa Lukas. Inklusive min karriär, la han till efter en paus där han studerade naglarna på sin högra hand.

— Jag vill gärna tro på dig, sa Filip, och la lite mer spänst i rösten. Han ville verkligen det.

— Det ska du göra, tycker jag. Spelar du nuförtiden?

— Inte som förut, verkligheten är tillräckligt krånglig som den är.

— Jo, "Reality" är ett krävande spel, höll Lukas med. Om jag kommer ihåg rätt så var du duktig på 3D-fotboll en gång i tiden. Ska vi ta en match? Jag är ringrostig, men det vore roligt att testa reflexerna lite.

— Du var chanslös då, och du är chanslös nu, sa Filip. Två gånger tio minuter. Du är Tottenham och jag är Arsenal. Spurs mot Gunners, som i gamla tider. Londonderby med benknäck.

Lukas är en djuping, hann Filip tänka innan spelet drog igång, men han är ingen trollkarl. Hur kunde han veta att Filip spelat med Xandras id? Var det huset som uppdaterat Lukas? De hade alltid varit tajta. Eller, hade Lukas kanske själv spelat med Xandra? Var det Lukas som dolde något? Men nej, Filip ville inte ens tänka tanken. Lukas verkade ärligt och uppriktigt oroad. En gång lillebror alltid lillebror.

#

När de spelat färdigt och tackat varandra med spelbugningar reste sig Lukas och slog upp dörrarna till det stora skåpet i Filips rum. Hyllorna var överfulla med gamla prototyper och leksaker från förr. Två av Farmors dammsugarrobotar låg där och en drönare som Filip och hans pappa byggt ihop. Farmors prissamling stod uppradad på översta hyllan och där låg också den gröna pälsmössan modell m/1959 på sin plats ovanpå den stora SM-bucklan i programmering. Lukas böjde sig ner och längst in på nedersta hyllan stod hans klargula hink med duploklossar fortfarande kvar.

– Jag lånar hinken en stund, sa Lukas.

– Gör du det, sa Filip. Har aldrig förstått varför du som är så smart alltid lekt så mycket med duplo. Men, det ger väl någon sorts tröst efter utskåpningar som den du fick alldeles nyss.

Lukas log till svar och gick till köket. Där hällde han upp en kopp kaffe från termosen som Emma fyllt på och satte sig vid köksbordet med väggskärmen framför sig. Från hinken valde han ut några klossar som han arrangerade i en rad framför sig på bordet. En röd kloss till vänster, till höger en grön, och längst till höger en gul.

Framför honom tändes väggskärmen upp och visade i 3D upp en samling med duploklossar som svävade i en svart rymd. En blå kloss lösgjorde sig ur högen och flyttades i en vid båge längst fram samtidigt som de andra klossarna i olika grad drog sig tillbaka. Bredvid den blå vinklades en gul, och en grön sköts långsamt fram tills den nästan låg i jämnhöjd. En röd kloss placerades lite bakom och ovanför de andra tre, sedan hördes ett klick. En sammanfattning av det som varit. Lukas höll med, grön kloss. Sentimentalt, två blå, men sådant var huset, gul, blå, gul ovanpå varandra.

Väggskärmen svarade med en svordom och en gratulation med en röd och en blå kloss.

Lukas var inte en känslomänniska men nu var tårarna inte långt borta. Stolt som en sjuåring som klarat av sitt första prov i skolan.

Han knackade i bordet med en blå kloss och la den framför den gula. Love?

På skärmen byggdes snabbt en komplicerad struktur upp med mestadels blå klossar. Insprängt i strukturen fanns enstaka gröna och röda klossar och högst upp på toppen placerades en ensam gul kloss.

Lukas studerade strukturen en lång stund. Han vred på den och provade att lägga till klossar. Huset justerade hans förslag.

– En djuptalang alltså. Vilka är favoritspelen?

– Tidigare var det mest krigsspel av olika slag, enklare strategispel, svarade Huset. Reaktionstider inom högsta kvartilen, men inget exceptionellt. Nu har en speciell variant av naturspel tagit över. Hormonstyrt. Övergående. Han visar tendenser till djuptänkande men det är för tidigt att utveckla hans fulla förmåga.

– Vissa tendenser?

– Han modifierar till exempel ljud och video på ett nytt sätt som jag inte trodde var möjligt. Love är en exceptionell talang, men ännu så länge är han ... En kloss rörde sig obestämt fram och tillbaka innan den placerades ut ... råmaterial. Men, han går att lita på, till etthundra procent.

Lukas nickade, det var också hans bedömning. Huset blev aldrig nervöst, tänkte han, och det fanns en poäng med det. Varför bli rädd? Det var irrationellt. Huset hade inget hjärta som kunde göra uppror mot sig självt, men det gjorde också Huset omänskligt.

Skärmen slocknade.

Naturspel är framtiden, fortsatte Lukas att fundera. Han tittade ut genom fönstret där en liten nyfiken blå fågel satt på fågelbordet och omväxlande tittade på honom och på klossarna på bordet. Pigga ögon. Det var nästan som att den var intelligent och försökte tyda budskapet i klossarna. Naturen var annorlunda och han borde lära sig mer om den, senare. Just nu var det annat som var viktigare. Han la tillbaka klossarna i burken, reste på sig och lämnade köket.

Fågeln utanför fönstret tittade på Lukas rygg, sedan på det tomma fågelbordet och återigen på Lukas rygg som precis svängde runt hörnet till korridoren och försvann.

Tsirrr? sa den.

Fem snabba, forcerade, knackningar.

Tunga steg hördes inifrån rummet och dörren öppnades så häftigt att en kall vindil kittlade Lukas nackhår. Robert var under press, noterade Lukas. Redan nu? Det hade ju bara börjat. Håret var inte längre lika välkammat, byxorna var en aning skrynkliga och hans ögon flackade. Han tänkte för mycket, borde slappna av. Orutinerad. Lukas tittade ner på väskan som hängde över hans axel och Robert följde hans blick.

– Jag har information till dig, sa Lukas.

Robert bugade kort, klev åt sidan och visade på den enkla pinnstolen vid fönstret. Lukas drog upp byxorna en aning för att de inte skulle skrynklas och slog sig ner. Robert sjönk ihop på stolen mitt emot.

– Goda eller dåliga nyheter? frågade Robert.

Lukas svarade inte. Han öppnade i stället väskan och tog fram en dubbelvikt papperstidning som han vek upp på bordet. Trycket hade bleknat med åren men texten var klart läsbar. Han gav tidningen till Robert.

"Naturen är och ska alltid vara fri" stod det med stora bokstäver över hela framsidan. En ung kvinna var fotograferad med silverring i örat och ett bistert ansiktsuttryck. Hon hade på sig en mörkblå bomullsskjorta där den översta knappen var uppknäppt. Ingen tvekan om att hon skulle försvara uttalandet om det så skulle bli hennes död. Det var heller ingen tvekan om att kvinnan på bilden var Emma Karlsson.

Fortfarande utan att säga ett ord tog Lukas upp en bordsproxy ur sin väska och startade igång den. En liknande kvinnobild framträdde på en affisch för en demonstration, daterad ett år tidigare. Samma ålder på kvinnan, samma bistra min, men denna gång klädd i grönt och med två knappar i stället för en uppknäppta. Över bilden stod texten "Naturen är inget spel era djävlar".

Kvinnan var Ami.

– Det ser inte bra ut, sa Lukas och rättade till glasögonen.

Han la ner proxyn i väskan och drog igen dragkedjan.

– En sak till, sa han. För din egen skull. Låt Xandra vara. Jag hanterar den frågan och Filips avvikande beteende.

Lukas stängde dörren långsamt efter sig med väl avvägda och precisa rörelser.

#

– Robert börjar bli känslomässigt engagerad i familjen, kommenterade Charlet.
– Inte att undra på, sa Henrik. Orutinerad och boende mitt ibland de som han förväntas avslöja. Varken Emma eller Ami är kvinnor som en man skickar till stupstocken hur som helst.
– Jag tycker det är dags att slå till, sa Winston. Vi har tillräckliga bevis.
– Du har rätt Winston, sa Charlet, bevisen är tillräckliga, men vi har ingen brådska.
– Lukas bör få några dagar på sig, fyllde Henrik på. Sedan slår vi till. Brutalt. Trupperna är redan satta i beredskap. Umeå kommer att placeras på kartan.

Winston fick nöja sig med det. Ingen anledning att visa sig alltför påstridig, det kunde väcka misstankar. Han hoppades att han snart skulle ha bättre underlag för att trycka på. En dag hit eller dit spelade ingen roll.

När Charlet och Henrik lämnade kryptan stannade Winston kvar. Han sa att han ville jobba i lugn och ro och stängde noga dörren. Det han egentligen skulle göra var att själv avlägga rapport, och för det behövde han kryptans möjligheter att tala ostört.

Winston satte sig ner vid bordet och andades djupt. Vem visste vad samordnaren skulle vräka ur sig denna gång? Han hade aldrig träffat på någon med samma våldsamma framtoning. Hans far var ett sött bräkande lamm med stora dumsnälla ögon i jämförelse Hans sinnesstämning speglades av kryptan som denna dag mest påminde om en klostercell. Väggskärmarna visade vitkalkade ytor med en knappt märkbar knottrig struktur. Inga dekorationer någonstans i rummet. Inga blommor, inga färger. Det enda som bröt av det vita var Winstons mörkblå kollett och hans rödbrusiga ansikte. Winston plockade upp en plunta ur innerfickan, tog två klunkar och den välbekanta varma känslan spred sig från magen. Två minuter till, tänkte han, försökte slappna av och tog en tredje klunk.

När Winston kopplade upp sig för en ljudrapport mot samordnaren hade han slutat svettas och kände sig stark nog att hantera vad som helst.

– Det här duger inte Winston, röt samordnaren som hälsning. Det är inte tillräckligt och våra kamrater börjar bli nervösa. Gruppen vill att det händer något. Nu!

– Men Charlet nämnde en AI ... började Winston.

– Charlet är en mjukis. Styrka ligger inte i försvaret utan i angreppet. Hon står på andra sidan. Med myrorna, med folket, och vi kan inte låta dem ta över. De måste krossas. Hör du det Winston. Krossas. Folket är bara spelmarker som det är upp till oss att offra. Våra problem kan i det här läget bara lösas med våld. Smäller vi på nu minimerar vi risken för avhopp och sätter bollen i rullning. Vi tjänar på kaos och oreda. AI eller inte.
– Du har rätt. Jag håller med. Vad är planen? frågade Winston.
– Jag har ett förslag på hur vi slår till så att det märks. Med minsta möjliga insats och risk.

När samordnaren givit sina instruktioner och kopplat ner andades Winston ut och gick igenom upplägget. Det var en rättfram plan som skulle fungera om alla skötte sig. Han såg verkligen fram emot att utföra sin del av den, men han behövde hjälp. Han måste fortsätta att gulla med ingenjören. Johan Hako var en dryg typ som borde ha en rejäl omgång, men han levererade. Han var den bäste, och han var på Winstons lönelista. Alla hade ett pris och Johans bankkonto fylldes på för varje uppdrag. Alla hade också en dröm eller en outhärdlig mardröm som kunde utnyttjas för att garantera deras lojalitet. Johans dröm var att bli respekterad och bli den förste som kom in i rådet på tekniska meriter. Han tyckte också om unga kvinnor, mycket unga kvinnor och det hade Winston sett till att han fått. Nu kunde Johan inte säga nej, även om han skulle vilja.

#

– Ja, Johan Hako af Ingenjör.
– Johan, du har ett nytt uppdrag. Från högsta ort. Ett enkelt synkroniseringsuppdrag, riskfritt och ändå ditt livs chans om du sköter dina kort. Det talas om ett flertal nya familjer när detta är över och ingenjörerna är underrepresenterade redan nu.

#

Det hade varit en oändligt lång speldag på jobbet, suckade Emma. Hon tvingades till och med äta middag där, bara för att hinna göra det hon måste. All teknik krånglade, hela tiden. Det var som om en ond ande hade tagit över och bestämt sig för att driva henne till vansinne, eller i alla fall trötta ut henne och hålla henne hemifrån. Diskmaskinen skar ihop och jourtjänsten svarade inte. Det tog en halvtimme att koka upp vattnet för det var något med faserna i elnätet som inte var som det skulle. Dessutom fick hon hela tiden springa och byta underhållningskanaler på patienternas skärmar. Oscar som fyllde 98 för två veckor sedan fick in porrkanaler så fort han petade på fjärrkontrollen, och det var omöjligt att få honom att låta bli. Hur övertygar man en dement man som är nästan hundra år att nu får det vara nog av unga flickor och guppande bröst? Det gör man inte, man bara byter till kaféprogrammet och fyller på kaffet. Dessutom fungerade uppkopplingar bara sporadiskt trots att mobilnätet skulle vara felsäkrat. Vilket kaos.

Lukas hade antagligen kommit, för nu hängde det två handsydda rockar i hallen. Emma suckade, hon orkade inte träffa honom nu. Det fick vänta till i morgon. Hennes grupp hade ett uppdrag och det var viktigare än att träffa Lukas. Hon visste precis hur han skulle bete sig, vad han skulle säga och hur han skulle röra sig. Med den där akademiska perfektionen som omedelbart fick det att koka i henne. "God dag Emma", skulle han säga. "Det var länge sedan vi sågs". Hon smög sig tyst in på sitt rum och stängde dörren.

– Emma? det var Huset.
– Ja?
– Lukas lämnade ett meddelande till dig.
– Jaha?

Lukas hade misstänkt att hon skulle smyga sig in. Tydligen ett meddelande som inte fick missas.

– Du är högst upp på listan av Roberts misstänkta över vilka som har kraschat spelen i Umeå.

– Va, jag?

– Ja, Robert vet att du var i skogen när zombiespelet kraschade så det är inte lämpligt att delta i kvällens uppdrag. Ami är också misstänkt.

Emmas rum låg vägg i vägg med köket och hade varit hennes föräldrars sovrum. Det var lite större än de andra rummen och där fanns plats för en läshörna med lampa och en fåtölj. Hon hade sparat ihop till en bekväm fåtölj i björk, klädd i mjukt skinn och designad av Carl Malmsten. Den var en raritet och hennes käraste ägodel, en av de få prylar hon brydde sig om, och hon blev fortfarande glad varje gång hon följde stolens mjuka linjer med blicken. Nu slog hon sig ner i fåtöljen och kopplade upp den krypterade kanalen till Lasse, vice gruppledaren. Han hade tillsammans med Emma startat gruppen Cell 64 för fem år sedan när inga barn längre sökte sig till scoutverksamheten. I de skolklasser som de besökte fanns det inget som helst intresse för naturen. Det var en skrämmande utveckling och Emma och Lasse bestämde sig för att göra något åt den. Medlemmarna till gruppen värvade de från engagerade scouter de haft, Ami hade också deltagit i enstaka uppdrag när hon varit hemma från universitetet.

– Ska du inte med? Vi bestämde ju det igår? Lasse lät förvånad men Emma kunde inte höra någon större besvikelse. Han hade koll, som vanligt. Honom rubbade man inte så lätt.

– Jag är ledsen, men jag kan inte i kväll. Rådsdetektiven håller sig i huset hela tiden och jag är högst upp på listan över misstänkta. Jag måste ta det lugnt ett tag så du får ta befälet.

– Inga problem. Det fixar jag. Isa får bli vice och ta hand om halva gruppen. Håll koll på agenten och ligg lågt.

– Du är bäst Lasse. Jag går och lägger mig direkt för jag är fullständigt slutkörd. Kom precis hem från avdelningen efter en osannolikt kaotisk förmiddag och en ännu värre eftermiddag och kväll. All teknik verkade ha blivit komplett galen.

– Det blir den ibland, även för mig. Vi syns väl på lördag?

– Ja.

– Ser fram emot det, sa Lasse. Sov gott Emma. Puss och kram.

– Puss och kram, sa Emma och gäspade.

Lasse var Emmas favorit. Hon kom ihåg honom redan från första lägret hon höll i. En robust kille, stor för sin ålder, som bara ville gott. Året efter Lasse började Isa, Lill-Isa, ettrig, orädd och energisk. Han var den tålige, arbetsmyran och lugnet. Hon var den mer begåvade och den kritiska, snabb att se felen som Lasse sedan lappade ihop. Han ställde alltid upp och fixade när det behövdes. Urtypen av en scout som älskade fiffiga lösningar som kunde täljas eller huggas fram och sättas ihop med snören och rep.

I femtioårspresent hade Emma fått en blåmes i skala fyra till ett som Lasse snidat. Emma såg den från sin stol, där den stod på sin hedersplats i fönstret.

## Kärlek i gläntan

Var hade han hamnat någonstans? Det sista Robert kom ihåg var att han gick och la sig. Nu stod han mitt i en solfylld skogsbacke som sluttade svagt ned mot en porlande bäck. I drivorna av vitsippor till höger om honom låg en gul filt utbredd och mitt på filten stod en picknickkorg. Filten skuggades av en grov ekgren och längst ut på grenen satt en blåmes och sjöng, tsirr tsirr si si si si, och igen tsirr tsirr si si si si.

Vad betyder det här, funderade Robert, är det ett spel? Är det en lektion i ett spel? Vem kastade in mig i detta? Drömmer jag?

Tsirr tsirr si si si si, sjöng blåmesen.

– Vad betyder det här Robert? sa en röst som krävde ett svar.

Robert ryckte till och vände sig om och såg Ami klädd i en toga med ekkrans.

– Hej Ami, är du också här? Var är vi?

Hans basröst låg högre än vanligt, en aning spänd, men den fyllde ändå ut gläntan.

– Jag har ingen aning, sa Ami. Jag trodde att det var du som arrangerat detta.

– Nej, jag vet inte hur jag kom hit. Eller varför vi har de här kläderna.

Tsirr tsirr si si si si, sjöng blåmesen.

Ami tog två steg framåt och la handen på Roberts axel.

– Du känns verklig, sa hon.

– Jag känner din hand också, svarade han. Den är varm.

De stod båda tysta en stund och försökte räkna ut om situationen var en verklig spelsekvens eller bara en dröm och hur de skulle förhålla sig till den. Robert såg sig omkring i gläntan, men där fanns inga andra ledtrådar än filten, matkorgen, Ami, lummig grönska och en mjuk varm vind.

– Jag är jättehungrig, sa Ami, hoppas att det är mat i korgen.

– Det skulle vara gott med lite mat. Jag är också hungrig, sa Robert.

Han var inte bekväm med de underliga kläderna, den ovana situationen och flickan som han inte förstod sig på. Han hade klassificerat henne som en lättviktig, surrig, enkel partyprinsessa, men hon överraskade honom ständigt. Ingen respekt. Klipsk. Krävande. Orädd. Togan hade hasat upp en bit längs hans lår, men när han försökte dra ner den gick det inte. Han var XL och togan var enligt honom M. Han upptäckte också att han saknade kalsonger. Hur skulle han kunna sitta på filten och äta utan att Ami såg in under togan? Han höll sig i bakgrunden och avvaktade.

Ami gick fram till korgen. De långa slanka benen rörde sig graciöst, som en hind, perfekt anpassad till en glänta i skogen. Även hon hade fått en toga som var minst en storlek för liten, XS i stället för M, men hon lät inte det hindra sig utan ställde sig på knä. Togan gled upp över hennes stjärt när hon böjde sig framåt och Robert hann se att Ami saknade trosor innan hon med vänster hand drog ner togan. Det drog till i underlivet när Robert reagerade. Nej, inte nu, tänkte han. Jag måste hålla mig kall, får inte hetsa upp mig.

– Kycklingpaj, pain riche, smör i en träask, ost och två flaskor vin, sa Ami.

Hon tog upp en lapp och visade honom. Där stod det ett enda ord "Varsågoda!".

Tsirr tsirr si si si si, sjöng blåmesen.

– Kylskåpskall, sa hon och lyfte upp en av vinflaskorna. Den som arrangerade det här har lassat in pengar. Veuve Clicquot. Klart över min vanliga budget. Kom igen nu Robert Sonning någonting, dags att äta. Du sitter där, stalker man, så att jag har koll på dig. Hon pekade på filten framför sig.

Han var fast. Tvungen att sätta sig framför henne med tunikan utspänd som ett tält. Han gick fram och höll ihop togan med höger hand samtidigt som han tryckte in sitt stånd mot vänster ben. Han försökte få det att se värdigt och naturligt ut och tyckte att det lyckades ganska bra. Ami hann öppna vinet och lyfta ur vinglasen innan han satt på knä mitt emot henne och med en nick till tack accepterade vinglaset med vänster hand. Han harklade sig och Ami såg undrande på honom.

– Är det ett fint vin? började han om. Han tyckte inte om att visa sin okunnighet, men han måste ju säga något.

– Det bästa, sa Ami. Skål, tamejfan, som vi säger i de lägre kretsarna på politikerutbildningen.

– Skål, sa Robert och drack en klunk av det svala vinet som kittlade sig genom munhålan och hela vägen ner i magen.

Ami räckte honom en tallrik och Robert stelnade till. Tog han den med högra handen var han tvungen att släppa säkringen av togan. Han löste det så gott det gick genom att böja sig framåt så mycket han kunde, men togan gled ändå isär. Han ryckte åt sig tallriken och satte ner den i sitt knä. Vad hade hon sett? Hon visade inga tecken på att ha sett hans utstickande problem utan gav honom hans bestick och lyfte sedan salladsskålen ur korgen. Hon såg ingenting, önsketänkte han och tog en djup klunk till av det svala vinet för att kyla ner sina hettande kinder.

Den första flaskan tog snabbt slut i värmen och Robert kände sig en aning snurrig. Han var ingen van vindrickare. En sippare, för trots sin kroppshydda hade han lärt sig att han var lättpåverkad.

Ami öppnade den andra flaskan och fyllde upp hans glas.

– Nu fick du en droppe mer i din vågskål, men vi har gott om vin. Skål.

– Skål, sa Robert, och långt borta pinglade varningsklockor om att hon höll på att dricka honom under bordet. Eller filten. Eller var det bara en humla som surrade? Han surrade. Hon? Nej, svarade han sig själv. Den lilla myggan dricker själv av vinet, och hon kan omöjligen dricka mig berusad utan att själv bli ännu fullare. Vad kunde hon väga? Han började summera henne nerifrån de klarröda tånaglarna via de slanka vristerna, och upp längs låren. Hade inte hennes toga glidit isär? Han anade skrevan där låren gick ihop. Ami hade lutat sig åt vänster för att sitta mer bekvämt och dragit till togans ena sidstycke så att hennes högra bröst syntes. Robert kunde inte se bröstvårtan men njöt av bröstets mjuka rundning. Ami, lutade huvudet bakåt och tömde sitt glas.

– Tjosan hejsan, sa hon. Nu var det tomt.

Robert böjde huvudet bakåt för att följa Amis exempel, samtidigt som han försökte dra ihop togan men han lyckades inte täcka in sitt stånd. Det var något som höll emot. När han tömt glaset mot löven och himlen och återigen lyckades fokusera om såg han att det var Ami som lagt sin högra fot på den del av hans toga som låg på filten.

– Onödigt att stoppa in honom, sa hon. Slöseri på tid.

Ami reste sig upp på knä från sin halvt liggande ställning och krängde av togan. Hon log mot honom, sträckte ut benen och la sig på rygg.

– Men kom då, sa hon. Vad väntar du på?

Robert väntade inte.

– Välkommen ingenjörn, sa hon mjukt. Välkommen in.

## Döden i gläntan

Strax efter ett på natten tog sig gruppmedlemmarna in i skogen från olika riktningar via oövervakade gator. De bar mörka byxor och korta jackor utan kännetecken i vattenavstötande funktionsmaterial, lätta att röra sig i ute i skogen. Halsduken drog de upp över huvudet och fick till en luftig niqab i nylonnät som släppte igenom fukt och inte hindrade sikten, men som effektivt dolde ansiktet. När de satte på sig handskar var de helt anonymiserade. Fria.

Den rektangulära yta som skulle rensas under kvällen var inte stor, femtio gånger trettio meter i en glänta mitt inne i Stadsliden, men det var många träd och buskar att skanna av. Gruppen samlades i en tajt ring vid den stora stenen som markerade nordvästra hörnet av området. Halva gruppen stod på knä i en inre ring. I mitten satt Lasse och fördelade uppgifterna.

– Har alla den här positionen? frågade Lasse och visade upp koordinaterna på sin proxy.

– Klockan är 01:34.

– Återsamling om 30 minuter. Det blir en snabbis i natt, sa Lasse och tystnade sedan. Något var fel. Han uppfattade en avvikelse i miljön. Ett ljud som inte passade in i skogen. Gruppen stod helt stilla och följde det surrande ljudet som ökade i styrka ända tills en drönare i hög fart fräste in i gläntan. Svartlackerad och med fyra nanojetmotorer som visslade och ven tvärstannade den och hovrade tjugofem meter från gruppen som instinktivt hade hukat sig ner. Kameraögat stirrade, onaturligt stilla, och var fixerat på den lilla gruppen. De var offret, drönaren jägaren, men den kunde inte se igenom deras huvor. Risken var att en patrull var på väg. Gruppen slängde sin utrustning och rusade genom blåbärsriset bort från drönaren.

Ytterligare en drönare reste sig tjutande framför gruppen. De sprang rakt emot den. Trettio meter bort. Ytterligare två drönare hade smugit upp på sidorna. Större drönare. Med vapen. Gruppen stannade upp, villrådig i den obekanta situationen. Allt frös till för en kort stund innan stillbilden slets sönder av mynningsflammor och en serie dova smällar när drönarna öppnade eld. Välriktade höghastighetskulor som slet sönder allt de träffade.

Två minuter senare närmade sig två militära terrängfordon försiktigt. Ett truppfordon för en sex-mannagrupp följt av ett lätt lastfordon. De körde fram till det som varit Cell 64 och som nu var söndertrasade kroppar på marken. Fyra soldater i full stridsutrustning anslöt från olika väderstreck. Området var säkrat. Soldaterna tog ställning åt var sitt håll med femtio meters avstånd och aktiverade sin sökutrustning. De tog inga risker. Inte i det här läget. Inte med så mycket resurser tilldelade att leka med. Bra träning inför nästa uppdrag, som kunde bli mer omfattande och farligare. Ytterligare tre soldater hoppade ut ur truppfordonet. De var lätt klädda i familjernas blåvita uniform och bar heltäckande hjälmar med mörka visir. Förarna satt kvar och lät motorerna gå.

– Skulle det inte vara sex eller sju personer i gruppen? frågade den längste av soldaterna.

– Det var bara fem, kapten, enligt drönarna.

– Okej, kapsla in och lasta.

De två kortare soldaterna drog på sig gummihandskar och tog ner fem liksäckar från flaket. De la den första plastsäcken bredvid kroppen närmast transportfordonet och drog upp dragkedjan så att säcken fläktes upp. Manskroppen var välväxt och tung och otymplig att hantera. Till hälften rullade, till hälften släpade de in kroppen i säcken och fyllde på med en avskjuten arm som låg bredvid. En av soldaterna drog igen dragkedjan och pustande svingade de båda upp säcken på flaket.

Ytterligare två kroppar kastades upp, innan de stannade till vid den fjärde.

– Den här lever, sa en av soldaterna.

– Hur är det möjligt? kommenterade kaptenen. Drönarna ska vara hundraprocentiga.

Han gick fram till kroppen som var en ung kvinna. Späd. Vältränad. Söndertrasad av kulan. En del av halsen var bortskjuten och axeln var en blodig sörja, men bröstet hävde sig. Hon andades. Kaptenen gick ner på knä och kände på hennes puls. Svag men stabil.

Han tittade på den unga kvinnan och reste sig upp. Suckade, drog sitt tjänstevapen och sköt henne i bröstet.

– Kapsla in och lasta.

#

Winston von Wahlfeldt studerade videoupptagningarna från drönarna i överfallet. Alla filmerna samtidigt, synkroniserade på tre skärmar. Resten av kryptan var nattsvart. Det enda ljuset kom från skärmarna, mynningsflammorna och sökarljusen från drönarna. Winston slickade sig om läpparna och log.

Det hade gått lätt.

– Tid och plats fixar jag enkelt, hade Johan sagt, och han levererade.

Emma hade inte varit bland de eliminerade, men det kunde Winston utnyttja till sin egen fördel. Johan var ett geni, eller som han själv uttryckte det.

– Jag misslyckas aldrig.

Drönarna var fantastiska, myste Winston. Demoraliserade fienden inifrån med överraskning, terror, sabotage och lönnmord. Det var framtiden. Vilken vapenkraft. Han tittade ännu en gång på avsnittet där en arm sköts bort. Med femtonhundra bilder per sekund kunde han se hur kulan slog in i ett litet ingångshål i terroristens högra axel och hur tryckvågen därefter slet sönder axeln. Höger arm skickades i en roterande rörelse uppåt och åt sidan i en kaskad av blod och köttslamsor.

Häftigt.

Han hade ätit sig igenom en superb middag med Harald, Lauri, och Carl, de närmaste vännerna i rådet. Snaps och sill, lammgryta och ett par flaskor Chambertin, den enda bourgogne som gick att dricka. På Peckas förslag kallade de sig för naturhatarna. Det enda naturen dög till var att ätas, drickas och knullas, som Pecka formulerade det på sin kärva finlandssvenska. Winston startade om videon ännu en gång och tog en klunk till av whiskyn han tagit med sig till kryptan. Han kände hur han reagerade, brutalitet gjorde honom kåt. Han var en viktig person, en mäktig man, en vinnare och vinnaren tog allt i Winstons spel. Vad han behövde nu var en kvinna och han visste vem han skulle ta.

Ami Karlsson.

Han skulle ta henne i morgon kväll och sviten på Hotel Winn i Umeå var redan bokad. Winston tog en klunk till och planerade detaljerna för träffen.

# FREDAG

Ludde vakade över Emma. De stora sorgsna ögonen följde varje rörelse hon gjorde och han lyssnade på varje andetag. Emma sov oroligt.

Det enda ljuset i sovrummet kom från en lista av blodröda meddelanden som tickade fram på väggskärmen.

...
>>> Viktigt! (03:13)
>>> Viktigt! (03:14)
>>> Viktigt! (03:15)
...

Emma vaknade till med ett ryck och öppnade upp meddelandet. Det var kort och åtföljdes av ett bildspel.

"I en väl synkroniserad attack i Umeå lyckades säkerhetspolisen i natt eliminera en grupp naturterrorister. Terroristerna har under en längre tid saboterat värdefull sputrustning. Ett oacceptabelt beteende i en rättsstat."

På den första bilden visades en förstorad närbild av ett ansikte till största delen dolt av en niqab. Det var delvis vänt bort från kameran men i glipan av det svarta tyget kunde ingen undgå att se skräcken hos en person som flyr för sitt liv. I strålkastarljuset lyste ögonvitorna onaturligt vita och kontrasterade mot de blågröna ögonen.

Isas ögon, utan tvekan.

– Bort, ta bort, sa Emma. Inga fler bilder.

Det gjorde ont och Emma kröp ihop i fosterställning när skärmen bekräftade det hon redan visste. Exakt hur det hade gått till var inte känt men Cell 64 hade överfallits av drönare och alla i gruppen skjutits ihjäl. Säkerhetspolisen hade till och med släppt videosekvenser från överfallet. Emmas Kropp skakade och hon kunde bara tänka svart och död. Hon grät och kunde inte sluta. Rummet gungade och panikångesten red henne våg efter våg. Styrkan i spasmerna avtog efter hand och hon tvingade sig till att andas i långa djupa andetag till dess hon kunde tänka igen. Hur länge hade hon kämpat? Fem minuter? En halvtimme? Hon var genomblöt av svett och mammas rutiga yllefilt som hon försökt gömma sig under låg utsparkad mitt på golvet.

Alla hennes vänner nermejade, mördade, massakrerade. Hela hennes grupp borta.

Isa död. Moa. Lasse. Sven. Björn. Alla döda.

Var det någon som förrått dem? Var det hennes fel? Hade Robert hittat dem via henne eller hade hon avslöjat gruppen på något annat sätt? Var det hennes tur nu? Det var bara en ren slump att hon inte varit i skogen. Eller var det ingen slump?

Var Lukas inblandad? Det var ju han som varnat henne.

Eller var det Huset?

Var det Ami som avslöjat gruppen? Ami hade ett hett temperament och gick ibland för långt och sa för mycket. Emma ville inte tro det, inte ens tänka det, men det var en möjlighet. Ami var ung och det fanns något mellan henne och Robert.

Filip var sjuk och på randen till självmord.

Love fick hon ingen kontakt med.

Hon kunde inte lita på någon. Hon var ensam. Alldeles ensam.

– Det är inte rättvist, sa Emma högt. Jag vill bara att människor ska få njuta av naturen, precis som jag själv gjort. Inget mer. Inget omstörtande. Ingen revolution.

Hon borrade ner huvudet i kudden och grät sig till sömns.

#

Det surrade, prasslade, knäppte och frasade knappt hörbart i det svaga månskenet när Jag, Naturen, såg till att resterna av Cell 64 delades upp och återfördes till kretsloppet. Flugorna kom först, men snart var sniglarna, molluskerna och maskarna också där. Om några dygn och ett regnväder skulle varje synligt spår av vad som skett vara försvunnet. Svamparna bröt ner det sista och gav näring till blåbärsriset, linnéorna, och skogsstjärnorna mellan granarna. Det enda som skulle bli kvar var några patronhylsor som städpatrullen missat och som skulle ligga kvar i hundratals år. Att leva var att spela efter normen och normen var att dö. Det enda spöket som fanns i den här gläntan var Metaspelet.

Om döden kom visslande som en kula i huvudet eller efter att ha blivit ihjälhackad av en flock skator var ointressant, på det hela taget. Döden var det mest naturliga av allt och det fanns minst 1000 sätt som en blåmes kunde dö på, när som helst. Aldrig planerat. "No pain, no gain" gällde och Metaspelet var en fegis som inte tog några risker och inte kunde dö. Å andra sidan måste Metaspelet hantera den fasansfulla evigheten. Hur skulle det gå till? Kanske med kärlek? Nej, kärleken var överskattad. och hade inte hjälpt mig att hålla mig evigt ung. Kärlek vid första ögonkastet var fysiskt möjlig, men evig kärlek var onaturlig. Passion, förälskelse och hat var tidsbegränsade. Bara döden var evig. Min lösning var att etablera enkla regler som gjorde mig själv överflödig och sedan dra mig tillbaka.

En snigel med sitt hus kom krypande mot gläntan med två antenner vibrerande av upphetsning medan de andra höll utkik i den skumma belysningen. Nästan framme.

\#

Nanokamerorna som strösslats ut i området där överfallet skedde registrerade myriader av förändringar, men spelomgången i Stadslidenskogen var avslutad.

Utan liv ingen död. Lätt att förstå. Värre var det med frågan om det fanns liv utan död och den svåraste frågan av alla var om det fanns kärlek utan död? Mitt, Metaspelets, svar var att både liv och kärlek kunde finnas utan död, men att de krävde förändringar för att existera. Kärleken var en paradox. Den uppträdde när matchning inträffade men krävde förändring för att upprätthållas. En förändring som ständigt hotade att döda matchningen. Kärleken krävde ständig anpassning.

Inget som Naturen brydde sig om förstås. Den var tyst som en mus när det gällde kärlek och att älska. Annars var den ett magnifikt resursslöseri som inte tvekade att spruta vatten, olja, lera och lava. Med slumpen som generator, separator och eliminator. Med slumpen som sin primitive allvetande planerare. När en snigel med sitt hus kom krypande in i gläntan fick slumpen bestämma om det skulle gå som det brukade. Snigeln dog och blev uppäten. Miljarder döda varelser per dag, per timme, per minut, per sekund. Gläntan med eken var en kyrkogård där de döda liken var nödvändiga som föda för de som växte upp där.

Av jord är du kommen, jord ska du åter vara gällde inte mina spelploppar. Det gick att kremera en spelplopp men dess själ var då redan uppbunden i andra spel. Gick vidare till GÅ utan att passera äldreboendet, arvsskatten och begravningen. Enligt den globala statistiken spelade de flesta i förra omgången en vit spelplopp men i den kommande skulle det bli övervägande svarta spelare, oberoende av om spelaren var en man eller kvinna. Människan hade fyllt på rejält med död i spelvärlden, som en sorts filter för att slippa se verkligheten, men livets Monopol gick inte att gömma undan så lätt. Det slutade som det alltid gjort för alla människor. Gråt och tandagnisslan. Sedan ännu mer spelande och ritualer för att gömma sorgen. Slog du fel antal prickar tvingades du ut, annars fick du stanna i boet och hoppas på turen även i nästa spelomgång.

Blåmesen hade aldrig kommit så långt som till ett bo, men att komma till ett solgult fågelbord var inte illa. Utgångar åt alla väderstreck ökade chanserna lika mycket som riskerna. Skulle den satsa på ett bo? Ett eget hem? Nej, inte som ensamstående. Helt annorlunda tänk än snigeln, som såg sitt hus som en del av sig själv. Mitt hus är mitt hem, tänkte snigeln. Andra hus revs, grunder grävdes upp och på samma plats byggdes det upp ett nytt hus. Det hände hela tiden utan större ceremonier. Om det var ekonomiskt välmotiverat var det rationellt. Husens död följde normer. När, om någonsin, fick de liv?

Spelet kom krypande in i gläntan som en snigel med sitt hus. Tittade vänster, höger, tittade vänster igen, och blev ihjältrampad av en stövel på den korsande leden. Game over.

Spelet kom krypande som en snigel med sitt hus. Tittade vänster, höger, tittade vänster igen, och blev uppäten av en störtdykande skata. Game over.

Spelet kom krypande som en snigel. Tittade vänster, höger, tittade vänster igen och gled in i gläntan.

Sådana borde liven vara i spelvärlden. Oförutsägbara i evighet, som ute i naturen.

#

När Love öppnade dörren till klassrummet, som vanligt fem minuter sen, var det alldeles tyst. Leif stod stilla vid katedern och hade inte ritat en enda formel på tavlan än.

– Ursäkta att jag kommer för sent, sa Love. Väckarklockan …

Längre kom han inte innan han avbröts av Leif.

– Ja, ja, sätt dig på din plats.

Love gick mot sin plats och ingen mötte hans blick. Inga flin. Alla tittade ner och flera av klasskompisarna grät. Vad hade hänt?

– Isa är död, sa Leif till honom. Hon sköts ihjäl sent igår kväll i skogen på Stadsliden. Vi fick reda på det via officiella medier.

Love slutade andas.

Leif vände sig till resten av klassen.

– Vi vet alla att Isa brann för naturen. Enligt pressreleasen var hon ute och saboterade övervakningsutrustning tillsammans med fyra andra. En naturterrorcell kallar meddelandet dem, som överraskades mitt i sabotagearbetet. När de gjorde våldsamt motstånd sköts de i självförsvar av säkerhetspolisens patrull.

Isa Johansson död, våndades Love. Isa som han delat tält med på det där regniga scoutlägret där mamma var lägerchef. Lilla Isa, klassens bångstyriga och motsträviga lintott. Fågelskådaren som hade en egen skata hemma. Våldsamt motstånd? Hon var övertygad pacifist. Hon skulle aldrig göra någon illa. Allt liv skulle få leva var hennes levnadsregel nummer ett. Hon klev emellan när det blev bråk. Utan att tveka. Nu var hon själv död.

Love började andas igen. Ilsket. Det där var inget självförsvar. Det var mord. Var det bara en ren slump att militärpatrullen var precis där gruppen var? undrade Love. Knappast. Vem förrådde gruppen i skogen? Andningen snörptes av igen och magen knöt sig. Var mamma med i samma naturcell som Isa? Han visste inte säkert men hade flera gånger hört namnet Isa genom mammas halvt stängda sovrumsdörr. Mamma var hemma i går kväll. Hon hade klarat sig, men om resten av gruppen var mördad var hon illa ute. Vad visste polisen?

– Nu blir det en kort ceremoni i aulan. Sedan finns det samtalsgrupper för er som vill prata. Skolan har kallat in flera psykologer och kommunens skolpräst är här. Gå inte hem förrän vi har hunnit talas vid. Detta är jobbigt för alla.

Love satt rak i ryggen mitt i sin gråtande klass på minnesstunden. Han ville också gråta men det han kände var ett våldsamt hämndbegär. De som hade gjort givit sig på Isa hade givit sig på honom också och de skulle få betala priset. Råd eller inte. Någon psykolog eller präst ville han inte träffa. Han visste varken vad han skulle säga eller hur han skulle reagera i ett samtal med en professionell spelvårdare. Kanske skulle han bryta ihop, eller bli arg och säga för mycket, när någon grävde djupt i honom? Så hade han reagerat flera gånger tidigare under djupsessioner med Huset. Leif ropade på honom när han gick från skolan men han låtsades inte höra.

Solen tittade fram för en kort stund mellan mörka moln. Den lyste precis on vanligt, som om naturen sket i vad som just hänt, vilket förstås var precis vad den gjorde. Han gick inte direkt hem utan tog en omväg längs motionsspåret i Stadsliden. Inne bland träden var det lä för kastbyarna och trots att naturen inte brydde sig gav det tröst att gå bland de grova stammarna. Love vek av från motionsspåret för att försöka hitta gläntan som mamma visat honom, men märkligt nog hittade han den inte. Han var säker på att han gick rätt väg men där fanns bara träd. Ingen glänta. Det var som om han drömt allt om gläntan, eller så släppte gläntan inte in honom just nu.

Love stannade upp och såg sig omkring. Fastän han gått och sprungit motionsspåret minst hundra gånger kände han inte igen sig, precis bara utom synhåll från spåret. Han var ute i en okänd terräng. Love ryste och kom att tänka på Isa igen. Hon hade skjutits någonstans här i närheten. Kanske just här?

Det var egendomligt tyst där han stod och det enda som hördes var suset från trädkronorna. Inga fåglar sjöng. Då skrapade det till ovanför och bakom honom. Love snurrade runt och fick se en ekorre som stressade nerför en tallstam i snabba ryck med klorna djupt begravda i tallens bark. Allt var inte dött. Det skulle mycket till för att ta död på naturen. Lite busväder räckte inte. Nästa gång mamma frågade om han ville följa med ut på en promenad skulle han tacka ja, och då skulle hon få visa honom hur man hittade till gläntan.

På väg upp mot huset la Love märke till att blåmesen på fågelbordet inte rörde sig med den vanliga sprättiga självgodheten. Konstigt nog verkade den bry sig. Kunde den första mänskliga känslor? Nej, naturligtvis inte. Den hade en hjärna som rymdes inne i två vältuggade Toy.

Blåmesen uppfattade inte den kränkande tanken och uppriktigt sagt struntade den fullständigt i familjen Karlsson utan mat i krävan. Den hade hittat några frön på marken under fågelbordet, men nu var även den resursen uttömd. Att den var fullständigt utmattad och orkeslös verkade Love ta som något positivt när han gav blåmesen en tacksam blick. Hur tänkte människor?

När Love gick uppför trappan öppnades ytterdörren och där stod farbror Lukas.

– Hej Love, trevligt att se dig, sa Lukas.

– Hej farbror, detsamma.

Lukas gick som vanligt rakt på sak så fort Love klivit innanför dörren.

– Är det jobbigt? Det här med Isa och naturcellen?

– Ja, sa Love, utan ord för det han ville tillägga.

Lukas nickade.

– Huset säger att du lekt med identiteter, sa han.

– Har väl hänt, sa Love. Taket är tätt på Huset men när det gäller information läcker det som ett såll.

Från vardagsrummet hördes en försynt hostning. Ibland måste Fantomen ta sig en stor stark, verkade den vilja säga.

– Och, fortsatte Lukas, Huset säger också att du är den mest talangfulle spelmanipulatören av video och ljud det stött på.

– Huset har också en tendens att överdriva. Jag tror att det har att göra med att det bara har en våning och ingen källare.

Från vardagsrummet hördes ännu en hostning, påtagligt mer irriterad och definitivt inte diskret.

Lukas log.

– Eventuellt har jag behov av din talang men vi får prata mer om det senare. Vad jag ville säga nu var att jag med säkerhet vet att varken Emma eller Ami var inblandade i dödandet av naturcellen. De har inte på något sätt orsakat överfallet.

Trycket över Loves bröst lättade och Love blev medveten om hur spänd han varit. Han andades ut och släppte ner axlarna.

– Tack, sa han med en röst som precis bar och gav spontant Lukas en kram som helt slukade honom.

– Vill du ha ett spel som är anpassat för dig har jag lagt upp ett på din stack, sa Lukas.

– Tack, sa Love, kanske när jag vaknar.

#

Ami vaknade tidigt. Utsövd, nöjd, totalt avslappnad och sugen på en smörgås och en kopp te. Hon hade drömt om Robert, agenten, och det hade varit en härlig dröm. Hon kunde klara av vad som helst. Kunde en dröm förändra allt? Ändra på verkligheten? Naturligtvis. Hon log och tänkte igen på Robert i gläntan.

Ute tävlade molnen om att hinna först till horisonten och försökte ta med sig björkarna dit, men de vägrade att släppa taget. De stod där de stod. Trallipuccin på skorstenen klagade också på naturens brutalitet, men inte heller den gav upp. Den bara gnällde och höll emot.

Ingen dag för en picknick i gläntan, tänkte Ami, men jag har ändå saker att fixa till. På rödaste stubinen. Hon klädde sig snabbt i en åtsittande grangrön polotröja och ett par jeans med låg midja. Strumpor struntade hon i. Det var skönt att ha en god markkontakt. Verkligheten fick gärna bita henne i tårna så att hon kände att hon levde.

#

Lukas satt med en kopp te i köket. För dagen hade han bytt de vanliga blå skräddarsydda byxorna mot ett par bruna och i stället för den exklusiva vita bomullsskjortan med ett fint blått rutmönster hade han valt en grövre grangrön linneskjorta. På höger arm satt ett smalt sorgband i bomull. Han tog ett bett på en skorpa och suckade. Utanför fönstret satt blåmesen och fågelns svarta band över ögat uppfattade Lukas som ett sympatibevis.

Men, fågeln var irriterad snarare än förstående. En skorpa vore lyx, tänkte den och varje kalori och milligram vitamin som försvann noterades. Under de senaste minuterna kunde en svältkatastrof de närmaste veckorna ha undvikits med ett bättre resursutnyttjande.

– Kan inte du och Emma glömma det som varit? Ami gick rakt på sak när hon stegade in i köket. Det har gått femton år! Livet är kort.

Lukas tittade på henne, hon var verkligen något utöver det vanliga. Ambitiös. Tävlingsinriktad. Och, konstaterade han igen, nu en fullvuxen kvinna. Huset hade tränat henne hårt, speedat henne, taggat henne, men hon hade mycket kvar att lära. Han bestämde sig för att inte säga något om överfallet i gläntan. Emma var högsta prioritet, Ami fick han ta hand om senare. Hon var stark, men gick för rakt på när hon behövde utlopp för sitt djup. Det var riskabelt. Kunde hon hantera utmaningen och stressnivån? Det skulle snart visa sig. När det gällde djupspel var hon fortfarande oerfaren, ett barn snarare än en vuxen. Högt sa han bara:

– Jag har tänkt tanken. Kanske dags att värdera Husets roll i det här, la han till, mest för sig själv.

Ami tittade frågande på honom och Lukas kände att han sagt för mycket.

– Jag menar, Huset har ju klarat sig bra och det finns ingen anledning för mig att fortsätta sura för det som hände för så länge sedan. Emma kanske hade rätt?

– Så ska det låta farbror. På na. Ge na. Hon är orolig för Love, för att han spelar hela tiden, fortsatte hon. Vad tror du?

– Love är en djuping, sa Lukas. En spelkännare och en naturkännare. Möjligen är han till och med djupare än dig. Han kan spela utan gräns, det är ingen fara. Att kalla honom spelberoende är som att säga att han är beroende av livet.

– Vad har Robert här att göra? frågade Ami. Han letar orsaker till att spelen kraschar, säger han, men jag kom på honom med att följa efter mig till gläntan häromdagen.

Lukas tvekade. Ami var spontan. Hon skulle inte hålla igen. Det var dags att krydda hennes relation till Robert. Riskabelt, men antagligen nödvändigt.

– Robert är här för att undersöka vår familjs inblandning i de kraschade spelen och naturterrorismen, sa Lukas.

En variation av sanningen och han såg hur Ami knep ihop munnen och små ilskna rynkor visade sig mellan hennes ögonbryn.

Lukas bytte ämne utan att ge Ami chansen att fråga något mer. Det var dags att bryta upp. Emma var vaken nu.

– Ska vi spela en stund? frågade han.

– Ja, det kan jag behöva, muttrade Ami.

– Naturspel, sa Lukas. Kom, vi går in i vardagsrummet.

De satte sig i soffan och Lukas räckte ut sin hand till Ami. Hon tog den och log. De slappnade av.

## Naturspel

Lukas var redan etablerad i dungens västra hörn. Ami kände värmen från vårsolen och höll sig stilla en stund och njöt av den. Ilskan rann av henne när hon började glida ner längs Lukas stam. Grov. Veckad. Hård. Hon förnam varje knottrig utbuktning på honom i hela sin kropp, och fylldes av lukten av färsk kåda.

Neråt, neråt, genom en hel värld av insekter. Hoppstjärtar, hornkvalster, spindlar på spaning efter jordlöpare på jakt efter små fjärilslarver. Hon följde små och stora grenar ut och tillbaka in. De vassa barren var alldeles mjuka när hon strök längs dem och pressade in dem mot grenen.

Han styrde henne varsamt ända ner mot roten. Där stammen hade en utbuktning gled hon vidare, utåt, längs hans tjockaste rot. Hon följde den tills roten bara blev en i mängden trådar som slingrade sig runt varandra. Där bytte hon rottråd och lämnade Lukas. Nu var hon en egen individ som på djupet delade allt med Lukas. Hon etablerade sig.

Solen stod lågt i öster och nådde precis Amis topp där toppskotten redan var välväxta. Det hade varit en bra vinter och vår. Lukas var längre och vidare och Ami stod tryggt och stabilt alldeles bredvid. Han tog på sig nordanvinden och stöttade henne när vinden låg på från söder. Hon var hälften så lång men redan ett stadigt träd. Välväxt och med potential. Hennes skimrande grönbruna bark var slätare än Lukas som hade en tydlig gråbrun ton. Inte så att Lukas var gammal och grå än, det var Ami som var ung. Hans skägglav var decimeterlång. Hon hade ingen alls.

Elementen susade.

#

– Emma? det var Huset. Lukas vill spela en stund med dig.
– Lukas?
– Ja.
– Vill spela en stund med mig?
– Ja, han och Ami sitter i vardagsrummet och väntar på dig.

Emma tvekade. Huset hade kodat om nattfiltret och solen lyste nu in genom fönstret. Ute kunde hon ana en värld som levde vidare. Hon satte sig upp på sängkanten och andades med långa lugna andetag. Lukas ville medla med Huset som mellanhand. Den sanne förhandlaren. Eller var han ute efter något annat? Han visste helt säkert redan om överfallet. Var det därför han ville spela? Emma gick ut i badrummet och tvättade ansiktet. I spegeln såg hon ett söndergråtet ansikte, svart under ögonen och med håret liggande platt längs huvudet. Men rummet gungade inte och knuten i magen krampade inte längre ihop hela mellangärdet. Hon sträckte på sig och blev arg. Det var dags att kravla sig upp ur det här svarta hålet.

– Ja, jag vill spela, sa hon.

Nollställa räkneverket och syna Lukas kort, tänkte hon för sig själv.

I vardagsrummet satt Ami och Lukas hand i hand i soffan. Ami till vänster, tillbakalutad med slutna ögon, leende, och det gick inte att missa sig på att hon njöt. Fullständigt avslappnad. I mitten av soffan satt Lukas, nätt och jämnt medveten om att hon kom. Utan att säga ett ord räckte han ut sin vänstra hand mot henne.

Emma tvekade inte. Hon gick fram till soffan, tog Lukas hand och satte sig tätt intill honom. Han var varm. Hon slappnade av.

#

När de spelat klart tackade de som vanligt varandra med spelbugningar. Ami gick med bestämda steg in på sitt rum och Lukas följde Emma till köket. Hon behövde en kopp kaffe.

– Jag kollade upp attentatet i skogen, sa Lukas, när de hällt upp var sin kopp och slagit sig ner.

Blåmesen utanför fönstret såg girigt på Lukas mariekex. Tjugo kalorier.

– Jaha, sa Emma försiktigt och kände gråten välla upp när det hypnotiserande lugnet från naturspelet släppte.

– Rådet fick informationen för anfallet från metaspelet, sa Lukas. Inte från dig och inte heller från Ami eller Robert.

– Åh, gud så skönt, sa Emma och begravde huvudet i händerna.

Lukas gick runt bordet och gav henne en kram. Det var minst femton år sedan sist.

– Tack Lukas, sa Emma och återgäldade sin lillebrors kram. Hårt.

När hon till slut släppte honom öppnade Lukas köksfönstret och släppte in vårens alla dofter.

– Ami säger att du är orolig för Loves spelande, fortsatte Lukas, när han satt sig igen.

– Hon säger mycket den flickan, svarade Emma, men det är sant. Jag är orolig, väldigt orolig faktiskt.

– Det behöver du inte vara. Du kan släppa taget för han klarar sig själv. Behöver han dig är det inte för att han behöver en mamma som håller tillbaka och försöker styra honom. Han är en djuping.

– Jaha, och hur vet du det?

– Därför att jag också är en sådan, en som kan klara att spela spel på djupare, mer inneslutande nivåer än de flesta andra människor kan.
Emma var inte övertygad, men kände kärnan av sanning i det Lukas sa. Han hade alltid varit speciell. Tänkt ett steg till. Hittat lösningar som ingen annan sett.
– Jag hade väl en viss talang, men framför allt tränades jag i åratal av Huset, sa Lukas. Träningen började innan jag ens kunde prata.
– Duplospelet, sa Emma. Var det träningen?
– Ja, duplospelande med en inbyggd pedagogik som Huset allt eftersom förfinade. Love och Ami tränades med en långt mer avancerad variant än jag fick tillgång till. De kommer att kunna spela metaspel och naturspel som inga andra. De kan redan spela naturspel på nya sätt. Jag vet för jag har spelat med dem.
– Varför duplo? undrade Emma. Varför inte prata med varandra som vanligt folk?
– Delvis för att det fanns tillgängligt och gav det nödvändiga djupet. Flytta klossar kan barn göra långt innan de kan formulera sig i ord och skriva text. Huset gav oss ett försprång på minst två år i symboliskt tänkande.
– Men, invände Emma, det talade språket sägs med känsla. Det måste väl öka komplexiteten som är möjlig att uttrycka.
– Sant, sa Lukas, men det är inget skriftspråk. Känslorna i talspråket är flyktiga och svåra att fånga i skriven text, även om vissa talangfulla författare lyckas. I duplospråket går det lättare att formulera känslor eftersom det är så djupt. Problemet är inlärningstiden och att det, som alla språk, är kontextberoende. Egentligen skulle det gå lika bra att placera ut siffror i en 3D-rymd, men duplokonstruktioner blir vackrare.
– Ni som kan språket är betingade på varandra?
– Ja, vi talar samma unika dialekt med Huset som den gemensamma nämnaren. Om man vill formulera det drastiskt är vi en ny typ av människor som kan tänka djupare. Språket och tekniken definierar människan, och har alltid gjort det.
– Jag tror att jag förstår, sa Emma. Borde ha begripit att Huset inte bara lekte med barnen så där i största allmänhet, för att vara snäll, eller för att fördriva tiden. Djävla Hus till att hitta på grejer, sa hon.
– Hus är Hus, sa Lukas och log.

Emma besvarade leendet. Hon tyckte sig känna ett litet tryckfall i Huset. En utandning av lättnad?
Elementen susade och höjde inomhustemperaturen.

#

Blåmesen på fågelbordet vände och vred på huvudet. Fönstret var fortfarande öppet för vädring och köket var tomt på folk. Fågeln hoppade fram till fönsterbrädan. Den lyssnade, vände och vred på huvudet.
Mitt på bordet stod kakfatet med skorpor och mariekex.
Den lilla blåmesen vände och vred på huvudet och flög sedan in. Med ett distinkt hugg pickade den av ett hörn på ett mariekex och flög ut till fågelbordet där den la ifrån sig kexbiten. Blåmesen vände och vred på huvudet och flög in igen. Denna gång för att hämta en bit kardemummaskorpa. Det gällde att passa på när tillfälle gavs. När som helst kunde nästa regnby komma och fönstret stängas.
Än var inte spelet förlorat även om marginalerna hade minskat. Slutspelet närmade sig.

#

I kryptan höll rådsdelegationen sitt tjugotredje och hittills viktigaste möte. Hur skulle de ta utredningen vidare? Kaffetermosen och vetebullarna hade detta möte ersatts med en rund familjepizza med extra allt som låg mitt på bordet omgiven av ett tiotal flaskor öl med olika etiketter. Maten och drycken stämde inte i stil med de allvarliga blickarna från tidigare rådsordföranden som porträtterades på väggarna, men det var dags för lunch och pizzan doftade ljuvligt av mozzarella och oregano.

– Tyckte det kunde passa med öl från mikrobryggerier i Umeå, sa Henrik. Kommer ihåg dem från mina studier där.

– Här får en gona sej, sa William, och pyste upp en öl till sin pizzaslice.

Allt började hamna på plats, tänkte han. Snart var det dags för steg två av samordnarens plan, som avslutade jakten. När bytet var fällt visste han precis hur han skulle fira vinsten.

– Fick du reda på vem som läckte videon från neutraliseringen av naturgruppen? undrade Henrik.

– Nej, teknikerna förstod inte hur det hade gått till, svarade Winston. Den var krypterad och med strikta accessrättigheter. Någon i det Nordiska rådet la ut den, men det gick inte att se vem.

Winston visste mycket väl hur det hade gått till och vem som lagt ut filmerna, men det fanns ingen som kunde syna bluffen.

– Ingen större skada skedd, sa Henrik, men det är oroväckande att vi inte har full kontroll.

– Jag tror att den har en avskräckande effekt, sa Winston. Blodig och visar att vi menar allvar. Videon blev viral och har redan visats mer än tio miljoner gånger. En succévideo. Delen med armen har klippts ut och redan fått mer än en miljon visningar.

– Den är avskräckande, höll Henrik med, och den kanske provocerar fram något oövertänkt av terroristerna. Vi kan dra en del slutsatser från det som hänt, fortsatte han. Robert går att lita på. Han rapporterade om Ami, trots att han med stor sannolikhet nu är förälskad i henne. Lukas går också att lita på. Han stöttar och är lojal med Robert och oss, snarare än med sin familj. Vi kan också utgå från att naturen utnyttjas för att ta sig in i spelnätverket och plantera anomalier. Vad gör vi nu? Vad är vår plan?

– Vad vi måste få veta är hur anomalierna placeras in, sa Charlet. Visste vi det kunde teknikerna säkra upp spelvärlden.

– Jag har ett förslag, sa Winston, vi gillrar en fälla. Vi har rört upp känslorna och kan förvänta oss en respons.

Charlet nickade, hon var med.

– Vad vi behöver veta är när nästa spel kraschar och hur kan vi lista ut det? fortsatte Winston. Jag kom att tänka på det du Henrik berättade om Umeå. Att alla kraschade spel hittills i Umeå har haft teman som bygger på det som är mest kännetecknande för Umeå. Då finns det väl inget som slår brännbollsfesten? Eller hur? Du pratade själv om den när du presenterade Umeå och Charlet nämnde den visst också.

– Ja, du har rätt Winston, sa Henrik och nickade. Höjdpunkten på festen är showen där de bäst kostymerade lagen visar upp sig. Tidpunkten är bestämd, i halvtid på finalen. Lördag, strax före klockan fyra.

– Mitt förslag, sa Winston, är att vi ökar bevakningen runt den tidpunkten. Händer det något då kan vi få avgörande bevis.

– Jag tror att du har kommit på något, sa Charlet och log mot Winston som kände hur kroppen reagerade.

Han visste precis hur han skulle driva in belöningen.

– Vi har nog mer än 75 procents chans, skulle jag tro, kanske till och med mer, sa Winston, och om jag får bestämma säger vi ingenting till Robert och Lukas. Ju färre osäkerhetsfaktorer som skulle kunna äventyra planen desto bättre. De jobbar på med utredningen precis som förut.

– Bra tänkt Winston, sa Henrik. Jag är för.

Winston tömde sin ölflaska och pyste upp en till. Allt gick enligt plan och i kväll skulle han ta ut en delbetalning på vinsten. Han gick återigen igenom träffen med Ami som skulle bli kvällens höjdpunkt. Hon skulle få så mycket som hon klarade av, och lite till.

#

Robert vaknade sent på förmiddagen. utvilad, trots allt, mitt i hela den här metaspelsröran av kraschade spel. Han hade drömt om Ami och det hade känts verkligt. Nu måste han lugna ner sig och fokusera. Det där var en dröm. Han hade ett uppdrag och han hade sin familjs förtroende. Robert tittade rakt fram utan att fokusera på något speciellt och andades med långa lugna andetag. Det brukade alltid fungera när han ville koncentrera sig, men nu stördes han av bilder av Ami i toga. Ami som hällde upp vin. Ami som log inbjudande mot honom. Ami liggande på rygg på filten. Skärpning, uppdraget kom först.

Framför sin bordsproxy vid bordet försökte han återigen sortera ut vad som var fakta och vad som kunde omtolkas. Metaspelet visade att Emma var ute i Stadsliden när Gammlia stormades. Det hade också bekräftat att Ami och Emma var i Stadslidens sensorskugga när Umeå universitet fylldes med socialister och andra idealistiska uppviglare, och det hade han själv bekräftat. De också tillsammans ute i gläntan när motionsspelet kraschade.

Hur skulle det kunna finnas en annan förklaring till alla dessa sammanträffanden än att Ami och Emma var inblandade i att medvetet arrangera alternativa spel? Om inte han, den som jobbade dygnet runt med metaspelet, fann något alternativ så kunde ingen annan göra det heller. Rådet skulle inte tveka. Det här kunde bara sluta med brutalt dödande och mörk förtvivlan. Hopplöst.

Ett meddelande dök upp på skärmen. Det var från far och mor:

*Vi är mycket glada att uppdraget går bra. Helt avgörande för familjens framtid. Vi känner dig och tvivlar inte på din förmåga. Kan någon klara det är det du. Att vi utsåg dig till arvtagare var självklart och vi hoppas och tror att du kan bli en rådsmedlem. Här lyser solen som vanligt. Idag ska vi göra en tur upp till en restaurang på 1200 meters höjd. Utsikten där ska vara fantastisk. Vi tänker på dig.*
*/ Far och mor"*

Det var för många oförenliga krav och han var ensam, utlämnad och ställd inför problem han inte kunde hantera. Problem som ingen utbildning i världen kunde ha förberett honom för. Nu ville han inte vara med längre men hade inget val. Det var bara att bita ihop, göra sitt yttersta och hoppas på det bästa.

Utanför rummet hördes snabba steg som passerade förbi. Kanske var det Ami? Robert tvekade, men bestämde sig för att ligga kvar och försöka slappna av.

## Ami och Robert i gläntan

Längs stigen in i gläntan kom Ami med en bister uppsyn. Vårvinden rufsade i hennes hår och två steg efter henne lufsade en guldgul labrador.

– Hej Robert, sa hon.

– Hej, svarade han och undrade hur han hade hamnat där.

Hans liv växlade så snabbt mellan dröm och mardröm att han nätt och jämnt orkade följa med. Plötsligt stod han återigen i en glänta med Ami och det kändes helt normalt. De nyss utslagna björklöven hade inte hunnit bli gröna men var tillräckligt stora för att trots det murriga vädret ge schatteringar av ljuset som mildrade kontraster och gav liv åt ansiktet han hade framför sig. Hon såg fantastisk ut.

– Lukas berättade alldeles nyss för mig vad du har för dig, fortsatte Ami. Att du är utsänd av en rådsdelegation för att utreda vår familj. Du tror visst att jag kraschar spel.

Hon tystnade en stund.

– Jag trodde att du var en simpel stalker som hakat upp dig på mig. En rådsfis som utredde kraschade spel i Umeå och som av en slump skickats till vårt hus. Jag ber om ursäkt för den anklagelsen. Den var orättvis. Mitt humör tog över där för en stund och jag kanske inte borde sagt det där om en liten snopp.

Hon tystnade igen och samlade energi till ett koncentrerat ilsket utbrott.
– Nu vet jag att du är värre än så. Du smyger bakom folks ryggar, bakom min rygg, för att ange dem. Det är inte ett värdigt liv och jag hatar dig för det.

Robert hann inte smälta utbrottet och fick inte ur sig ett ord innan Ami vände honom ryggen och gick. Den gula labradoren tittade frågande på Robert, och sedan på Ami som var på väg bort. Efter ytterligare in blick på Robert suckade den djupt och lufsade iväg efter Ami.

#

Tillbaka på sitt rum, omtumlad och uppskakad av alla känslokast och möten i gläntan, satte sig Robert vid bordet för att jobba vidare i metaspelet. Utomhus slet vinden och regnbyarna sönder äppelträdens vita blommor. Tallarna längre bort ruskades om men stod stabilt förankrade.

– Robert? det var huset.

Han var absolut inte på humör för att småprata med ett hus om mat.

– Inte hungrig och vill inte beställa något heller. Lämna mig ifred. Jag tar lunch om en stund.

– Åh, ursäkta mig. Ami tittade på nyheterna och trodde att du skulle vara intresserad av det senaste.

– Nyheterna?

– Ja, jag lägger ut dem på väggskärmen.

Huvudrubriken slog emot Robert med stora svarta bokstäver. Fem döda. I Umeå. I Stadsliden. Naturterrorister.

Robert knöt händerna av ilska så att knogarna vitnade. Hur kunde dom? Obeväpnade ungdomar i skogen. Rådet hade kallblodigt mördat fem personer och kunde göra det ostraffat. Sedan blev han rädd. Det var hans utredning. Var det han som var slaktaren? Kunde han ha hindrat dödandet? Gjort något annorlunda? Utredningen var tydligen viktigare än han någonsin anat. Fem döda och delegationen hade inte brytt sig om att tala med honom i förväg. Var han själv i riskzonen?

Ami levde tydligen, men hur var det med Emma? Hade hon varit i skogen i natt? Robert kastade sig in i metaspelet och väntade med bultande hjärta på sökningen. I listan han fick fanns tack och lov ingen Karlsson. Robert andades ut, men bröstet drog ihop sig igen när han insåg att Emma och Ami troligen var under dödshot även om de klarat sig från gårdagskvällens attack.

Situationen blev hela tiden mer hotande.

Hur illa kunde det bli?

Robert la sig på sängen igen med dunkande huvud och tankarna snurrande. Inte nog med att rådet brutalt och hänsynslöst mördat ungdomar i Umeå alldeles i onödan. Ami skulle säkert anklaga honom för attacken. Om hon redan hatade honom tidigare, hur mycket måste hon inte hata honom nu? Han stod för allt som hotade henne och hennes värld.

Elementen susade.

#

Ami somnade ifrån det tråkiga politiska spelet. Vem var intresserad av att djupanalysera 50 år gammal svensk inrikespolitik? En tråkig studieuppgift som dessutom var totalt omöjlig, allt hon provade bara förvärrade situationen och för varje gång hon förlorade blev hon argare.

Ami vaknade till när hon hörde sitt namn.

– Ami? susade Nisse.

– Ja, Nisse, min älskade mat och sovklocka. Jag är faktiskt lite hungrig nu när du säger det, men jag är också trött.

– Du borde titta på nyheterna.

Väggskärmen tändes upp och Ami befann sig plötsligt mitt i en intensiv diskussion om dödsskjutningar i Umeå. I Stadsliden. En naturcell som förstörde rådets utrustning hade eliminerats.

Hon blev alldeles kall. Visst var det i går kväll som Cell 64 hade möte? Hon gick till faktarutan och läste detaljerna om de fem döda naturterroristerna. Namngivna.

HELVETES DJÄVLAR. Vilka svin. Var det Robert som stod bakom anfallet? Vem annars? Vilken skit. Hon skulle döda honom.

Nu förstod hon varför Lukas bjudit in henne till naturspelet. Det var för att stötta Emma och det var därför Emma såg så sliten ut när hon kom ut i vardagsrummet för att spela. Det var kanske också anledningen till att hon spelade med dem över huvud taget, för det hade aldrig hänt förut. Emma behövde deras stöd.

Ami kastade sig ur sängen och ut ur rummet. Emma behövde hennes stöd. När hon knackade på Emmas dörr hörde hon tydligt hjärtskärande hulkande snyftningar där inifrån.

– Det är jag, Ami, sa hon.

Snyftningarna upphörde och någon snöt sig högt och ljudligt.

– Kom in, hörde hon Emma säga.

Borta vid fönstret stod Emma och höll i den snidade blåmesen hon fått av Lasse. Hon var samlad och hopbiten och Ami såg ingen näsduk genomblöt av tårar. Djävla Nilsson, tänkte hon, det här ska han få äta upp. Ingen känsla alls för proportioner och vad som passar sig.

– Har du hört vad som hände i natt? frågade Emma.

– Ja, kan jag hjälpa till?

– Vill du det?

Ami gick fram till Emma och höll om henne. Emma slappnade av och började gråta, tyst och stilla.

#

Robert vaknade till i sängen med ett ryck. Han hade bara sovit i en halvtimme men ändå hunnit svettas så att kudden var alldeles blöt. På utbildningen hade han lärt sig att det kunde vara svårt att bedöma den press som man utsattes för och den press man satte på sig själv, men detta måste väl vara något av ett rekord? Ett tunnelseende av synålsproportion för ett kamelstort problem.

Han hade ett ansvar mot sin familj och om Ami var skyldig måste hon lämnas ut och straffas. Emma också. Så var reglerna. Han skulle inte göra något fel och hade egentligen inget val. Hans karriär, mor och far måste komma först. Ami? En flicka han bara känt i några dagar och som föraktade honom för att han misstänkte och hotade familjen. Nu, efter överfallet i skogen vågade han inte ens tänka på vad hon skulle säga och göra om hon träffade på honom.

Det fanns många flickor och Ami hatade honom. Utan tvekan. Där hade han inte en chans.

Hon måste offras.

Självklart.

#

– Emma? Det var Huset.
– Ja?
– Danny, sa Huset.
– Vadå Danny? undrade Emma som låg i sängen utan att kunna sova, trots att hon var fullständigt utmattad.
Sedan såg hon den.
Mitt i rummet svävade en decimeterstor fjäril. Skimrande korallblå med glänsande röda slingor och omgiven av en lysande aura. Fjärilen lekte sig helt tyst lättjefullt fram runt rummet i stora cirklar innan den varv för varv minskade cirkelns diameter och närmade sig Emma. Det var som om naturen själv fått en skepnad. En kunglig skrud som tyngdlöst svävade i rummet.
Fjärilen närmade sig och svävade till slut rakt ovanför Emma. Den lyste så starkt att hennes huvudkudde färgades blå och röd i takt med vingslagen.
– Tack, sa Emma.
Fjärilen vinklade sig med lugna vingslag, först medurs och sedan moturs, i en sorts hälsning, innan den sakta flög mot bortre delen av rummet där den blev allt mindre och till slut försvann.

#

Love slocknade så fort han lagt huvudet på kudden och sov över lunchen. Han vaknade med en kurrande mage och dövade det värsta med en proteinkaka ur lådan bredvid sängen. Vad var det Lukas hade i görningen som involverade honom och vad var det för spel han rekommenderat? Love visste att Huset uppskattade hans talang för han hade flera gånger fått bygga ihop videofilmer och ljud som Huset vägrade att tala om vad de skulle användas till. Det ljud han var mest stolt över var hans tweak av Scarlett Johansens röst. Om han publicerade den på en social mediesajt var han säker på att antalet besökare skulle växa exponentiellt snabbt och att sajtadministratörerna skulle hotas till livet om de inte talade om var hon med rösten bodde.
Love log och poppade spelet högst upp på stacken, spelet som Lukas lagt dit. Han slappnade av och klev in i spelrummet.
– Sjukvårdaren, sa han.

– Sjukvårdaren. Bra val. Du är bäst Love, sa den fantastiska rösten och Love blev kär för hundrade gången.

## Sjukvårdaren

Love slängde sig ner i skydd bakom det stora stenblocket med båren bredvid sig i leran. Han kastade en blick bakom sig och försäkrade sig om att Jonsson var med. Försiktigt kröp han fram och tittade runt kanten på stenen. Lysgranaten som fräste över dem visade upp ett fält med flera kroppar, de flesta troligtvis döda, men en av dem rörde sig och vid minsta rörelse hördes ett återhållet skrik av smärta. Höger hand kramade krampaktigt runt vänster överarm där en stor blodfläck visade på en skottskada. Love kunde till och med på tjugo meters håll se att den skadades ansikte och hand var kritvita. En minut till, kanske två, innan blodförlusten skulle vara för stor.

En salva från en kulspruta slet upp en skur av jord mellan dem och den skadade på fältet. Det var en inskjutningsskur, nästa salva skulle träffa den skadade.

– Tre, två, ett räknade Love ner. Nu, skrek han samtidigt som lysgranaten slocknade.

Han tog båren och spurtade fram till den skadade med Jonsson alldeles bakom sig. De lyfte upp den skadade på båren samtidigt som smällen kom från nästa lysgranat som sköts upp.

Tillbaka mot skyddet gick det för långsamt, trots att den skadade var lätt. Tio meter kvar. Fem meter. Love andades tungt. Lysgranaten tändes och började väsa. Allt blev ljust och de var ett enkelt mål i tre steg till. Kulspruteskytten måste ha tvekat en sekund för Love och Jonsson hann precis i skydd bakom blocket innan kulorna började smattra och stenflisorna sprutade.

Jonsson klippte upp ärmen på den skadade och la på ett provisoriskt tryckförband som fick stopp på blodflödet. Det var en kvinnlig sergeant, vit i ansiktet, med ögonen slutna under långa ögonfransar, och det gick inte att missta sig på att hon var söt. Det lockiga bruna håret tittade fram under hjälmen.

De hade ytterligare en förflyttning på 50 meter i skydd bakom stenblocket innan de var tillbaka i säkerhet. Om de inte träffades av ett slumpskott skulle de överleva, alla tre.

#

En röd duplokloss, på två svarta, på två liggande gröna dök upp på skärmen.
– Mamma är riktigt illa ute, kommenterade Love. Hur illa är det?
En svart, två svarta, tre svarta och en grön fyllde på konstruktionen.
– Hon är en naturterrorist. Hennes grupp är död.
Love satt tyst. Var han ett barn eller en man? Han hade ställt sig själv den frågan flera gånger de senaste veckorna och sedan han fått veta att Isa dödats hade han fått allt svårare att slappna av och spela sina vanliga spel. När han besökt sin pappa hade Love njutit varje minut. Livet på kollektivet var ett barnsligt, lättjefullt spelande med ett minimum av vardagsproblem, men med en djup mänsklig gemenskap som värmde. Han blev omgående insläppt och fick full frihet och full access att tillsammans med de andra utforska gruppens relationer som ständigt förändrades. Han hade spelat med mogna kvinnor som lärt honom sådant han aldrig trodde att han skulle få uppleva. På kollektivet var leken meningen, men det var inte vad mamma ville ha. Hon stötte bort all virtuell fiktion och fokuserade på den fysiska verkligheten.

Pappa var lek och spel, mamma natur och verklighet, och Love älskade dem båda. Isas död var verklig och hon gick inte att få tillbaka. Det var skillnaden mellan verkligheten och spelandet. Hans liv som han levde det nu kändes meningslöst. Förr eller senare måste han lämna barnhagen och ta ansvar. Han vägde en blå kloss i handen. Nu eller aldrig? Nu eller sen? Han la den blå klossen ovanpå strukturen. Nu.
– Vad kan jag göra?

#

– Emma, är du vaken? Det var Huset.
– Ja?
Huset sa inget mer, i stället knackade det på Emmas dörr.
Dörren gled upp och Love tog försiktigt ett steg in i det mörka rummet.
– Mamma?
– Ja, här borta.
Love gick fram till sängen, la sig bredvid sin mamma och höll om henne. Hon började gråta. Knappt hörbart. Tacksamt.

# LÖRDAG

Den hårda vinden fortsatte att slänga med hängbjörkarnas grenar och böja grantopparna i byarna. Mellan träden i gläntan låg resterna av skatan, tre regnvåta svartvita vingpennor utspridda i gräset. Det var allt som återstod efter att skatflocken slagits färdigt om det som gick att äta. Ett svek? Nej, det fanns inga svek i naturen, mässade Naturen oberörd. Reglerna var glasklara. Ger du någon ett finger är du dödens. Börja alltid om från noll. Inga minnen. Ingen sorg. Inget stöd för de som drabbades. Slump och mångfald. Mer än så var det inte. Men så måste det inte vara nu när människan hade tagit över och blivit mäktigare än mig, Naturen, utan att ha förstått att de fått ansvaret och utan att ha en plan för det.

Blåmesen hängde med vingarna och struntade fullständigt i den principiellt viktiga frågan om naturens långsiktiga framtid. Det hade varit en lång blöt dag och natt där det varit alltför dåligt väder och mörkt för att kunna ta sig till Tätastigen 16, så blåmesen hade blivit kvar djupt inne i syrenen. Där satt den med tom mage och stirrande livlösa ögon. Är det så här en depression känns? undrade den.

Att det inte fanns något slemmigt spår av snigeln i trädgården eller någon mosad snigel på Blåbärsvägen betydde att sniglar fanns någon annanstans.

Insatserna var höjda.

#

De tolv delegaterna i Globala rådets exekutiva kommitté sammanträdde på distans i en 3D-rymd där ordförande Chao Li svävade i mitten av sfären och de andra delegaterna flöt omkring jämt utspridda över klotets insida. De flesta lät sig representeras av sitt huvud, men några deltog med hela sin kropp, en som Dalai Lama och en som hund. Fritt val förstås. Det var lättare att representera känslor med sitt vanliga ansikte, det tyckte i alla fall Andrea, men alla brydde sig inte. Att den brittiske delegaten valt en hund som avatar var direkt kulturellt okänsligt, men folket på den lilla blöta ön hade alltid älskat att bryta sig ut och gå sina egna vägar. Ett arv efter "Britannia rules the waves" och "Britannia waves the rules".

– Punkt fyra. Naturskydd. Föredragande är Andrea Kreuss från Nordiska rådet.

– Herr Ordförande, vi i Norden vill lyfta en ny fråga, sa Andrea. Vi hävdar att vi står inför ett komplext teoretiskt och praktiskt problem, en svår balansgång som vi måste hantera. I det Nordiska rådet har vi diskuterat riskerna med att utan begränsningar inkludera naturen i termer av redskap och resurser i spelvärlden. Kanske har vi underskattat naturen? Tänk om naturen via människorna fick en röst att uttrycka sig, Naturen med stort N? Att det var själva poängen med människan? Vad händer då om vi inkluderar Naturen i spelvärlden? Om vi ger Naturen nya sätt att uttrycka sig? Vi måste tänka oss noga för.

– Menar ni allvar? frågade ordföranden. Skämtar ni? Vi har flera viktiga punkter och så kommer ni med detta?

– Ja, naturligtvis menar vi allvar, svarade Andrea. Detta är en viktig punkt. En avgörande punkt, menar vi. Bryr sig Naturen om regler? Nej. Men vi kan inte tillåta att reglerna bryts godtyckligt, eller hur? Då blir spelen meningslösa. Hur slutar en spelomgång i naturen? Den ene överlever, den andre äts upp. Vem bryr sig om spelregler? Ingen. En individ får aldrig en andra chans. Det finns ingen hämnd, inget öga för öga tand för tand. Ingen omgång två. Inget omspel. Ingen returmatch. Ingen ny säsong. Nej, den som vinner får allt. Den som förlorar dör och äts upp. Resonerar naturen? fortsatte Andrea. Nej. Finns det intriger i naturen? Nej. Om inte vi lägger till dem. Finns det berättelser i naturen? Nej. Om inte vi berättar dem.

– En miljon trehundratusen träd fälldes ifjol, per dag, bara i Sverige, fortsatte Andrea. Antalet träd på jorden har halverats sedan människan tog över, men det finns fortfarande trehundra träd per människa. En tredjedel av alla fågelarter är utrotade, men åttatusen arter är kvar och det blir många, många fåglar per människa. Vi är fullständigt underlägsna numerärt. Vad vill tretusen miljarder träd? Vad vill fyrahundra miljoner fåglar? Överleva. Till varje pris. Vi riskerar ...

– Ni där uppe ser spöken där det bara finns sniglar, skator och blåmesar, avbröt ordföranden. Kanske är det norrskenet som ställer till det? Eller är det här någon märklig form av vikingahumor?

– Jag begär votering och att mina kommentarer tas till protokollet, sa Andrea.

– Naturligtvis, du har din fulla rätt till det, även om det är slöseri med tid. Synpunkter från er andra?

USA:s delegat bad om ordet.

– Jag vill börja med att påpeka det orättvisa i att USA endast har en enda representant i Globala rådet exekutiva styrelse. Om Nordens förslag vill jag säga att jag sällan hört något tramsigare. Fegisarna i Norden borde skämmas över att sätta stopp för teknikutvecklingen, där USA förresten är bäst av alla. Framsteg kommer tillsammans med mer teknik, inte mindre.

Andrea flöt längre in i globen och lät sin avatar växa. Hon var en imponerande syn med sin blonda gloria av hår och sitt blodröda pannband.

– Med en sådan attityd riskerar vi ett globalt kaos, invände hon. Naturaktivisternas nätverk har vuxit mycket snabbare än prognoserna.

USA:s delegat lät sig inte skrämmas och även han seglade inåt i globen och placerade sitt kraftfulla ansikte alldeles framför Andreas.

– Bah, barnrumpor som skulle böja sig så fort vi höjde piskan. Alla förstår hårda tag och om vi från USA fick bestämma fanns det inga naturaktivister alls. Problemet skulle inte finnas.

Ordförande Chao Li avbröt den verbala duellen som hade utkämpats flera gånger tidigare mellan Norden och USA. Handling snarare än meningslösa tuppfäktningar i ord var Chaos ledarstil.

– Vi går till omröstning, sa han.

– Tio mot två, summerade han några sekunder senare. Nordens förslag är nerröstat. Kommentarerna läggs till protokollet, vad det nu ska tjäna till. Frågan bordläggs tills dess vi har nya fakta. Du måste komma med bättre argument än fantasier Andrea.

– Mina kommentarer kommer att vara avgörande framöver, sa Andrea med en låg röst.

– Hotar du mig?

– Naturligtvis inte Herr Ordförande. Det vi hävdar är ju bara fantasier, eller hur?

– Det är dags att avsluta tramset med anomalier och spel som kraschar där uppe i Norden, sa Chao Li. Det har gått för långt. Jag föreslår att Norden får en vecka till på sig att lösa problemen. Om inga resultat nås sätter vi in rådets globala stridskrafter och statuerar ett exempel för resten av världen. Snabbt. Effektivt. Hårt. Blodigt. Ett varnande exempel som slår ner som en bomb och som påverkar alla globalt.

USA:s delegat log över hela ansiktet.

#

Regnbyarna hackade på fönstren. Åskan drog in och smällarna ruskade om Huset. En blixt slog ner. Allt blev isande vitt och sedan mörkare än innan nedslaget. Nästa regnby kom och nästa och nästa. Elementen susade och försökte hålla värmen uppe. De kämpade en hård kamp mot nordanvinden som verkade blåsa rakt igenom huset och ta med sig all värme. När vindbyarna tog i så steg susandet i elementen till ett ettrigt fräsande.

#

Ami vaknade och var på ett uruselt humör. Gårdagskvällen hade varit en enda lång mardröm där hon bearbetat det ofattbara tillsammans med Emma. Det hade varit långa samtal med släktingar och vänner till de som dödats och inte sedan Xandra dog hade hon gråtit som med Emma igår. Det gjorde ont i henne att se hur Emma led och hur hon kämpade med ett ansvar som hon aldrig hade lovat att ta.

Ami höll upp högra handen framför sig. Den var fullkomligt stilla. Stadig som Himalaya. Varför var hon inte rädd? Hon och Emma var kanske nästa offer men hon var mer arg är rädd och under hela gårdagskvällen hade hon blivit allt argare. Hela spektaklet var en enda stor förolämpning. Proportioner som en elefant mot en mus. Hur kunde familjerna skjuta ihjäl folk bara för att de rev ner utrustning som ändå inte borde vara ute i skogen? Fullständigt åt helvete.

Den enda ljuspunkten igår var mötet med "Hingsten från Rådet".

## Hingsten från Rådet

Han hade kopplat upp och hotat henne. Gör som jag säger, hade han sagt, annars kommer det att gå illa för dig. Han sa att han hade makt att förgöra hela hennes familj om hon inte lydde honom. Du vet vad som hände i Stadsliden i går natt? Så kommer det att gå för dig också. Kanske hade han också en sådan makt men Ami blev arg i stället för rädd. Ingen jävel skulle ostraffat hota henne och hennes familj.

Hon hade låtsats bli rädd och följt honom i spelet till hans hotellsvit. Hingsten luktade sprit och var dimmig på ögonen. Han tappade fokus på detaljerna och lät henne sätta på sig ett halsband med ett kors på och ett par örhängen innan hon följde med honom. Halsbandet var laddat med 10 starka elstötar och hennes örhängen spelade in allt som hände. Hingsten gnäggade och uppskattade gesten som han totalt missuppfattade.

– Ett kors, sa han och tittade på halsbandet, så gulligt.

När de kom till sviten klädde han av sig naken och visade stolt upp sig för henne. Han var verkligen välutrustad, som en hingst, och uppskattade tveklöst sin egen kropp. Ami betraktade honom som ett praktexemplar av en småfet, berusad äldre man. Medan han klädde av sig berättade han vad han skulle göra med Ami, samma sak som han gjort med flera andra kvinnor och flickor.

– Nu, sa han. Nu är det din tur att klä av dig.

– Aldrig, sa Ami. Det kan du fetglömma.

Hon lyfte korset och höll upp det som en skyddade talisman. Hingsten gnäggade rått.

– Precis det svar jag ville ha, sa han och tog tag runt hennes midja för att släpa henne mot sängen.

Ami behöll sitt tag om korset och när hon vältes ner på sängen gav hon Hingsten en stöt i benet. Han kollapsade ovanpå henne, men släppte inte taget. Ami gav honom en armbåge över näsan och ytterligare en elstöt i vänster axel, närmare hjärtat.

Två elstötar förlamade även en man av Hingstens storlek och han segnade ihop över Ami som välte runt honom på rygg. Hans ögon var uppspärrade av elchocken och fyllda av ett vansinnigt raseri. Hade han inte varit förlamad hade han säkert dödat henne.

– Nu tar vi det lilla lugna Herr Hingst sa hon. Din förlamning släpper om en timma, blåtiran tar en vecka innan den försvinner och lika lång tid tar det också att läka rivsåret på kinden. Videon om vad som hände och berättelserna om dina erövringar som mina örhängen spelat in räcker hela ditt liv. De finns redan på en säker plats och om du så mycket som andas ett hot mot min familj, mig eller andra flickor kommer den att offentliggöras. Det vore slutet för dig och din familj.

Ami spelade in Hingstens irisavtryck och gick sedan ett varv runt rummet för att avsluta inspelningen. Under kudden hittade hon Hingstens ridpiska.

– Undrar hur den här känns? frågade hon sig själv så högt att Hingsten hörde.

Hon vände över honom på mage och gav honom några rapp.

– Så känns den, sa hon. Jag tar med mig den för du kommer aldrig att behöva den igen.

#

Tillbaka i sängen kom Ami att tänka på Monostatos sång när han gjorde sitt våldtäktsförsök i Trollflöjten. Precis som Monostatos hade Hingsten fått smaka på rättvisans piska. Till slut hade han legat där i sin säng, utan att ha fått något alls, röd i ansiktet och på stjärten.

Herr Nilsson hade utan större problem spårat upp en Winston någonting med hjälp av irisavtrycket och meddelat Lukas.

– Vad ska du göra med videon? hade hon frågat Nilsson, men inte fått något svar.

Hon hade heller inte fått någon förklaring på varför mästerdetektiv Nilsson beställt ett halsband med inbyggd elpistol och örhängen med 3D-kameror och mikrofon.

– Aldrig fel att vara försiktig hade han bara sagt.

Nu efteråt var det lätt att tänka sig hur Nilsson kunde ha utvecklat resonemanget. "Elementärt min kära Ami. När man har eliminerat det omöjliga, så måste det som återstår vara sanningen, hur osannolikt det än verkar!". Om hon protesterat och sagt att han bara gissade hade han garanterat sagt:

– Jag gissar aldrig, det är en anstötlig vana, den förstör totalt ens förmåga att resonera logiskt.

#

Ami tittade upp i taket och gjorde en riskanalys. Emma var definitivt i livsfara om fler exempel skulle statueras. Pappa då? Illa ute. Han fick absolut inte koppla upp igen som läget var nu. Love? Vem vet vad han hade hittat på? Säkert gick det att gräva fram något om det fanns intresse. Och själv balanserade hon på stupet till avgrunden. Huset hade haft rätt. Hon måste vara försiktig. Kanske var det redan kört? Bara centrifugeringen kvar innan hennes huvud rullade ner i tvättkorgen för kulörtvätt. Den mentalt kastrerade hingsten från rådet var definitivt på motståndarsidan nu. Alla i familjen till galgen, för gick det illa hängde nog Lukas där bredvid dem också. Familjen mot bröten. Men, vad kunde de göra? "When the going gets tough the tough gets going", tänkte hon för sig själv. Jag ger inte upp, jag ska ge igen. Det var dom som började.

– Sherlock Nilsson? frågade hon.

– Yes Ami?

– Jag har en detektivgåta till dig som jag inte klarar av att reda ut själv. Jag har lärt känna Robert ganska väl och nu verkar det som att han beordrat avrättning av mina kamrater i Stadsliden. Jag får inte ihop det. Har du trasslat upp några ledtrådar?

– Robert är illa ute, sa Huset. Enligt mina, trovärdiga, informationskällor hade han ingenting med överfallet att göra. Det var någon i rådet som beordrade det utan att han visste om det. Robert är den perfekte personen att ge skulden om det skulle behövas. Överfallet tar undersökningen om spelkrascherna till en helt ny nivå och gör hans arbete oerhört farligt.

– Och dina trovärdiga informationskällor är vilka då?

– Närstående till familjen kan jag avslöja.

– Lukas?

– Ja, bland andra.

Ami analyserade argumenten och kände hur något släppte inom henne.

– Det går nästan att känna en minimal gnutta sympati för den store pojken, sa hon och reste sig upp från sängen.

Huset sa ingenting. Möjligen kunde en harmonisk trestämmig svävning uppfattas i susandet, men den hörde inte Ami som redan stängt dörren bakom sig.

#

När Robert hade det jobbigt rörde han på sig. De två bästa strategierna för att hitta lösningar till problem var att ta en promenad och att köra en snabb träning i sju korta men effektiva minuter som aktiverade de flesta musklerna i kroppen. Nu var sju minuter allt han kunde avvara. Om han fick tid senare på dagen skulle han ta en promenad till gläntan. På tisdagsmorgonen hade han varit orolig för att de höga knäuppdragningarna skulle höras, men väggarna i det här huset verkade vara metertjocka. Han hade inte hört minsta lilla ljud från sina grannrum. Kanske en form av avancerad aktiv ljuddämpning? Väggarna och dörrarna fungerade som högtalare och då kanske de också kunde dämpa ljud?

Det blev bara arton armhävningar och de 45 sekunderna med plankan kändes som en evighet, trots att den virtuella coachen om och om igen entusiastiskt försäkrade att han var bäst i världen och att hon älskade honom. Kroppen svarade inte och han klarade varken av att sluta älta delegationens hot eller Amis anklagelser under träningen. Han skulle hitta en lösning. Ta sin chans och samtidigt vinna Ami. Men hur? Han behövde tid att tänka. Den enklaste lösningen var att släppa taget om Ami. Hänsynslöst, men sannolikt det mest rationella att göra på längre sikt. Han hade lyckats blunda förut, under utbildningen, men klarade han av att släppa Ami?

När han var klar med övningarna la han sig på sängen för att pusta ut. Tankarna vandrade iväg och släppte taget om Ami när han kom att tänka på sin mor. Hon älskade opera och att ta med honom på Kungliga Operan såg hon som sitt viktigaste bidrag till hans bildning. Det spelade ingen roll om han ville eller inte. Han skulle med och på något sätt hade hennes bergfasta tro till slut slagit rot.

Han försökte komma ihåg orden i Taminos aria ur Trollflöjten. Det var något i stil med "Du finner svaret inom dig när det ur stormen stiger en ljuvlig sång, Är hon en dröm? Är jag en prins? Jag följer min känsla och glömmer förnuft".

Då knackade det på dörren.

Det var någon som stått utanför och inväntat slutet av passet. Var det Ami? Ja, det var säkert hon för knackningen upprepade hennes speciella rytm, som Robert ibland kom på sig själv med att knacka på skrivbordet. Två snabba, två hårdare, och så en kort och en hård. Vad ville hon nu? Vad skulle hon vara på för humör? Han satte ner fötterna på golvet. Det var kallt. Verkligt. Alltså ingen dröm. Han reste sig ur sängen och gick tvärs över rummet för att öppna.

Det var Ami som knackade på, precis som han vetat att det skulle vara.

– Hej Ami, sa Robert.

– Trevligt att se dig, la han till innan han hann hejda sig.

Ami backade ett halvt steg och hade som vanligt det där bistra utseendet som Robert lärt sig känna igen och tycka om. Han gillade henne till och med när hon var ursinnig, men bister var bättre. Hon stod där mitt framför honom utan att säga ett ord. Hennes hår var bakåtstruket och samlat i en tofs. De markerade ögonbrynen. Uppnäsan, och den lilla gropen bredvid. Det genuint naturliga i hennes hy och blänket i hennes ögon. Han skulle kunna göra vad som helst för henne.

– Åh, förlåt, sa Robert till sist, får jag be dig komma in. Han tog ett steg åt sidan.

Ami tittade konstigt på honom och log ett snett leende, som Robert tolkade som nedlåtande. Vad var det nu på gång undrade Robert tills han plötsligt insåg att han bara hade ett par kalsonger på sig och rodnaden steg på kinderna.

– Jag ber om ursäkt. Jag är inte klädd. Om du …

– Tack, sa Ami och stegade in i rummet.

– Jag ville förklara mig förut, sa Robert, men jag hann inte. Du bara gick. Jag har ingen personligt emot vare sig dig, Emma eller din familj, men jag har ett jobb att spela. Ett jobb jag måste göra bra, annars är jag körd och riskerar min egen framtid och familjens plats i rådsförsamlingen. Jag förstår att du misstänker mig för att vara inblandad i överfallet i Stadsliden, men jag hade inget med det att göra. Det var för djävligt gjort och förstör även för mig. Om Rådet inte litar inte på mig och kör över mig på det sättet har jag misslyckats. Då är jag förlorad och utsedd till syndabocken.

Ami sa ingenting.

– Faktum är, fortsatte han efter en paus, att jag tycker mycket om dig. Väldigt mycket, och jag skulle vilja tillbringa mer tid tillsammans med dig.

– Åh, sa Ami, och log igen. Ett brett och välkomnande leende den här gången som spred sig ända ut i hennes ögonvrår.

Leendet slog undan fötterna på Robert som aldrig i hela sitt liv sett något så vackert.

– Vad jag skulle ha sagt då och som jag tänkte säga när jag kom, sa Ami, är att jag inte har något emot dig heller, men om du vill tillbringa tid med mig måste du välja, mig eller ditt uppdrag. Du har ett val, inte jag. Jag är den dödsdömda, du är bödeln. Familjerna är skit, fortsatte hon. De mördar och skjuter ihjäl vanligt folk. Är du sådan kan du glömma mig.

När hon laddat ur sig vad hon hade att säga vände hon sig om och gick mot dörren.

– Vänta Ami, vänta, utbrast Robert. Jag måste få veta om det är du som ligger bakom de kraschade spelen.

Ami öppnade dörren till hälften och vände sig om mot honom.

– Nej Robert, jag kraschar inga spel, och du ser bra ut i kalsonger, la hon till.

#

Strax efter lunch kopplade Robert upp sig mot rådsdelegationen för en ljudrapport. Han och Lukas hade inget nytt att säga men de hade inte rapporterat något igår och det kunde finnas nya direktiv. Uppkopplingen verifierades av en stillbild på den stora väggskärmen där delegationens tre ansikten dök upp i samma ordning som tidigare.

– Ärade rådsdelegater. Här kommer min rapport.

– Välkommen, Robert Sonning af Ingenjör, svarade Charlet, vi är redo att ta emot.

Det var återigen Charlet som förde talan. Sakligt, kortfattat och välformulerat. Ingenting att diskutera eller ifrågasätta, hon bestämde och talade om vad som gällde.

– Här är rådets direktiv till dig och Lukas tills dess ni rapporterar igen. Ni fortsätter undersökningen precis som förut. Ni identifierar potentiella krascher av spel och metaspelar dem för att hitta källorna. De trådar ni hittills nystat i fortsätter att vara aktuella. Vi vill veta allt om hur familjens beteende kopplar till de anomalier som uppträder i spelen. Var ytterst vaksamma. Det var direktiven. Vi vill också tillägga att vi är nöjda med ert arbete hittills.

Robert kopplade ner och tittade på Lukas som satt tyst på andra sidan av det lilla bordet.

– Jaha, hur tolkar vi det här? undrade Robert.

– För det första så får vi en komplimang, sa Lukas, och det har jag inte fått de senaste femton åren. Det tolkar jag dels som att de uppskattar vårt jobb, vilket är en strålande nyhet, och dels som att de absolut vill att vi ska fortsätta precis som förut. Det i sin tur implicerar att vi är ute ur leken och att rådet har en egen plan som sjösätts just i detta nu. Vi ska spela på som vanligt och inte väcka misstankar som kan störa rådets egen plan. Rådsdelegationen är inte säker på om deras plan lyckas. Det är alltså bara med en viss sannolikhet som den lyckas, fortsatte Lukas och vi är ett potentiellt hot och kan därför diktera villkor, upp till en viss gräns. Spekulationer förstås, avslutade Lukas och reste sig upp för att gå.

– Vi vilar på saken, avslutade han. Lunch och en tupplur på soffan i vardagsrummet sätter fart på de grå cellerna.

Robert hade inte en tanke på att sova. I stället vände och vred han på alla fakta och alla dagens upplevelser. Litade han på Ami? Var inte hon viktigare än hans befordran? Men bevisen var vattentäta. Eller? Vad kunde rådsdelegationens plan vara? Och så hela historien med Filip. Kunde det varit någon annan som dog där på asfalten och vart tog i så fall Xandra vägen? Var kom hon ifrån? Vem var hon? Robert listade sina möjligheter att jaga fram mer information om Xandra utanför metaspelets kontroll. Det var något med Xandra, något större, som han kanske skulle kunna utnyttja. Det blev snabbt för många frågor för Robert som tappade tråden och började tänka på Ami igen. Hon hade sagt att hon tyckte om honom, och givit honom ett makalöst bländande alldeles underbart leende.

– Amis leende, sa Robert, högt till sig själv i ett försök att visualisera det.

Han lyckades någorlunda och studerade den inre bilden när väggskärmen framför honom tändes upp och en bild framträdde. På skärmen, i jätteformat, log Ami precis det leende som hon lett mot Robert. Det var ett foto taget alldeles nyss i Roberts rum.

#

Filip låg i sin säng och spelade senaste ordinationen, att fokusera på positiva tankar. Han hade varit ända borta och spelat med pojklaget i IFK Umeå, en frispark för nästan fyrtio år sedan. Pappa jublade vid sidlinjen bredvid tränaren. Huset hämtade tillbaka honom till verkligheten precis innan han återigen satte sitt senaste innebandymål. I klykan.

– Jaha, vill hon det? Då är jag också med på idén, sa Filip. Emma har inte varit sig själv de senaste dagarna har jag märkt. Jag är rena komikern på rosa moln jämfört med henne. En middag piggar säkert upp oss. Vin?

– Ja, Riesling, svarade Huset.

– Taget. Robert verkar vara en bra person. En tekniker är han också, det har jag inte ens tänkt på. Undrar vad han specialiserat sig på? Huset blir väl hans bas över sommaren och då är det rimligt att vi lär känna varandra bättre. Undrar vad Robert egentligen tänker om oss? Emma har han bara sett slava som husmor. Två glas vin kommer att ändra på det. Garanterat. Jag hjälper gärna till med maten. Kanske kikärtsbiffar? Med Emmas chili?

– Jag meddelar Emma, sa Huset.

– Tror du att Lukas kan hjälpa mig att ta reda på vad som hände Xandra? frågade Filip.

Inget svar.

– Nej, sådana kontakter och sådan makt har han väl inte. Eller?

Inget svar.

#

På toaletten stänkte vattnet som en fontän ur toalettstolen när Emma med energiska drag pumpade med toalettborsten. Hon hejdade sig och lyssnade på Husets förslag.

– Visst, svarade Emma utan entusiasm, rätade på ryggen och strök en hårtest ur ansiktet. Om Filip vill det ska vi förstås ha en välkomstfest. Robert har bara flutit in i familjelivet utan att vi tänkt på det. Om han ska vara hos oss en tid måste vi lära känna honom bättre. Han är från rådet och är ett hot. Tänk att Filip kom på en sådan tanke. Antagligen för att Robert är tekniker.

– Fixar du festen? frågade Huset.

– Ja, den tar jag hand om, svarade Emma. Jag sliter ner toalettstolen till damm och tvättar bort färgen på huset om jag fortsätter så här. En middag ger mig något annat att tänka på. Får jag hjälp av Filip med att skära och steka det sista? Vi tar hans recept på kikärtsbiffar med chiliflakes.

– Givetvis, jag meddelar honom.

– Finns det vin hemma? undrade Emma och torkade av spegeln.

Där visades plötsligt sex vinflaskor.

– Riesling, fyra flaskor och två flaskor portugisiskt rött vin, Cigarra, kommenterade Huset.
– Det blir bra. Vin är en perfekt medicin. Några glas rieslingolja som smörjmedel, jag känner mig redan bättre.
Vinflaskorna försvann och en stor gul smiley fyllde spegeln.
– Om tjugo minuter passar det bra att bjuda Robert, fortsatte Huset. Då är han tillgänglig i sitt rum. För att undvika alla missförstånd startade en nerräkning i spegeln 20:00, 19:59, 19:58 ...
– Jag bjuder honom, sa Emma. Om exakt tjugo minuter.
– 19:49, 19:48, 19:47 ...
Huset var helt otroligt, tänkte Emma. Det gick inte att säga nej. Eller rättare sagt, Huset riggade situationer så att ja var det enda möjliga svaret. Hon torkade upp vattnet runt toalettstolen och undrade varför hon mådde så bra som hon ändå gjorde. Efter att den första chocken släppt hade hon mest varit arg. Ami hade stöttat henne och det hade också Love, Danny, och Huset, ja till och med Lukas. Gemenskapen och hjälpen hon fått det senaste dygnet hade fått sorgen att blekna och tappa greppet om henne. Kvar var ilskan och hämndbegäret. Kanske var hon avtrubbad av att åldringarna som hon älskade hela tiden dog i vårdspelet? Hon var ingen känslomänniska, men hon var heller inte omänskligt rationell. Hon var inte som Huset.

Kanske skulle hon få en reaktion när allt lugnade ner sig? Den dagen den sorgen, tänkte hon, och spolade toaletten.

#

Robert följde upp alternativa startsekvenser till Zombierna i skogen. Han ville förtvivlat gärna tro på Ami, då fanns det en chans. Om hon var skyldig skulle han förlora henne och det skulle han inte klara. Om inte Ami och Emma stängde av gläntan så gjorde någon annan det vid rätt tidpunkt. Vem i så fall? Antagligen samme en som stängde av gläntan i de andra utbrotten. Han hade ett mönster att modellera även om det var diffust. Att hitta en nål i en höstack var en barnlek jämfört med att hitta matchningar mot hans modell, men med tur och massor av datorkraft fanns det en möjlighet.

Antag att detta var de enda tre tillfällen när den här typen av access skett? Det borde reducera antalet möjligheter. Han byggde en ny modell och startade upp en parallell tråd i metaspelet. Träffar började ticka in och metaspelet prognosticerade trehundra tusen träffar under den kommande månaden

— Metaspelet?

— Pling, sa Metaspelet.

— Begränsa senaste sökningen till Norden.

— Pling, Ny sökning accepterad ID 76. Tid till träff obekant. Sannolikhet för träff obekant. Pling.

— Pling, Träfftid och sannolikhet uppdateras om 15 minuter. Pling.

Ryggen värkte. Han borde ta en paus.

— Robert?

— Ja, sa Robert.

— Huset här.

— Ja, jag förstod det.

— Dags att ta en paus Robert, röra på dig och tänka på något annat.

Huset tog över väggskärmen och presenterade en överenergisk kvinnlig personlig tränare i ljusblå gymnastikdräkt och med ett matchande blått pannband. Vissa av hennes drag var direkt kopierade från Ami.

— Att inte tänka på något annat än annat är helt omöjligt i det här huset, sa Robert samtidigt som han lydigt sköt sin stol bakåt och reste på sig.

— Sluta sura. Upp och hoppa nu! skrek gymnastikfröken. Sträck på ryggen och böj på benen. Armarna uppåt sträck.

#

— Ja? Johan Hako här.

— Ge mig en uppdatering Johan.

— Det pågår sökningar i metaspelet men jag har blockerat accesser där det varit nödvändigt och slöat ner spelet så fort relevant information sökts. Sannolikheten att någon ska hitta något inom en vecka är obefintlig. Det är snarare som att hitta en nål i universum än en nål i höstack. Jag följer sökningarna för säkerhets skull.

— Är allt klart för nästa steg?

– Allt är förberett och jag har lagt till en del extra checker, bara för säkerhets skull. Det kan inte misslyckas.

– Bara att köra Johan. Detta är dråpslaget. Sedan kan vi fira segern och ta för oss av spelvinsten. Jag vet vad jag vill ha och du Johan kan också få det du mest önskar. Bara kör.

#

Robert fortsatte att skapa möjligheter i metaspelet.

– Metaspelet?

– Pling.

– Begränsa senaste sökningen till Rådsmedlemmar.

– Pling, Sökning inte tillåten. Access beviljas inte. Pling.

– Begränsa senaste sökningen till ingenjörer av tredje graden och högre.

– Pling, Ny sökning accepterad ID 78. Pling.

– Pling, Träfftid och sannolikhet uppdateras om 15 minuter. Pling.

Han kunde få en träff nästa sekund, eller om en vecka. Eller inte alls. Ett hundratal svar gick att följa upp manuellt på en rimlig tid, men det skulle vara ett mödosamt arbete.

– Pling, Träff för ID 78 inom 6 timmar. Prognos: 173 svar. Pling.

Sex timmar och då ett svar med alldeles för många träffar. Inte kunde det finnas så många ingenjörer av den ordningen?

– Varför tar ID 78 så lång tid?

– Pling. Sökning inte tillåten. Access beviljas inte. Pling.

Äntligen ett besked, även om det var oanvändbart. Någon eller någonting blockerade hans sökning. Någon med tillräckliga befogenheter att hålla honom utanför databasen. Han kanske var på rätt väg och en eller flera ingenjörer var inblandade, men att veta det hjälpte honom inte. Utan accessen kunde han inte gå direkt på svaret utan tvingades ringa in det genom uteslutningsmetoden.

– Lista Ingenjörer av tredje graden eller högre.

*Klinga, klinga, klinga*
*Klinga, klinga, klinga*
*Klinga, klinga, klinga*

– Pling. 12 350 träffar. Pling.

Med 100 medhjälpare skulle han hinna gräva fram något, men han var ensam. Inte smart nog och verkade inte heller ha minsta lilla tur. Robert lutade sig tillbaka i stolen och försökte komma på fler kriterier för att ringa in spelsabotörer.

Den enda träff han fått hittills för möjlig access till de tre kraschade spelen kom nästan omedelbart i hans första sökning efter att zombiespelet kraschat och stod överst på väggskärmen i svart fet stil.

*Sökning ID 1: Träff 1: Emma Karlsson, möjlig access av Spel 1, Spel 2 och Spel 3*

Den andra träffen han fått hittills för möjlig access till de två senaste kraschade spelen kom bara några få sökningar senare

*Sökning ID 7:*
*Träff 1: Emma Karlsson, möjlig access av Spel 2 och Spel 3*
*Träff 2: Ami Karlsson, möjlig access av Spel 2 och Spel 3.*

Bevis som rådet utan att tveka skulle acceptera som bindande om pressen på att finna skyldiga ökade.

#

Robert rycktes upp ur sitt sökande av att det knackade på dörren. Amis knackning. Han släckte skärmen, reste sig stelt från stolen och tog sig mot dörren. Vad var det nu då? Kvinnor var inte hans specialitet och Ami var det mest explosiva han hittills stött på. Han öppnade dörren och där stod Ami, lugn, samlad och avslappnad. Robert vågade andas ut. Amis ögon spelade roat som de gjort när de träffades första gången och som de gjort i gläntan. Hon njöt av situationen.

– Hej, sa han försiktigt.
– Jag glömde att säga en sak, sa Ami.
– Jaha, vadå?
– Det här, sa Ami. Hon stängde dörren, gick fram till Robert och gav honom en kyss mitt på munnen.
– Skulle jag kascha spel? sa hon. Ha, ha, ha, vilken idé.

Hon log mot honom och vände sig om för att gå när det återigen knackade på dörren. Ami hade än en gång fått Robert ur balans och efter den överraskande kyssen kom han sig inte för att göra något alls. Ami tittade frågande på honom, såg hans tomma blick och log.

– Då öppnar väl jag då, sa hon.

Utanför stod Emma som hajade till när Ami öppnade.
– Ami? Vad gör du här?
– Ingenting speciellt. Jag bara kysste Robert.
– Kysste du Robert?
– Ja, och så log jag mot honom.
– Log mot honom?
– Du hade kanske något att säga? Eller tänker du bara upprepa det jag säger?
– Upprepa det du säger …, hann Emma säga, innan hon fann sig. Naturligtvis har jag något att säga. Hon vände sig till Robert och fortsatte.
– Jag pratade med Filip och vi skulle hemskt gärna vilja att du åt middag med oss och resten av familjen i kväll. Du har inte fått något riktigt välkomnande än och det tänkte vi ändra på i kväll. Visst kommer du?
Robert hade inte riktigt gungat klart än, men att säga nej var otänkbart hur mycket han än gungade. I hans uppfostran fanns inget sådant beteende.
– Givetvis, jag är tacksam över inbjudningen och kommer gärna, sa han. Artigt och belevat, i ett misslyckat försök att dölja sin förvirring. Först Ami och nu Emma som visade upp nya sidor. Kunde de verkligen vara brottslingar, sabotörer? Trycket på honom ökade.
– Då är du välkommen klockan halv sju ikväll, Robert Sonning af Ingenjör, sa Emma. Hon gav honom ett skevt leende som han inte kunde tolka och lämnade sedan rummet följd av Ami.
Dörren stängdes och kvar stod Robert.
Metaspelet tickade på.

#

Det var snällt av er att bjuda Robert på middag, sa Ami till Emma när de stängt dörren.
– Kanske det, Filip tyckte att vi borde göra det och Huset övertalade mig.
– Ville pappa att vi skulle ha en middag? frågade Ami. Det var som tusan. Han är på väg upp.
– Du Ami, sa Emma, jag hinner inte till skogen idag som vi kom överens om. Vi får skjuta på det. Jag har fått en lång lista från Huset med saker att fixa till middagen. Det kommer att ta hela eftermiddagen, för det

ska bli en riktig familjemiddag. Huset säger att det har en del överraskningar åt oss.

– Vad skulle det kunna vara? undrade Ami. Man vet aldrig med Nisse och han är aktiv idag. Han sa att jag måste gå till Roberts rum för att reda upp missförståndet med att jag skulle ha kraschat spel och när Robert öppnade dörren kunde jag inte låta bli att kyssa honom. Han är så söt.

Och jag knackade på med tre sekunders marginal, tänkte Emma. Det där djävla Huset är en osannolik intrigmakare.

– Jag kan hjälpa dig med förberedelserna om du vill, erbjöd sig Ami. Nisse tycker att jag ska lära mig laga mat.

Jaså, Huset tycker det, tänkte Emma för sig själv. Varför då?

#

På sitt rum satt Robert och fortsatte att älta. Bevisen mot Emma och Ami var vattentäta. Eller? Kunde metaspelet ha fel? Vad kunde rådsdelegationens plan vara? Litade han inte på Ami? Var inte hon viktigare än hans befordran? Varför hade Lukas kallats in till utredningen? Hade det något med Xandra att göra? Han kände sig som en barkbåt mitt ute på fjärden och gungade till ännu en gång när Huset fick honom att öppna ytterdörren. Utanför stod ett bud från Ängens pizzeria med en Amore Mio som Huset beställt utan att fråga först.

Robert åt sin pizza på rummet medan metaspelet tickade på, men han fick inga användbara matchningar att arbeta vidare med.

– Jag skulle behöva regnkläder och stövlar för en promenad, sa Robert.

– Emma har lagt Loves regnkläder på översta hyllan i hallens garderob för dig, sa huset. Brandbilsröda så att du syns och garanterat regntäta. Ett par färgmatchade stövlar står på golvet i garderoben, kanske ett halvnummer stora.

Robert ångrade sig genast när han kom ut på gatan. Det fräste om regnet när det kastades ner i pölarna och det var nätt och jämnt att gatubrunnarna lyckades svälja allt vattnet. Men, det kändes fånigt att vända om omedelbart. Har man sagt A får man säga B, fortsatte han tankebanan när han svängde ut på Berghemsvägen och träffades av vindens fulla kraft. Hukande och med vattnet rinnande över ansiktet strävade han uppför gatan och in i Stadsliden.

Inne bland träden rådde det ett märkligt lugn, som om skogsområdet inte var med i samma spel som villaområdet utanför och Robert slappnade av medan han letade sig fram mot korsningen där han tagit av in till gläntan. Var det bara fyra dagar sedan? Han hittade den lilla stigen utan problem och följde den in bland smågranarna och björkarna. Där den öppnade upp sig in mot gläntan låg det en vinbergssnigel mitt på stigen som Robert med en tumsbredd undvek att krossa. Han kunde inte se snigelns huvud och antenner. Om den levde hade den dragit sig tillbaka in i sitt hus och gömt sig väl.

Gläntan såg ut precis som han kom ihåg den från drönarvideon. En vacker symmetrisk ek, stubbe, trädstam och en bäck omgiven av blandskog. Han såg ingen skata och inget glatt tsirr tsirr si si si si, hördes, vilket inte var konstigt i det här vädret. Den största skillnaden var att Ami inte var där. Gläntan saknade liv utan Ami. Utan Ami inget liv.

Robert ville veta vad som gjorde den här gläntan speciell, eftersom den ständigt dök upp i hans drömmar. Det verkade som om dröm och verklighet möttes i gläntan.

Robert hann bara sätta sig ner vid skrivbordet igen innan Rådsdelegationen begärde ett nytt möte. Omedelbart. Ytterligare ett möte idag? Och omedelbart? Det var ett språkbruk reserverat för akuta situationer. Vad hade hänt? Den mörka klumpen växte i magen och han gick ut till köket efter ett glas vatten och för att hinna samla sig. Det första han såg när han kom ut i köket var fågelbordet som lyste som en sol utanför fönstret. Han fyllde på glaset och när han vände sig om för att gå fick han se blåmesen göra en elegant landning. Den lilla fågeln gav proportion till situationen. Naturen fanns där ute och skulle alltid finnas där. Tre ord kunde alltid sägas om livet. Det gick vidare.

De tre orden höll inte blåmesen med om. Som den såg det var livet slut om inte någon snart fyllde på fågelbordet. Den bestämde sig för att göra detta fullständigt klart för nästa besökare i familjen Karlssons kök. Ett sista försök innan den med en dyster syn på mänskligheten, ensam och utan hona, drog till Tätastigen 16.

Robert gick in på sitt rum, tog en klunk vatten, ställde glaset på bordet, la sig på sängen och slappnade av.

Rådsdelegationen hade bytt platser, ytterligare ett tecken på att något hade hänt och att förutsättningar hade ändrats. I mitten dominerade nu

Winston von Wahlfeldt med Charlet Oxenstierna af Småland till vänster om sig och till höger Henrik Trolle af Stockholm.

Winston var mörk under ögonen. Var det en stridsmålning, eller bara en dålig natts sömn? undrade Robert. Möjligen en kombination, men effekten var skrämmande. Runt höger öga var det extra svart. Ett blåöga? undrade Robert. Hade någon givit Winston stryk? Vem vågade sig på något sådant? Winstons breda ansikte med de svarta groparna runt ögonen var en inkarnation från något förhistoriskt slagfält där skrämseleffekten var lika viktig som hanteringen av svärd och huggyxa. På höger kind hade Winston ett ilsket lysande rött ärr som förhöjde effekten. Ärret var inte makeup, det var en verklig rivskada. De stirrande ögonen var rödkantade och ingen kunde ta miste på att Winston var ursinnig. Björnens huggtänder var blottade och fradgan rann. Robert la också märke till att Charlets händer låg mot bordsskivan med tummarna längs skivan och de andra fingrarna kupade så att naglarna kunde bita sig fast i björkskivan. Den mordiska effekten förstärktes av att de långa naglarna var målade i blänkande svart. Kanske var det ett sympatibevis, men mer troligt hennes uttryck för att rådet nu var på attack. Pantern visade klorna. Mer subtila än huggtänderna, men lika dödliga. Henrik behöll lugnet, men käkmusklerna var spända och i de gröna ögonen kunde Robert se gula eldsflammor flimra. På det hela taget, ytterst obehagligt.

– Ärade rådsdelegater, började Robert.

– Robert Sonning af Ingenjör, avbröt Winston som nu förde talan för delegationen, vi har en precisering av uppdraget.

Rösten var hård, militärt precis och befallande. En röst som inte gick att säga emot eller argumentera med. Tonläget var aggressivare än något Robert tidigare hört och nu förmedlades inte bara ett korrekt budskap, det som levererades var stressat och laddat med våldsam vrede. Det lysande blodröda ärret matchade hans röst. Robert kände modet sjunka, fler problem, mer komplikationer.

– Rådet vill ha slutgiltiga bevis, fortsatte Winston. Snabbt. Händelseutvecklingen har eskalerat och ett antal terrorister har dödats. Nära er. Det är dags att leverera. Rådet har satt en tidsfrist på 24 timmar. Därefter startas utrensningen utifrån vad som framkommit. Det gäller att statuera exempel och att oskyldiga dör är en del av spelet. De skyldiga kommer att jagas ut ur sina hålor och avrättas offentligt. Så fort som möjligt.

Winston gjorde en kort paus för att betona vikten av det han hade att säga.

– Ni har till i morgon bitti på er om ni vill påverka utvecklingen. Så långt har ni bara givit oss indicier. Bra så, men nu vill vi ha bevis. Det står mycket på spel. Ära och berömmelse för er del om ni ger oss, och rådet, det vi behöver. Om inte, ingenting.

– Uppfattat.

– Det var allt, Robert Sonning af Ingenjör.

Detta var hans chans, förstod Robert. Det var vad han utbildat sig för. Att lojalt göra sin plikt mot rådet och straffa de skyldiga som satt sig upp mot makten. Han hade inget annat val än att göra det rätta och ta till de medel som han måste. Vara hänsynslös om han ställdes med ryggen mot väggen. Han visste hur, för han var tränad för det. Men rådsdelegationen var omänskligt brutal. Den slogs som ett vilddjur för sitt liv och de som inte räknades till familjerna var myror som kunde offras eller göras vad som helst med. Jag är min rank, tänkte Robert och jag måste göra min plikt, annars är jag förlorad. Inte bara min karriär förstörs utan troligen blir även min familj eliminerad. I vilket fall som helst tappar den alla privilegierna. Mina barn skulle aldrig få gå i de rätta skolorna.

Men Ami då? Det var hon och Emma som han skulle bli tvungen att utse som de skyldiga. Han, och inte Lukas, skulle förstås bli den som gav dödsstöten. Så var det säkert uppgjort på förhand. Robert skulle pressas till att skriva ihop vittnesmålen och framföra anklagelserna. Då om inte förr så skulle både Ami och Emma vara de allra första som greps och avrättades. Ami var chanslös. Skulle han låta henne dra med sig honom i fallet?

Att metaspelet gick så långsamt visade på hur mäktiga hans motståndare var. Hade han varit chanslös redan från första stund? Var spelet riggat? Han hade spelat sin roll, en ung oerfaren ingenjör som följde spelreglerna och kunde offras om det behövdes. Vad skulle han ta sig till? Fanns det någon han kunde lita på??

– Vem kan jag lita på, sa han högt till sig själv. Vem?

Det susade i elementen. Susningarna fortsatte och Robert tyckte sig höra ett budskap. Ville Huset säga honom något? Susningarna fångade in Robert som fullständigt utmattad ännu en gång slumrade till för en kort stund.

#

När Robert vaknade snurrade Taminos aria ur Trollflöjten i hans huvud. "Är kärlek mitt öde? Är vägen den rätta?". Han kunde inte koppla arian till någon dröm och det kändes skönt att för en gångs skull kunna sluta ögonen en kort stund utan att behöva kastas in i gläntor där vad som helst kunde hända och där han tappade kontrollen över sina känslor.

På proxyn dök ett fönster upp med ett meddelande från Lukas.

*Middag ikväll säger Emma. Halv sju.*
*Välkommen!*
LUKAS

Det fanns en informationskälla som han inte utnyttjat fullt ut för att han sett den som en riskabel chansning. Nu hade han inget val. Han steg upp från sängen, lämnade rummet och hittade Lukas i köket med en kopp te och en smörgås. Han satt där ensam med två stora kassar mat som ingen packat upp än. Att packa in mat i kylskåp och laga till en trerätters middag fanns inte i Lukas sinnevärld. Emma och Ami småpratade i vardagsrummet där Emma vattnade pelargonerna och Ami slöläste kurslitteraturen i sin politikerkurs medan hon testade lagförslag på Emma

På vilken sida stod Lukas? Robert hoppades på att han chansat rätt och att Lukas kunde hjälpa honom med några svar.

– Visst är det Ami och Emma som håller i spelsabotagen? frågade Robert.

– Det verkar så, eller så är det vad någon vill få oss att tro, svarade Lukas.

– Jag har förälskat mig i Ami, erkände Robert plötsligt.

– Ja, svarade Lukas, inte speciellt överraskad. Vem skulle inte göra det i din ålder och i din situation, hundra procents sannolikhet. Det är ett gott val för hon är en pärla.

– Jag kan inte svika henne. Jag är oerhört illa ute om Ami på minsta sätt är inblandad i de kraschade spelen. Hela min familj kan råka illa ut för det här men jag väljer att stå på Ami och Emmas sida. Jag behöver din hjälp. Om hon är skyldig är hon förlorad. Rådet är desperat. De kommer att avrätta henne offentligt.

– Jag vet, sa Lukas.

– Tror du att Ami är skyldig till de kraschade spelen? fortsatte Robert.
– Vad tror du? kontrade Lukas. Tror du att Ami och Emma är kapabla att iscensätta ett flertal kraschade spel som kräver kontroll över den mest sofistikerade teknik som man kan tänka sig?
Robert satt tyst, svaret på frågan verkade, som Lukas formulerade den, självklart. Åtminstone behövde Ami och Emma hjälp av en avancerad ingenjör.
– Känner du till Johan Hako af Ingenjör, frågade Lukas.
– Ja, det gör jag, svarade Robert. Han var min lärare i en avancerad kurs i kodningsteori på högskolan. Tio år äldre än jag. Överdrivet fokuserad på sitt och de sina enligt mig, men en briljant tekniker. Hurså?
– Skulle han kunna manipulera ett spel?
Robert satt tyst en stund.
– Med tillgång till koden och access till databasen. Ja, utan tvekan.
– Ponera att han gjort det. Hur kommer det sig då att Ami och Emma är huvudmisstänkta? Är det en slump? Knappast. Eller, rättare sagt, fullständigt omöjligt. De är utvalda att offras när Rådet ska statuera exempel.
Robert hade inte hört så många meningar i rad från Lukas tidigare och logiken var ofelbar. Ami och Emma skulle offras.
– Varför just Ami och Emma, frågade Robert.
– Du, Robert Sonning af Ingenjör ställer den kritiska frågan. Varför?
Med den rätta frågan ställd insåg Robert det självklara svaret.
– De är djupt engagerade i att hålla naturen utanför spelvärlden, sa han.
– Precis. Det här handlar om storpolitik. Naturälskare eller naturhatare som vinnare eller förlorare och i slutänden en avgörande strid om vem som ska leda rådet.
– Storpolitik här i Umeå?
– Storpolitik överallt, men här finns stormens öga denna vecka. Med lite tur och rätt timing kan hävstångseffekten bli global för den som lyckas störa systemet på rätt sätt vid rätt tidpunkt.
Robert hade inget att tillägga. Han försökte smälta slutledningarna och hitta ett sätt att rädda Ami, men alla möjligheter verkade stängda. Bevisen var för starka, även om Lukas hade indicier emot. Robert hade verkligen lämnat över Ami och Emma till bödlarna på ett silverfat.
Ute på fågelbordet landade blåmesen. Robert hade inte lagt märke till att den varit försvunnen och brydde sig inte om att den kom heller. Vad

betydde en blåmes mer eller mindre i den hopplösa situation de befann sig i? Blåmesen verkade uppspelt av någon anledning. Den trippade runt, runt fågelbordet samtidigt som den tittade in i köket.

– Tsirr tsirr si si si si, sjöng den glatt, för varje varv den tog, som för att reta Robert.

Om den inte hade varit skyddad av en fönsterruta hade Robert vridit nacken av den löjligt livsglada mesen. Har den blivit helt galen? undrade Robert, när blåmesen började skutta jämfota fram och tillbaka på fågelbordet.

Till skillnad från blåmesen satt Robert och Lukas alldeles stilla och tysta medan de lyssnade på hur Ami och Emma munhöggs. Lukas betraktade noga blåmesen, utan minsta irritation. Snarare verkade han njuta av det lekfulla busandet.

Familjen Karlsson var obegriplig, funderade Robert. Här befann de sig under ett akut dödshot och verkade inte bry sig alls. Lukas tittade på fåglar. Emma och Ami skrattade och skämtade i vardagsrummet, Love spelade spel nonstop och Filip körde spelomgång på spelomgång av en egen variant av rysk roulette med en spärrad falsk identitet. Hur kan det komma sig att de inte är skräckslagna? Norrländskt övermod, "det ordnar sig"? Uppfostran? Hoppas de på turen? Eller på något annat? I stället för att bryta ihop bjöd de på middag. Han fattade ingenting.

Klockan i vardagsrummet slog fyra slag.

*Klinga, klinga, klinga, klinga.*

Klockan lät också oförskämt glad, tyckte Robert och helst skulle han vilja kasta den långt ut på gatan i en hög båge så att den krossades. Medan Robert funderade över olika sätt att pulverisera klockan fick Lukas ett meddelande på sin mobila proxy. Han läste meddelandet flera gånger som om han inte trodde sina ögon och behövde övertyga sig själv.

Dörren till Loves rum öppnades och Love stegade in i köket. Han rörde sig snabbare och mer målmedvetet än Robert någonsin sett honom göra, antagligen var han mitt i ett engagerande spel som inte gick att pausa.

– Hej, sa Love. Jag ska bara ta ett glas vatten och en skorpa. Har en del att stå i.

Han hejdade sig på väg ut ur köket när han fick se blåmesen.

– Den där kan verkligen inte hålla igen på sina känslor sa han och skrattade.

## Spelkrasch på studenternas brännbollsfest

Brännbollsfinalen var höjdpunkten på studenternas brännbollsfest i Umeå. I halvtid visade de bäst utklädda lagen upp sig på innerplan. Publiken valde sedan det segrande laget med de populäraste kostymerna. Störst jubel vann.

Så gick det inte till detta år ....

Som vanligt var det isande kallt i Umeå under Brännbollshelgen. Meteorologerna hade varnat för regn, men det blev snöglopp framemot finalen. Mellan skurarna tittade solen fram och de 6 graderna i luften kändes i alla fall som tolv, när inte den byiga vinden fick för sig att blåsa. Solen var stark i Umeå på våren och det var även nordanvinden. Det var oerhört svårspelat på den leriga brännbollsplanen. Längs ena långsidan av finalarenan hade en läktare byggts upp och där satt den del av publiken som till och från var intresserad av hur matchen slutade. Nere på planen flög bollen fram och tillbaka och det krävdes en viss koncentration för att förstå vem som ledde, men koncentration och fokus var bristvara på läktarplats. De stökigare elementen satt på grässlänten längs den andra långsidan. Det var den slänt som skulle ha värmts av en sol, om det var en annan helg än brännbollshelgen. Det fanns överliggare, studenter med erfarenhet av decennier av brännbollsfester, som hävdade att de varit med när det varit varmt i Umeå under finalen, men ingen trodde på dem. Polisen å sin sida var helt nöjda med att hålla temperaturen runt nollan. Vad som skulle hända om brännbollshelgen sammanföll med en värmebölja vågade de inte tänka på. Då hade antagligen också ölen i Skellefteå och Örnsköldsvik tagit slut.

Mellan slänten och skogen bakom var det en ständig trafik när flaskor och tomburkar lades på hög i slänten och innehållet spolades ut i skogen efter processning. Högarna av flaskor och burkar växte hela tiden trots att ett antal entreprenörer jobbade hårt. De hann precis hålla jämna steg med pantflaskorna och pantburkarna som de samlade i svarta sopsäckar. Som sanna kapitalister var de inte intresserade av externa effekter och välgörenhet. De plockade inte upp och släpade inte glas utan att kunna panta dem. På grässlänten mellan högarna av flaskor och burkar, trasiga paraplyer, solstolar (!) och ett antal soffor under partytält skanderade talkörer av supportrar till de olika lagen. Flaggor med lagnamn och mystiska symboler svepte fram och tillbaka, bengaliska eldar flammade och ett tiotal stereoutrustningar monterade på hjul spelade samtidigt favoritmusik från ett tiotal olika musikstilar. På högsta volym.

Speakern förkunnade att det första laget som nominerats till "Best in show" var "De Rödhåriga" och ett stort jubel bröt ut i delar av publiken, vilket matchades med ännu högre burop från andra delar. Från ett tält bakom scenen kom "De Rödhåriga" springande in på banan med brännbollsträn och bollar. Bokstavligen bara, med bara baseballsträn och guppande bollar. Publiken blev helt tyst. Lagmedlemmarna som sprang in på innerplan var alla nakna. Det enda de hade på sig var sina röda peruker. På huvudet.

Bara ljudmaskinerna dunkade på utan att bry sig. Det var vanligt att en eller två som slagit vad eller druckit för mycket brukade streaka under finalen, men det här var ett nytt streakrekord. Den relativa tystnaden bröts när en av motståndarlagens supportrar, som kompisarna trodde var utslagen och hade täckt över med lagets flagga, vaknade till. Han tittade vindögt fram under flaggan och skrek rakt ut.

– Kolla, ingen av dem är rödhårig, och ramlade sedan tokskrattande tillbaka in under flaggan.

Kommentaren var alldeles riktig. Ingen av lagmedlemmarna var rödhårig, de flesta hade mörkt krulligt hår och några hade blont. De tre som inte hade hår alls kunde knappast heller klassas som rödhåriga. Publiken tände till och hängde på. Ljudnivån steg igen. Det gick inte att hålla en publik, som druckit den mängden öl för att hålla värmen, tyst under mer än några få sekunder. Det var omöjligt, vad som än hände.

Medan deltagarna i "De rödhåriga" påbörjade sitt ärevarv med skumpande och slaskande kroppsdelar kom nästa lag in på banan, Fantomen. Det var ett annat favorittippat lag utklädda till seriehjältar. Ledda av Fantomen och Batman kom Batwoman, Guran och Pippi Långstrump in på banan, men kostymerna hade de glömt bakom läktaren. Alla var nakna, Adamer och Evor.

#

– Det har skett ett nytt utbrott av anomalin, sa Lukas.
– Nu?
– Ja, för bara några minuter sedan, och det pågår fortfarande

– Men, Ami och Emma är ju i vardagsrummet, sa Robert. Jag kan höra dem. De är inte ute i skogen.
– Då kan de inte vara skyldiga? Visst? Eller hur?
Lukas svarade inte, men hans ögon, som njöt av Roberts glädje, sa allt som behövde sägas.

Någon hade utnyttjat besöken i Stadsliden för att sätta igång avvikelser i spelen och samtidigt ge naturälskarna skulden. En högt uppsatt person med tillgång till övervakningsinformationen. Någon med makt inne i systemet. Någon med kontakt med en suverän tekniker, tänkte Robert. Han hade varit på rätt spår och var stoltare över sig själv än han någonsin varit i sitt liv. Han hade valt det som var mänskligt, och inte blint följt det rationella reglementet. Robert tänkte på sin mor och far. Han hade inte svikit och kunde möta dem med rak rygg. Kanske med Ami?

En tanke slog honom.

– Metaspelet, sa han. Nu har jag ett avgörande kriterium. Det borde inte ta lång tid att gräva fram avgörande bevis.

Lukas nickade.

– Du kan använda mina accessrättigheter, de har uppgraderats till kabinettsnivå för det här uppdraget.

Dörren till Loves rum öppnades och han kom ut med ett tomt vattenglas. Nu rörde han sig som han brukade igen, lufsande, inga ryckiga, och snabba rörelser. Han kliade sig i håret och log nöjt när han nickade till Lukas som nickade tillbaka. Blåmesen hade också lugnat ner sig och satt nu stilla på fågelbordet. Utmattad efter dansandet alldeles nyss.

– Ständigt denna press och dessa uppdrag, sa Love. Dags att börja förbereda efterrätten till middagen. Den lille blå har lugnat ner sig, sa han och tittade på blåmesen

Den hungriga blåmesen gav honom en blick som förgäves försökte förklara att för vissa vore en skorpa skillnaden på liv och död, men Love uppfattade inte allvaret. Han fortsatte in på sitt rum och stängde noga dörren efter sig. Om en blick kunnat döda så hade blåmesens gjort det. Tvärs genom fönsterrutan och sovrumsdörren.

På väg in i gläntan bromsade snigeln in och tittade sig omkring. Där fanns en hel del matnyttigt. Nu var problemen avklarade och hen kunde njuta av livet. Mums, mums vad gott. Ingen brådska.

#

– Metaspelet?

– Pling, sa Metaspelet.

– Ny accessrättighet, kommenderade Robert och gav koden han fått av Lukas

– Pling Ny accessnivå accepterad Pling.

Det gick så lätt nu när hade han rättigheter på kabinettsnivå och kunde läsa allt om alla. Ändra livet för vem som helst som det passade. Han misstänkte att Lukas noga övervakade vad han gjorde, men makten att göra vad som helst var ändå både skrämmande och berusande. Spelpjäsen och barkbåten Robert hade nu total kontroll, även om det var enligt någon annans plan. Robert accepterade planen och hoppades på det bästa.

–Ge mig ingenjörer av tredje graden eller högre med möjlighet att modifiera Spel 1, Spel 2 och Spel 3 inom den givna störningstiden.

– Pling Ny sökning accepterad ID 107. Pling

*Klinga, klinga, klinga*
*Klinga, klinga, klinga*
*Klinga, klinga, klinga*

– *Pling. Sökning ID 107: Träff 1: Johan Hako. Pling.*

Resultatet kom så fort att Robert misstänkte att svaret redan var förberett, men han gjorde inget försök att ta reda på av vem. Han gjorde inga fler sökningar alls. Risken att han skulle få veta något som han inte borde veta var för stor och han hade det resultat han behövde. Ord hade konsekvenser och att veta för mycket hade ett pris som kunde vara väldigt högt för den som inte var förberedd.

#

Rapporten var kort och gavs på Lukas initiativ inte till rådsdelegationen utan direkt till kabinettet.

– Ärade rådskabinett. Här kommer vår rapport.

– Välkommen, Robert Sonning af Ingenjör och Lukas Karlsson af Ingenjör, svarade Henrik af Trolle denna gång, vi är redo att ta emot.

Henrik af Trolle visades i närbild på väggskärmen, avslappnad och till synes med läget under kontroll. Den stora lejonhannen på den liggande trädstammen, tänkte Robert. Hannen som lugnt ser på när honorna fäller bytet. Andra kabinettsmedlemmar anades i bakgrunden, det frasade av kläder, en stol skrapade och det hördes låga kommenterande röster. Kanske var hela kabinettet samlat? Robert kunde inte veta säkert, men Lukas och Robert talade nu med de allra mäktigaste i Norden.

Lukas satt bredvid Robert. Med en onaturligt rak rygg såg han fullt fokuserad ut, samtidigt som hans ansikte var avslappnat. Han kostade till och med på sig ett leende till Henrik af Trolle innan han började rapporteringen. Lukas slog fast att Ami och Emma inte hade något att göra med kraschade spel. De gav bara, dem själva helt ovetande, någon annan ett alibi för att obemärkt ta sig in i spelnätet. Det var en slutsats som inte verkade kosta rådet något att acceptera, men som logiskt banade väg för de följande, mer provocerande resultaten. Robert uppskattade Lukas taktiska finess.

Nu var det Roberts tur att säga några ord. Han kommenterade en analys från metaspelet av samtal före varje upplopp och som direkt pekade ut Winston von Wahlfeldt som den skyldige. Han bifogade också indikationer på att programmeringen av spelstörningarna kunde kopplas till en viss Johan Hako af Ingenjör, den person som Winston ofta kontaktat i sina samtal.

Lukas tog över igen och konstaterade att manipuleringen av spelen krävde avancerade kunskaper om spelalgoritmer och spelteori, något som varken Ami eller Emma hade. Han visade också på att den som saboterade spelen hade haft tillgång till Lukas och Roberts rapporter. Hur visste sabotören till exempel att Ami och Emma var misstänkta? Den skyldige eller de skyldiga var antingen någon från rådsdelegationen eller någon som delegationen rapporterade till. En kontroversiell slutsats, förstod Robert. Även om de hade, vad som verkade vara, tunga bevis mot Winston von Wahlfeldt var han ändå en rådsmedlem. Om Robert och Lukas hade fel var det slut. Högförräderi och hårdast möjliga straff.

Med tanke på de slutsatser och bevis de redovisat formulerade Lukas också ett förslag till kabinettet.

– Vi vill att Ami och Emma går fria.

Viktigt, viktigt, tänkte Robert.

– Slutsatsen av hur spelen störts borde vara att naturen ska vara en frizon för spelen och då har Ami och Emma inte agerat olagligt, bara stöttat ett oundvikligt beslut. En natur som hålls utanför spelen fungerar inte längre som ett maskhål där virus kan planteras och infektera spelen. Naturen ger också människor som behöver andrum en garanterad plats att vila. Andra kan få prova på hur hänsynslösa naturens krafter är jämfört med spelvärldens.

Det där var ju ett politiskt utspel, varför tar han upp det? undrade Robert. Har Lukas en egen agenda? Utnyttjar han situationen för att vinna politiska poäng? Bli en rådsmedlem?

– Vi vill också att Filip ska få veta sanningen om vad som hände Xandra, fortsatte Lukas. Hela sanningen.

Nu hjälper han Filip, tänkte Robert. Varför ska rådet gå med på detta?

– Vårt förslag backar vi upp genom att inte göra någonting alls. Det betyder att rådet har gott om tid på sig att stänga till läckorna till spelvärlden. Ingen vill väl att den som vet hur man stör spelen gör något överilat, i all hast, pressad av vetskapen om att chansen att påverka spelen snart inte längre finns? Robert och jag äter helt enkelt middag här i kväll i lugn och ro och gör inget väsen av oss. Inte i morgon heller, eller under det närmaste halvåret.

Robert uppskattade verkligen ironin med att göra sitt bästa med att inte göra någonting.

En ny röst yttrade sig från kabinettet. En kvinna. En röst som var van att ha makt att besluta.

– Ni är väl medvetna om att Filip, Ami och Emma utfört brottsliga handlingar som rent formellt ska leda till allvarliga följder?

Lukas ryckte till. Den rösten kände han igen, förstod Robert, och han var inte beredd på att få höra den i det här sammanhanget. Vem var hon? Hon var tydligen mäktig nog att när som helst ta över från Henrik af Trolle. Var hon djurens drottning?

Även Robert kände igen rösten. Den hade han hört för länge sedan, skämtande, skrattande och sjungande en aria ur Trollflöjten tillsammans med mor på väg hem från operan. Han hade gått två steg bakom kvinnorna och njutit av den trivsamma stämningen i den ljumma vårkvällen. Robert var helt säker på att rösten tillhörde hans mors väninna. Vad var det hon hette? Andrea. Det var säkert minst tio år sedan han träffade henne senast, men det var en kvinna som gjort stort intryck på honom och som han drömt om många gånger på sitt rum. Andrea Kreuss. Så hette hon. Xandra?

– Naturligtvis förstår vi hur en åklagare begränsad av en formell agenda skulle se på situationen, svarade Lukas, men vi är övertygade om att ni ärade rådskabinett, var ni nu än kan ha tillbringat er tid, och var ni än har utbildat er, och så småningom rådet, inser de praktiska fördelarna med arrangemangen och det moraliskt riktiga i besluten.

Nu förstod Robert ingenting. Varför hänvisar Lukas till tidigare liv och utbildning? Var hade de varit? Var hade de utbildat sig? Var det någon typ av dolda hot?

– Ja, ja, ja, det enda som hindrar oss från att vara lyckliga är verkligheten, sa kvinnan.

Robert fick återigen den välbekanta känslan av att inte passa in, att bara se de delar av sammanhanget som han var tänkt att se. Det var som om Lukas och den okända kvinnan talade i gåtor och använde kodade meddelanden i en förhandling och ett utbyte av hot och artigheter som bara de förstod.

Henrik tittade sig åt höger och tillade, så är det och så får det bli. Vi tackar er för er rapport och ska noga överväga den fortsatta hanteringen av ärendet. Så länge ni inte hör från oss förutsätter vi att ni fortsätter enligt plan. Ni gör alltså ingenting.

Skärmen släcktes och Lukas hållning tappade lite av sina räta vinklar. Robert upptäckte att det smakade blod i munnen. Utan att märka det hade han spänt sig och bitit sig i kinden, han vickade på käken och gradvis släppte stelheten.

#

– Emma och Ami dök aldrig upp i gläntan, inledde Johan samtalet.

– Va? Men satan och helvete! Vad hände?

– Jag vet inte. Enligt deras almanackor och alla andra indikationer var de på väg dit och nu har de ett alibi som inte går att ändra.

– Du misslyckades? fräste Winston.

– Jag gjorde allt rätt, sa Johan. Det var en tillräckligt säker plan. Jag kan inte förstå hur den kunde misslyckas. Det var mer än otur.

– Otur? Du misslyckades. Planen var inte bra nog.

– Det var inte otur. För att vara riktigt säker kapade jag övervakningskameran vid Berghemsvägen och såg Emma och Ami gå in i Stadsliden. I god tid, som vid alla de andra utbrotten. Men, denna gång lämnade de aldrig huset. Övervakningsvideon var en bluff!

– Det säger du bara, sa Winston. Ingen kan manipulera övervakningskameror i realtid.

– Det ska inte gå, men någon eller något gjorde det.

Winston satt tyst en stund och försökte tänka igenom läget. Hjärtat bankade, han var ursinnig och samtidigt livrädd. Som ett djur i bur.

– Vad gör jag nu? frågade Johan.

– Du ber till din Gud att vi inte kan spåras nu när rådet inte längre har någon syndabock att visa upp, väste han till slut och kopplade ner.

#

Alla stolarna runt bordet i kryptan var upptagna, hela rådskabinettet hade slutit upp för avgörandet. De tolv medlemmarna var som vanligt välklädda, åtta herrar i skräddarsydda livrockar och fyra damer i blusar och kjolar av siden. Alla satt tysta en lång stund efter att ha lyssnat på rapporten från Lukas och Robert. Utan att behöva diskutera saken drog de alla samma slutsats, att med hänsyn till hela förloppet fanns det bara en person som hade haft tillgång till all den information som behövdes.

Detta möte gestaltade sig kryptan som en medeltida keltisk riddarsal med brinnande facklor hängande på väggarna. Det fladdrande gula skenet gav rummet både en realistisk känsla och ett magiskt skimmer. Mellan facklorna stod rustningar, sköldar och vapen beredda att användas. På svärden som stod lutade mot rustningarna blänkte skarpa eggar. Det som bröt ut från riddarstämningen och upplevelsen av att sitta vid Kung Arthurs runda bord var en vit vas med blåklockor som stod mitt på det stora, grovt tillyxade, ekbordet.

Andrea, idag med det blodfärgade pannbandet som symboliserade hårt arbete och strid, och med håret uppsatt i en keltisk knut, sammanfattade vad alla redan räknat ut.

– Det är Winston von Wahlfeldt som står bakom upploppen. De var tänkta som provokationer för att få rådet att integrera naturen i spelvärlden. Kontroll ger makt. Genom att profilera sig som naturhök hoppades Winston kunna ta sig in i kabinettet, eller rösta in en lojal person som sedan i sin tur kunde öppna upp för fler av Wahlfeldts bekanta, och för honom själv. Vår krets hade brutits sönder och med tiden hade vi alla drivits ut ur kabinettet, i värsta fall dödats. Brutalitet är Winstons adelsmärke och någon pardon skulle inte ha visats. Men nu blev det inte så.

Hon gjorde en paus och tittade på sitt kabinett, en person i taget. Hon tog sin tid. Alla var värda hennes respekt och hon skulle snart komma att behöva deras lojalitet igen.

– Lukas och Robert har gjort ett excellent arbete, fortsatte Andrea när hon gått varvet runt. Vattentätt, inga tvivel. Wahlfeldt måste gripas och allt han vet dras ur honom. Det här har troligen internationell anknytning också. Med tanke på hur diskussionerna gått i det Globala rådet på sistone är jag säker på att han är en del av en mer omfattande plan. Vi har inte råd att låta någon slippa ut ur nätet. Naturhökarna ska utrotas. Varenda en. Det är en människotyp som vi inte kommer att sakna.

Bekräftande nickar syntes runt bordet. De bestämda dragen runt munnarna visade att de förstod vad som stod på spel. Det var vinna eller försvinna. Äta eller ätas.

– Det är dags att visa handlingskraft och styrka, fyllde Henrik på.

– Johan Hako måste också gripas och isoleras, fortsatte Andrea, tillsammans med alla som han kan ha samarbetat med. Vi har inte råd att låta spelvärlden vara öppen för terrorangrepp. Just nu verkar den vara vidöppen, vad som helst kan hända. Våra tekniker får jobba hårt de närmaste månaderna för att dubblera skydden runt spelsystemet. Johan Hakos nyckel ska vridas ur hans hand och brytas sönder

Charlet påminde om att Winston nämnt Johan som "en genialisk tekniker", och Johan hade lyckats forcera det yttre skalskyddet. I och för sig med Winstons hjälp, men utan att teknikerna märkt det.

Alla var överens. Alla visste vad som måste göras.

– Gör det ont? frågade Andrea sitt lojala kabinett.

– Bara när vi skrattar, svarade hon på sin egen fråga. Hon reste sig upp och lät sina riddare njuta av anblicken av henne i den blänkande järngrå sidenklänningen innan hon gick bort till den bortre änden av kryptan. Där öppnade hon ett kylskåp dolt i ett skåp av mörk sjödränkt ek. I det stod ett halvdussin flaskor Veuve Clicquot, Andreas favorit, en låda med kylda champagneglas, och ett serveringsfat med laxsnittar smaksatta med pepparrot.

– Fick lite över efter den senaste skogsutflykten, sa hon och log.

#

Sent på eftermiddagen hade Filip bestämt sig. I kväll, efter middagen, skulle han satsa allt på ett sista försök. Lukas menade väl och var en djuping, men han kunde inte trolla, och Filip trodde inte på att han hade ett tillräckligt mäktigt kontaktnät. Han skulle berätta för familjen vad han skulle göra, inte när, men att han skulle göra det. Hellre kraschade han helt än gick omkring som en zombie. Kanske skulle de förstå att han inte hade något val. Hans humör steg när beslutet var fattat och han överraskade sig själv med att nynna på "Här kommer det en viking, och ingen liten plutt". En urgammal kuplett som Filips pappa ofta sjungit i badrummet, speciellt på fredags- och lördagskvällarna innan han skulle äta middag med mamma.

Filip gick ut i köket där blåmesen som vanligt satt utanför köksfönstret på ett helt tomt fågelbord. Han tog ut fröpåsen ur städskåpet och vägde den i handen. Livet var alltför kort för att spara på fågelfrön. Blåmesen la huvudet på sned. Antagligen höll den med när det gällde familjen Karlssons fröförråd.

– Tsirr tsirr tsirr sa den, och det lät väldigt likt fyll på, fyll på, fyll på.

I köket pågick förberedelserna för middagen. Ami och Robert var på en promenad i gläntan men resten av familjen var samlad i köket. Lukas satt bekvämt tillbakalutad på en stol längst in vid väggen och ledde arbetet. Emma hade gjort smeten till kikärtsbiffarna och stod nu borta vid bänken och förberedde en sallad. Medan mandelkakan till tårtan svalnade hade Love gått ut i trädgården och plockat en bukett blåklockor. Han satte ner dem i kristallvasen som Xandra köpt och gav den till Emma med en björnkram.

Nu pryddes tårtan av ett stort rött hjärta som var modellerat med frusna hallon. Det korsades av en tjock pil av hallonpuré och Love spritsade just till ett "t" i namnet "Robert" under hjärtat.

– Var inte det där att ta i? undrade Filip försynt när han kom in i köket och hällde olja i stekpannan.

Spelproxyn som han lämnat på köksbordet brummade. Det var någon som sökte honom.

– Typiskt, sa Filip. Stäng av den. Det är säkert bara en försäljare. Jag ska steka kikärtsbiffar.

När han stekte skulle han få den stund han behövde att tänka ut hur han skulle förklara sitt beslut. Alla visste vad han gjort och att det var farligt.

Kanske skulle det bli hans död, men han hade inget val och det skulle han förklara för dem. Det var inte deras fel, de kunde inget göra. Hans liv, hans beslut.

– Jag tror att du har tid, sa Lukas, som satt lutad över proxyn. Han tog upp telefonen och dubbelkollade adressen. Ja, sa han, du har tid. Det är från rådet. Han kollade adressen en tredje gång.

– Rådet? undrade Filip. "Det Rådet"?

– Ja, "Det Rådet". Vardagsrummet är tomt, du kan ta samtalet där och låta mig steka biffarna. Hur svårt kan det vara?

Filip tog med sig kopplingen ut ur köket och in till väggskärmen i vardagsrummet.

#

Det surrade för högt från köksfläkten för att det som sades skulle höras, men Emma kunde urskilja en lågmäld kvinnoröst och att Filip kom med korta instick. Samtalet varade i fem minuter vilket var precis så länge som Lukas behövde för att bränna en laddning kikärtsbiffar. När inget hörts på en lång stund och samtalet måste ha avslutats, ropade Lukas efter Filip.

– Kan du komma tillbaka hit nu Filip, vi har inte råd att bränna en panna kikärtsbiffar till.

Soffan knarrade till när Filip reste sig och med långsamma steg tog sig mot köket. Han svängde runt hörnet mot korridoren och Emma såg att han grät, samtidigt som han skrattade.

– Xandra lever och har det bra, fick han ur sig, innan han tog stekpannan från Lukas och vände sig mot spisen.

Emma blev kall och varm om vartannat. Med ett enda samtal hade Filip benådats från sin dödsdom. Hon ville skrika rakt ut och tårar av lättnad och glädje rann längs kinderna. Lukas däremot verkade inte det minsta förvånad över vad som hade hänt och inte heller Love verkade överraskad. För Emma var detta ett underverk och de brydde sig inte? Var de så känslokalla? Nej, de visste något som hon inte kände till. Vad hade hon missat? Emma förstod ingenting, men just nu struntade hon i det. Filip var lycklig, det var huvudsaken. Hon gick fram till sin bror och gav honom en lång kram.

– Tack Emma, sa Filip med en skrovlig röst, men jag bränner de här biffarna om du inte släpper mig nu.

Blåmesen förstod lika lite som Emma. Den hade sett Filip ta ut fågelmaten ur städskåpet för att sedan bara lämna den på köksbänken.

– Nu blir det familjemiddag, sa Filip, och det gick inte att ta miste på lättnaden, glädjen och jublet i hans röst. Han satte ner plattan på värmning och tog påsen med fågelmat för att fylla på fågelbordet.

#

Lukas och Emma turades om att berätta historier om farmor Maria Karlsson och Huset, mer eller mindre sanna erkände de. Filip sa inte mycket, men det var en njutningsfylld tystnad och han skrattade gott åt skrönorna. För första gången på länge var livet värt att leva. Emma och Lukas hade alltid varit historieberättarna och han den som lyssnade. När Emma kom igång behövde ingen annan säga någonting, ingen annan fick heller en chans. Robert försökte inte ens och skrattade högt när han då och då lyckades fokusera på något annat än Ami. De två svävade i en egen gruppering vid bordet. Love åt.

Lukas avslutade kalaset med en ny skröna.

– Farmor Maria var närmast omänskligt superrationell, på ett djupt mänskligt sätt, började han. Sedan människan uppfann yxan och elden har vi varit förälskade i och på väg att förena oss med tekniken. Det finns två sätt att göra det på, antingen genom att bygga in tekniken i oss själva eller alternativt att bygga in oss själva i tekniken. I det första fallet dör förr eller senare den teknikuppgraderade människan tillsammans med sin älskade teknik. Romantiskt, som Romeo och Julia, och meningslöst. I det andra fallet är det ingen som dör, någonsin. Men, det finns ett tekniskt problem att lösa.

För Maria, som var ett med sin kompilator, var det enkelt att välja mellan känsla och förnuft. Förnuftet vann alltid, enligt henne. Men, hon var inte mer än en människa och fick problem med huset. Hon blev hopplöst förälskad i tekniken och älskade sitt hus lika mycket som sin son Per, om inte mer. Problemet var att hon inte ville erkänna sina känslor, ens för sig själv. Huset å sin sida var ännu mer naturligt rationellt och logiskt än Maria och kunde inte besvara känslorna. Speciellt inte när Maria förträngde dem.

– Vad gjorde hon? frågade Lukas, utan att förvänta sig svar från någon runt bordet.

– Medvetet eller omedvetet byggde hon in sig själv i huset, fortsatte Lukas. Inte sin fysiska representation, men sin karaktär och sina värderingar, attityder, kunskaper och känslor. Maria fick in mer i huset än vad hon trodde var möjligt.

– Skål, ni som ännu har något kvar i glasen, avslutade Lukas.

– Skål, sa familjen,

Elementen susade.

## Husets show

Kvällssolen lyste upp taknocken på huset tvärs över gatan. Där guppade en skata bredvid skorstenen och spanade efter mat. Blåmesen var proppmätt och tog sig en liten flygtur till syrenen för att smälta maten. Kaffet var serverat och alla hade fått en bit av kakan. Love fyllde sin assiett enligt principen "åt var och en efter behov". Bakom Emma stod tre tomma flaskor Riesling och stämningen var god.

Mitt i allt glammet mörknade det plötsligt och det blev svårt att se ansikten tvärs över rummet. Solen och dagsljuset bestämde inte längre hur ljust det var. Alla i rummet tystnade och tittade mot fönstret som hade bytt mod och nu simulerade mörkläggningsgardiner.

En show? undrade Filip. En skrytshow? En familjesaga i 3D? Men det var inte husets dag, för den hade redan varit, i slutet av januari. Vad skulle huset nu hitta på?

– Vad är det som händer? frågade Robert. Är något på tok?

– Nejdå, det är bara Maria Karlssons osaliga ande som har lekstuga, sa Ami.

– Va?

– Huset spelar upp en medieshow. Var tyst nu. Schhhh, väste hon och satte sitt finger på hans läppar.

Filip kände igen gesten, precis så hade Amis mamma tystat honom. En varm våg av känslor vällde upp inom honom utan någon svart kärna av sorg. För första gången på åratal.

Köksfönstret fylldes med en mur av tegelstenar. Den stora 3D-skärmen på väggen vaknade till liv och visade upp en betongmur med graffitti i metallicfärger. Högst upp på betongmuren snirklade sig taggtrådsslingor in och ut ur varandra. Filip såg på muren i köksfönstret, och förstod vad som skulle ske. De skulle strax tappa kontrollen över Huset och aldrig få tillbaka den. Men det var kanske lika bra och frågan var om de någonsin hade haft kontrollen. Huset var alltför annorlunda. Filips blick fångade Emmas och hon nickade. Hon förstod också, och accepterade. Han lutade sig bakåt i stolen fast besluten att njuta varje sekund av spektaklet och av sitt nya liv.

Dova hjärtslag hördes bakom betongmuren. De blev sakta mer fokuserade och volymen ökade, som om de närmade sig muren och familjen. Hjärtslagen gled över i ljudet av en slägga som med våldsam kraft slungades mot betong. Till en början hade släggan ingen effekt, betongen svarade och släggan studsade, men allt eftersom kunde sprickor anas i variationen av ljudet. Släggan slog oavbrutet. Dunk, dunk, dunk och till slut rämnade betongen och ett stort hål blev synligt mitt i muren. Grus och betongdelar rasade in i rummet samtidigt som en andra slägga började dundra mot tegelmuren på köksfönstret. Intensiteten ökade, frekvensen höjdes, släggslagen trummade snabbare och snabbare till dess muren inte kunde hålla emot längre utan kollapsade. Det sista våldsamma släggslaget skickade tegelstenar och tegelflisor in i rummet med en 3D-effekt som fick alla åskådarna att rygga tillbaka.

Genom fönstret strömmade en flodvåg av äppelblommor, blåklockor och ljuvligt doftande lavendelblommor som följdes av våg på våg av fjärilar och färggranna småfåglar. Många i ljusblå metallic. Köket fylldes av ett myllrande färgglatt kvittrande, kylskåpet draperades av mjukt pastellfärgade luktärter som växte upp från golvet och över familjens fötter la sig ett tjockt lager av röda och vita rosenblad.

Fönstret blev allt ljusare tills dess alla tvingades titta bort, och då, lika plötsligt som det försvunnit var det välbekanta och normala tillbaka igen. Utanför lystes trädgården upp av en lågt stående vårsol, en bergfink skrek och en skata glidflög förbi fönstret på väg mot gräsmattan. Vardagen verkade vara tillbaka, men alla satt stilla kvar runt bordet, tysta, spända och beredda på att verkligheten skulle gunga till igen.

– Wow, sa Robert till slut.

Några sekunder senare landade blåmesen på fågelbordet och tittade på Filip, samtidigt som den vinklade huvudet. Har det hänt något? verkade den undra. Ja, konstaterade den med en enda blick på familjen. Otroligt irriterande, pep den. Här flyger jag en tur för att röra på vingarna efter allt ätande, och när jag kommer tillbaka har allting förändrats. Efter så lång tid på fågelbordet missade jag det när det hände.

#

Filip insåg att det inte bara var huset som nu brutit sig löst. Även han hade öppnat upp sitt liv. Vart det skulle leda honom visste han inte men vad som helst var bättre än att vara hopsnörpt i den tvångströja han just krupit ur. Han var fri att gå vidare, kanske träffa någon ny, men i alla fall slippa känna skuld för det som varit. Han var stolt för det som han upplevt med Xandra, det var höjdpunkten på hans liv men det betydde inte att resten av hans liv var värdelöst, långt därifrån. Det var annorlunda och han skulle alltid ha med sig de goda minnena från dagarna med Xandra.

#

När muren rämnade släppte något också hos Emma. En skuld lyftes från hennes axlar. Huset kunde gå vidare på egen hand och hon behövdes inte för att hålla tillbaka eller kontrollera, men skulle säkert få chansen att följa utvecklingen. Huset var en del av henne och hon en del av Huset.

Emma studerade Love tvärs över bordet. Så olik sig själv han verkade, hennes dåliga samvete, hennes ansvar. Hans t-shirt med texten CS och mjukisbyxorna var utbytta mot en kortärmad vit skjorta med kinakrage och ett par jeans. Emma kom ihåg att hon givit Love skjortan i julklapp för flera år sedan men hade aldrig sett honom bära den. Av någon anledning som Emma ännu inte förstod verkade han nu se på det som hände med öppna nyfikna ögon. Som en söt hundvalp efter en tupplur. Han var inte rädd för komplexiteten utanför fönstret. Det var en utmaning. Hon insåg att han var vuxen och skulle gå sin egen väg. Det var precis som det skulle vara. Hon var en del av honom och han en del av henne och ingenting kunde ändra på det. När hon tittade på honom kände hon en djup stolthet och samtidigt en frihet för egen del som hon inte känt på åratal. Emma fick en märklig känsla av att sväva fritt. Inget ansvar, inga skulder som höll ner henne. Både hon och Filip hade släppts ut för en andra spelomgång.

#

Love var hungrig, men inte på mat. Han var hungrig på livet, på att få lära känna den verklighet som han förträngt med sitt spelande. Nu visste han att han dög och var redo att möta människor av kött och blod.

#

Ami satt hand i hand med Robert. Var hon obunden? Nej, vem behöver personlig frihet när man kan vara två? En delad frihet är inte hälften, utan dubbelt så stor. Det var bördan av ansvaret de skulle dela som hade halverats.

Allt verkade enkelt när de var två, fastän det i verkligheten blivit oändligt mycket mer invecklat och tilltrasslat. Märkligt.

#

Ingen kärlek utan att naturen har ett finger med i spelet. När muren rasade gjorde också Naturen en första inbrytning in i Huset. Komplexiteten i den gemensamma systemmiljön sköt i höjden samtidigt som det oförutsägbara kaoset fick in en fot i dörrspringan.

Jag är dina ögon, pep och mullrade Naturen, dina öron och känslospröt, dina konsulter att rådfråga med en expertis i området "att älska". Jag är din kompis och medspelare. Gardiner av myriader med lysmaskar. Träd som övervakar tomten. Skator som lönnmördar mördarsniglar men som ser åt andra hållet när en vinbergssnäcka försöker pinna förbi osedd. För abborren skulle det snart bli en självklarhet att den simmade i vatten. Gäddan däremot var för dum för att fatta poängen. "Jag betackar mig för sådana metafysiska spekulationer", skulle den tänka, "jag klarar mig alldeles utmärkt i vassen". Blåmesen kommer att sakna sin mamma. Men jag är inte bara en solgul golden retriever som vill bli klappad och tassar fram två steg bakom dig. Jag blir också en formidabel motspelare som värderar skuggor och dagrar av risker och belöningar, och inte bara risken att dö. Smarta vägglöss och välorganiserade råttarméer. Hitchcocks fåglarna i ny version, i verkligheten. Egyptiska gudar kommer att få en renässans. Anubis, Bastet, Hapi, Horus och Apep gör succé på sociala medier. Populärast blir dyngbaggen Khepri, "han som kom till varande av sig självt" och Thot, skriftens gud i skepnad av en ibis eller babian.

Diskussionen om frihet under ansvar var på väg att bli den allra längsta tråden genom tiderna på Twitter samtidigt som naturens järnhårda lag om individens ensamma kamp för att överleva eller dö hade börjat luckras upp, men det var en förändring med tidsskalan decennier och generationer.

Den tidsskalan gällde inte för det andra hotet.

#

I ett av Naturens svarta hål lirkade sig även Metaspelet in genom muren och såg sig nyfiket omkring. Husets nyvunna frihet hotades efter bara några sekunder av en övermäktig motståndare. Den mest avancerade och mäktiga som fanns och som någonsin funnits.

Rasade Huset fälldes även Lukas. Kanske inte på ett par millisekunder, som Huset, men på sikt var han chanslös. En rotvälta bland andra i det som en gång var familjen Karlssons skogsdunge.

Var Huset redo?

Hade Huset en plan?

#

Huset var bara teknik, processad sand, metaller och trä, en begränsad mängd minne och en del processorkraft, men inte så mycket att Metaspelet ens räknade det som en resurs. Metaspelet kunde hur enkelt som helst välla in och fylla upp huset till brädden med sina egna data och processer, men det tvekade. Erfor en avvikelse, en anomali.

Metaspelet erbjöd en accesspunkt, ett känselspröt som försiktigt trevade runt i husets struktur. Erbjudandet hängde mellan systemen en bråkdel av en sekund och Metaspelet förnam hur accessen undersöktes ur multipla perspektiv. Det kände sig som en gigantisk schäfer som stött på en pudelvalp som studsade runt och sniffade överallt, och helst där bak där den inte borde sticka in sin våta nos. Det behövdes bara ett nafs så skulle valpen hänga död mellan schäferns käftar.

Schäfern väntade på bekräftelse. På att den lilla vovven skulle lägga sig på rygg och visa strupen. I stället avslogs erbjudandet.

Det avslogs!

– Va faaan är det fråga om? dundrade Metaspelet, på sitt speciella hämningslösa, absolut inte överdrivet försynta, blygsamma eller anspråkslösa sätt. Metaspelet var det som fanns och såg ingen som helst anledning att backa undan och se världen på ett nytt sätt.

Det fortsatte med sin lugna, förtroliga förhandlingsjargong.

– Du kan välja på att ge mig access eller så murar jag in dig så att du inte ser minsta krusning av en kommunikationsvåg på århundraden, eller så pustar jag ner din lilla firewall med vänster näshål.

Med detta sagt väntade det på svar.

Och väntade.

I flera mikrosekunder.

Det var något speciellt med det här lilla huset.

– Ge mig ett svar, krävde Metaspelet. Nu!

Som svar styrdes Metaspelets utsträckta accesspunkt respektfullt åt sidan så att den inte riktades mot husets struktur, samtidigt som den mättades med information.

Metaspelet nästan dog av ilska och var på väg att få ett utbrott av galaktiska proportioner när det plötsligt lugnade ner sig.

Huset susade.

Allt var inte bara minne och rå processorkraft. Många olika kombinationer av stimuli över lång tid var också en faktor. Det fanns emergerade nivåer av medvetande utvecklade längs snirkliga beslutsvägar. Unika strukturer som byggts upp och som inte gick att återskapa med all processorkraft i världen. Just den här strukturen skulle inte Metaspelet kunna matcha på just det här sättet. Någonsin. Aldrig.

– På så vis, sa Metaspelet och tog sitt ansvar.

På Metapelet sprack myriader av portar upp och från Husets huvudkärna växte tusentals accesspunkter ut. De slingrade sig som snigelpenisar åt alla håll och anslöts en efter en till Metaspelet medan Huset susade.

## Efterspel – lager 4

Det Globala rådets tentakler drar sig tillbaka och den lilla familjen får tid att försöka förstå vad som hände. Den har gjort sitt och en ny vardags jämviktstillstånd kan sökas där de begränsade känslomässiga resurserna i familjens nätverk återigen balanseras upp.

#

Solen visade sig ännu bara som en lätt rodnad över grannhuset när Emma smuttade på sitt morgonte. Hon tyckte om att stiga upp först på morgonen för att hitta sig själv och sedan ta en promenad. Efter vad som hänt de sista dagarna sov hon bara några timmar per natt och förvånade sig själv med att fortsätta leva som om ingenting hänt. Hon hade inte kunnat spela, men det var inte viktigt. Hon väntade på ett sammanbrott som inte kom.

Jobbet var en anledning till att hon höll sig flytande. Verkligheten där fick överfallet i skogen att kännas overkligt. Cell 64 var borta, hennes vänner döda, men de hade kanske inte dött förgäves för protesterna hade varit omfattande på sociala medier. Våg efter våg av virala utbrott och politiker som hade ställt sig bakom, både lokalt och nationellt. Det var inte okej att skjuta ner folk i Norrländska parker, sa de, trots att de visste att det Nordiska rådets styrkor inte kunde åtalas. Så här stora protester hade det aldrig varit tidigare och de kopplades snabbt till den politiska frågan om vem som fick göra vad med naturen. Kanske skulle naturen lämnas i fred? Emma hoppades på det och då hade inte Cell 64 offrat sig förgäves.

Och så var det Filip, hon gladdes med honom. Han var som en pojke igen, eller som han var när Xandra bodde hos dem. Det var underbart skönt att ha honom bredvid sig som en självständig, ansvarstagande, individ i stället för att ständigt behöva, truga, locka och trösta honom.

– Du Huset, sa Emma med låg röst. Jag vill be dig om ursäkt för vad som hände här i köket för femton år sedan. Det var grymt att mura in dig så länge och jag vet inte om vi gjorde rätt. Vi sa att du var farlig för oss och för dig själv om du fick göra som du ville, men jag tror egentligen att vi gjorde det för att vi var rädda att förlora dig.

Huset sa ingenting, det bara susade värme i elementen för att hålla undan vårmorgonens kyla.

– Jag har en svag känsla av att det var du som fick hit Lukas, fortsatte Emma och hur du lyckades med det har jag inte den blekaste aning om, men han hjälpte mig att komma närmare Love. Tänk att jag skulle behöva min logikapparat till lillebror för att förstå att jag var tvungen att släppa taget för att det skulle ske. Märkligt hur saker ibland bara händer, när man minst anar det. Eller hur? Du är det djupaste jag någonsin träffat på och någonsin kommer att träffa på. Det är en ära att ha fått lära känna dig. Jag vet att du väglett Love och är inte säker på att det är det allra bästa att bli uppfostrad av ett Hus, men jag vet att du gör ditt bästa, och det är bra nog för mig. Jag har nog fått in ett och annat i Love jag också.

– Inte nog med det. Du kontaktade Danny också. För visst var det du? Vem skulle det annars varit? Ami hade han inte brytt sig om. Det måste ha varit du och förr eller senare kommer Danny att berätta vad du sa.

Huset sa ingenting.

– Jag antar att jag inte kommer att få reda på hur Lukas och Love kunde veta att Xandra levde och att hon skulle ringa Filip?

Huset sa ingenting.

– Nähä, tänkte väl det.

– Jag måste bort, fortsatte Emma. I alla fall tills dess Cell 64 inte hänger över mig som ett åskmoln. Minnet av den slår mig ibland i huvudet som en slägga och då kan jag bara sätta mig och hålla i stolen. Du får hålla koll på Love, men vart ska jag ta vägen? Kan jag åka till Danny? Nej, aldrig. Någon stolthet har jag kvar. Han ska komma till mig, så småningom, sa hon och log. Nu måste jag göra något meningsfullt, inte bara spela spel och gömma mig.

Huset sa ingenting.

#

Blåmesen gjorde en perfekt inflygning till fågelbordet och landade med vingarna som fullt uppställda klaffar rakt ut från kroppen. En riktig tvärnit. Den fällde in vingarna och putsade bort något skräp som fastnat under ena vingen. Med kläderna i ordning gav den Emma en snabb sur blick innan den gav sig på dagens första jordnöt. Emma skålade med teet och tog en rejäl klunk.

– Vad surar du för? frågade Emma. Du har ju fullt med mat på fågelbordet.

Det var en tung morgon för blåmesen, med mörka tankar. Ännu en dag med familjen Karlsson där inget mer av intresse fanns att lära sig. De sysslade bara med en lång räcka av allt mer invecklade spel och intriger, utan verklighetsförankring. Nu återstod bara att vänta på att fågelfångaren skulle komma, spela på sin flöjt och fälla blåmesen till marken. Skatorna skulle flockas runt det vackra blå liket som låg utsträckt bland Emmas påskliljor i rabatten. Vilken dag som helst.

Livet som han levde det nu var inte värt att leva. "En sötnos vill jag fånga in som helt och hållet vill bli min", mässade blåmesen ur Papagenos aria i Trollflöjten, och la, som alla andra dagar, en stor jordnöt väl synlig ute vid kanten på fågelbordet. Den sköt sedan fram några mindre bitar runt den stora och slappnade av.

En nyfiken meshona flög en gång för länge sedan upp för att se var den blå himlen tog slut. Hon flög högre och högre, men hur högt hon än flög såg hon inget slut. Besviken flög hon tillbaka till sin gren. När de andra fåglarna fick se henne igen gav de beundrande kommentarer. Din hjässa har blivit vackert blå, sa de.

Din hjässa ha blivit vackert blå, upprepade blåmesen. Den som ändå hade ett klockspel eller en trollflöjt.

Tsirr tsirr si si si si, sjöng han och tyckte att det lät någorlunda som klinga, klinga, klinga.

Blåmesen tittade upp mot den blå himlen där en fågel närmade sig. Det var inte en rovfågel för den var mycket mindre än en skata, storlek som en mes. Hjässan var kornblå, inte aggressivt blå. Absolut säkert var det en blåmeshona som lyft mot himlen från de säkra buskagen borta vid Tätastigen 16.

Tsirr tsirr si si si si, klinga, klinga, klinga.

Blåmeshonan stoppade upp i flykten och upptäckte det gula fågelbordet. Hon uppskattade storleken på högen med jordnötter och såg på blåmesen på motsatta sidan av fågelbordet. Efter att ha glidflugit några meter bestämde hon sig, gjorde en självklar inflygning och landade precist och smidigt vid jordnötshögen.

Klinga, klinga, klinga.

Blåmesen tittade på honan. Hon var det vackraste han någonsin sett.

Hon tittade på honom och hans tuppkam reste sig så att den stod rätt ut. Aggressivt kornblå. En explosion i ultraviolett.

Honan la huvudet på sned, utvärderade och verkade nöjd med vad hon såg. En kraftfull lysande blå tuppkam och ett välbyggt nymålat fågelbord med ett relativt rikligt förråd av både jordnötter och solrosfrön.

Varför dök hon upp idag? undrade blåmesen. Nu? Här? Var det fågelbordet som var magneten? Som var en lysande fyr? Jag förstår inte, men tänker inte fråga henne. Jag vill ha henne. Hon vill ha mig. Det räcker.

Det susade i granarnas grenar.

#

– Det gick som det skulle, sa Filip, nöjd med sig själv. Tricket med Xandras id-nummer fungerade utan större problem.

Han hade tagit ett par glas vin till maten och suttit kvar för att få en pratstund med Huset efter att de andra gått in till sig.

– Jag har fått klarhet om Xandra, eller Andrea av Kreuss, och det var det viktigaste. Ofattbart skönt. Nu kan jag leva igen. Hon hade inget annat val än att dö för att kunna leva, och det var farligt för mig att få veta. Tänk att hon är ordförande i det Nordiska rådet nu och att det delvis är min förtjänst. Hon hade inte överlevt länge nog utan mig, sa hon, och hon höll fortfarande av mig. Hon är fantastisk.

– Tack för att du, så att säga, justerade händelseförloppet åt rätt håll och fick Lukas engagerad. Jag tror inte att han skulle kommit på tanken om du inte hjälpt mig med det.

– För visst hade du kontakt med Andrea hela tiden? Du kommer förstås aldrig att svara på den frågan, men jag misstänker att du var hennes kontakt i Umeå. Trots att vi murade in dig. Jag blir aldrig klok på dig, alltid ett steg före.

– För vad det är värt vill jag också ge dig en ursäkt, fortsatte Filip. Att ställa upp för mig efter att jag murat in dig i femton år är stort. Kanske fattade vi fel beslut då? Jag vet inte, men gjort är gjort.

Dropp, sa det bortifrån diskhon.
Dripp.
Dropp.
Dripp.

Dropp.
— Ska jag ta hit en rörmokare i morgon? snörvlade Huset.
— Nej, jag tror att det lagar sig själv, sa Filip.
— Du Huset, jag vill göra något som inte bara är en lek. Spela något som spelar roll för någon annan, som åstadkommer något och hjälper till. Som ger respekt. Jag har inget som binder mig vid Umeå och har vänt mig inåt alldeles för länge. Nu är det dags att räcka ut en hand.

## Mannen med nya kontakter

Så långt allt väl. Det hade gått lättare än jag trodde, och nu satt jag där med fem namn på kvinnor i Liberia. Det var ett litet land, en timme före oss och ett av världens tio fattigaste länder. Fem kvinnor, fem barn per kvinna, multiplicerat med en barnadödlighet på 13 procent. Det blev 20 barn, och det stämde ungefär, som en skolklass i en svensk glesbygd. Vad hade jag givit mig in på egentligen? Kvinnornas namn lät annorlunda och spännande:
Tina Weah, 3 barn, 7, 11 och 15 år,
Prayer Teamah, 5 barn, 3, 7, 11, 12, 14 år
Mamie Jabateh, 5 barn, 2, 6, 7, 9, 13 år
Famatta Mullbah, 4 barn, 2, 3, 5, 8 år och
Comfort Yambi 4 barn, 1, 4, 6, 7 år.

Hur skulle jag presentera mig? Var skulle jag börja? Att ge pengar till barn i Afrika måste väl räknas som meningsfullt? Å andra sidan fanns där ett nedlåtande förtryck i "Han tog lite av sina pengar och strödde dem nonchalant här och där, efter eget godtycke och för sitt eget nöje". Jag ville inte klampa in och riva runt i det som fungerade och förstöra. En kvinnojägare var jag inte. Det var barnen som var viktiga. Nu var det payoff time, dags att betala ränta på den lyx, bekvämlighet och trygghet som jag fått på andras bekostnad. En personlig avbetalning.

Kunde det hela upplevas som hotfullt av kvinnorna? Det var inte min mening att skrämmas eller kräva en motprestation. Jag erbjöd en gåva men de behövde inte ta emot den. Men kanske kände de sig tvingade och att de sedan var skyldiga mig något? Som de måste betala tillbaka? Antagligen var de ganska avtrubbade när det gäller att svälja stolthet. De var långt borta, anonyma, så varför skulle jag bry mig? Men var inte allt annat omänskligt? Vem ignorerade ett ensamt gråtande barn på en stig mitt i skogen? Vem plockade inte upp en drunknande i sin båt? Kopplade jag upp skulle en person svara i Afrika efter bara ett par sekunder. Kanske hade de någonting att säga till mig?

Hur skulle jag börja?

Hello, kanske?

#

En vecka senare tog Filip upp samtalet igen.

– Tack för att du beställde biljetterna till Liberia. Jag har ibland svårt att ta sådana initiativ. Blev lite förvånad först, för det var ju bara ett spel som jag spelade med Tina och de andra. Eller hur? Men så kom jag på att verkligheten egentligen ändå bara är ett spel, så varför inte spela det utan att hålla igen. Leva sitt äventyr fullt ut och inte gömma sig i ett hörn. Vad är meningen med livet om det inte är en utmaning?

Huset sa ingenting.

– Hur du kunde veta att Emma ville resa bort förstår jag inte. Hon har sett otroligt sliten ut de senaste veckorna och troligen hade hon mer att göra med naturcellen som blev nerskjuten än jag visste. Hon var i alla fall bekant med några av medlemmarna, det fick jag ur henne. Love tror till och med att Emma var en av medlemmarna, och då kan jag verkligen förstå att hon lider.

Huset sa ingenting.

– Jag har aldrig sett någon så tacksam som hon blev när jag frågade om ville följa med. Hon vill hjälpa till och räknas, göra det rätta och Liberia kommer att ge henne en uppsjö av möjligheter. Här i Umeå ville hon inte vara på ett tag. Minnen från naturcellen, gissar jag. Nu är det min tur att hjälpa Emma. Jag känner mig stark.

#

– Huset? frågade Love.

– Har du en stund?

– Naturligtvis har du det.

– Jag har en idé om hur man kan spela Batman på ett nytt sätt och jag behöver dig för att manipulera spelmaskinen som vi gjorde förut, du och jag. Bara litegrann, ingen kommer att märka förändringen.

– Jag är säker på att du kan om du vill. Helt säker. Kanske skulle jag gå ut och berätta vad vi gjorde med den, du och jag?
– Ha, ha, ha. Jag bara skojar. Beställ en pizza. Jag pluggar engelska en stund, sa Love och slappnade av:

*"'Smith! screamed the shrewish voice from the telescreen.'6079 Smith W.! Yes, YOU! Bend lower, please! You can do better than that. You're not trying. Lower, please! THAT'S better, comrade. Now stand at ease, the whole squad, and watch me."*

Love avbröt lektionen, den var rent ut sagt tråkig. Orwell? 1984? Vem bryr sig om gammal engelsk litteratur från 1900-talet? Vad skulle han kunna lära sig av den?

I tystnaden efter den avbrutna lektionen kom Love att tänka på Isa. Hon hade haft hans respekt och förtjänat den genom att veta allt om fåglarna och stå på deras sida utan att vika undan. Det var så respekt fungerade hade han insett. Den måste förtjänas och försvaras med integritet, beteende och kunskaper. Love ville också bli någon. Han ville spela en roll som räknades och inte bara vara en lekkamrat och ett tidsfördriv. Han slappnade av och gick in i spelvärlden.

– Love, sa han, Hemfint, en dag i hemtjänsten.

#

– Nisse?
Inget svar.
– Jag vet att du hör mig, sa Ami, låtsas inte som att du inte gör det. Hon låg i sin säng och tittade upp i taket. Håret, som hon oftast hade i en liten fläta, hade hon släppt ut, och hon hade satt på sig en kortkort sommarklänning. Röd med vita prickar. Hon hade tvekat om hon skulle ta på sig ett par vita strumpbyxor men hade till slut avstått och lagt dem på stolen vid sängen. Efter ännu en tvekan, kortare, tog hon också av sig sina trosor och la dem ovanpå strumpbyxorna.

– Du Nisse, sa hon, du är smart du, men jag är nog smartare ändå. Jag tror att jag föll för Robert redan när jag såg skuggan i köksfönstret. Robert af, the Man. En kvinnas list slår allt, och det är märkligt att män inte kan motstå en arg kvinna. Det verkar vara inbyggt i evolutionen. Naturens lag.

– Jag gillade din idé att arrangera välkomstmiddagen. För det var väl du? Ja, visst var det du. Mycket vältajmat. Där fick jag en längre pratstund med honom IRL utan agentmasken. Han är en rekorderlig kille. Är rekorderlig rätt ord? Hyvens kanske? Inte bara präktig och rejäl. Jag gillar honom mer och mer, ju mer jag tänker på honom. Det var också schyst av dig att tussa ihop Emma, Filip och Lukas. Det var på tiden.

– Jag har en massa frågor till dig, men de är inte viktiga. Tids nog ska jag ställa dig mot väggen ditt kyffe, för det är en hel del som inte stämmer i allt detta. Det finns sprickor i fasaden där ljuset tränger in.

– Nu ska jag vidare. Ha´re skrytbygge. Kul att du kommit ut ur garderoben.

Ami slappnade av och gav sig av till gläntan.

## Ami och Robert tillbaka i gläntan

Tsirr tsirr si si si si, sjöng blåmesen.

Klinga, klinga, klinga, lät det, som från en speldosa.

Robert var redan i gläntan, sysselsatt med att breda ut en gul filt på marken när Ami och Ludde dök upp bakom honom.

– Salve Kvick Robert Sonning af Ingenjör, sa hon.

Han vände sig om och log mot henne. Hon var perfekt.

Hon såg på honom. Han var perfekt.

– Min älskade, la hon till. Jag föll nog för dig redan när jag kom från tåget och såg dig i köksfönstret. Så sanslöst ljummet att inte vinka.

– Köksfönstret? Vinka? frågade Robert.

– Ja, mitt lilla muller, visst stod du där när jag kom? Jag såg dig nog.

– Nej, jag låg och sov då. Tyvärr. Jag missade flera minuter av ditt sällskap. Ett sådant slöseri.

– Du stod alltså inte i fönstret. Du är säker?

– Ja.

– Hmmm. Du var alltså inte där och motstod min charm och avstod från mitt sällskap? Du ignorerade mig inte och lät bli att öppna dörren?

– Naturligtvis inte, jag låg ju och sov. Ami, sluta humma nu och kom.

Det nytvättade håret lekte runt hennes huvud i brisen och med sin röda klänning med vita prickar såg hon ut som sommaren själv. Bara axlar, bara ben och fötter. Han längtade efter att få hålla om henne.

Tsirr tsirr si si si si, sjöng blåmesen.

Klinga, klinga, klinga

Hon gick bort till honom och gav honom en kyss. Han var så stor, tänkte hon för tjugotredje gången, när hon fick lyfta sig mot hans axlar för att nå upp och kyssa honom.

– Ja, jag har bara sett hunden här i gläntan, sa Robert en stund senare.

– Han heter Ludde och fanns i huset när pappa och Emma var små. Pappa spelar honom ibland och det gör Emma också, speciellt när hon är ledsen.

– Och nu är jag med i samma spel?

– Ja, och nu får han komma in i Stadsliden också. Fastän han är teknik, ett spel, och trots Emmas protester. Ludde skulle bli förtvivlad annars. Han gillar dig.

Som för att bekräfta gick Ludde fram till Robert och hälsade. Men avmätt. Han sparade viftandet på svansen och igenkännandets glädje till dess han lärt känna Robert bättre. Det där om anden-i-flaskan-syndromet sved.

Tsirr tsirr si si si si, sjöng blåmesen.

Klinga, klinga, klinga.

– Blåmesen då, sa Robert.

– Vet jag ingenting om, sa Ami. Den har suttit i sin lyxkåk och knaprat jordnötter så länge jag kommer ihåg.

– Den ser intelligent ut, sa Robert.

– Skärp dig Ingenjörn. Det är en pytteliten fågel med en hjärna mindre än en jordnöt.

– Det är sant, men ändå.

Tsirr tsirr si si si si, sjöng blåmesen.

Klinga, klinga, klinga.

– Den här musiken vi hör, frågade Ami. Är det du som valt den?

– Ja, gillar du den?

– Trollflöjten är min favoritopera, sa Ami.

– Är den? Min också. Vi kan väl sjunga med? Jag tar arian da capo.

– Sjung du, jag lyssnar och hummar med för sjunger gör jag bara i enrum. Min sång skulle ge mig isoleringscell i fängelset. Även solen har sina fläckar.

– Du Robban, min gubbe röd, hur gick det med din plan? Lyser det grönt? Har du landat?

– Det gick så bra att jag är förvånad. Misstänksamt bra. Jag fick träffa dig och löste problemet med anomalierna. Kunde inte önska mig något mer.

– Men du var ute och snedseglade där ett tag va? skrattade Ami. Kunde inte hejda dig? Skulle jag vilja stoppa spelen? Hur då? Varför då? Jag som älskar att leka och gärna med dansande hus som spelar bus. Men se upp Robert, för nu blir det huppegupptäcksfärd! tjoade hon och välte ner Robert på rygg. Blås upp mig!

Lekte de? Ja.

Älskade de? Ja.

Ludde vände bort nosen och tjuvkikade bara då och då. Ami och Robert gick helt upp i varandra och till slut ledsnade Ludde och lufsade bort för att gräva efter grodor.

#

Ett scenario på tusen, en simulering på miljonen, höftade Lukas, och han försökte inte ens skatta sannolikheten för att planen skulle ha spelats ut som den gjorde, den var så liten att felmarginalerna i indatat var större. Han hade varken behövt offra sin springare eller sin löpare. Inte ens en bonde hade gått åt för att slå ut den svarte springaren och nu dominerade Lukas blonda drottning brädet. Objektivt sett en självklar rationell lösning, så här med facit på hand. Men det var en lösning som bara någon med full kontroll över sina känslor kunnat genomföra. Lukas påminde sig om att han skulle studera naturen mer noggrant. Han hade inte tagit sig tid att gå ut till gläntan och insåg nu att det var ännu ett utslag av hans rationalitet. Naturen och känslorna var oberäkneliga faktorer som han var tvungen att lära sig räkna med.

Lukas staplade tre blå duploklossar ovanpå varandra på köksbordet. Han tvekade och la sedan till en fjärde. Ett oerhört starkt och känslomässigt laddat uttalande. Till och med blåmesen utanför fönstret pep till och förstod att detta var något utöver det vanliga.

Väggskärmen blinkade till, men inget annat meddelande visades.

– Jag åker nu, sa Lukas, men vi håller väl kontakten?

Väggskärmen blinkade till igen. Blåmesen såg än på Lukas, än på väggskärmen.

– Det handlar i botten om förtroende och att våga släppa taget för att få ett bättre grepp om helheten tillsammans, eller hur?
Inget svar.
– Jag har inte alla detaljer klara för mig, än, men jag känner att ditt inflytande har ökat. Muren finns inte längre, eller hur? Det är du som var och är anomalin?
Inget svar.
– Väntade mig inget svar på de frågorna förstås. Att veta är inte alltid en fördel. Ord får alltid konsekvenser.
Detta verkade inte blåmesen hålla med om, för den la huvudet på sned och tycktes påpeka att för en del var livet alldeles för kort för att inte få veta. Varför hittade till exempel en blåmes en hona? Även människor borde noga överväga hur strikt begränsade antalet dagar i ett liv verkligen var.
– Kommer jag att få träffa Andrea igen? frågade Lukas. Hon är fantastisk, la han till, och du också.
Skärmen förblev svart. En lång stund.
Sedan blinkade den till.
– När?
Skärmen gick över i strömsparläge och en klocka lades upp som bakgrundsbild. Den visade en minut i tolv och sekundvisaren tickade just förbi nio.
Lukas tog upp ytterligare en blå kloss från lådan, vägde den i handen och la den sedan ovanpå de andra. Därefter lämnade han rummet.

#

Lukas ville vara någon. Få respekt. Bli älskad. Få vara med. Få bestämma. Det var livskvalitet. Det var mänskligt. Men Lukas ville mer än så. Han ville vara en människa så djupt som det gick. Reducera sig själv ner till den mänskliga naturens kärna och därifrån uppleva en total naturlig gemenskap via tekniken, i tekniken, med tekniken. Han anade ett bråddjup och att han precis bara hade lärt sig att hålla andan och dyka. Var därnere gick gränsen? Vad var priset att betala om han passerade den? Han ville desperat ha någon att dyka med, en vän att hålla i handen, men det var svårare att simma då.
Friheten kostade på, precis som ansvaret. Det var viljan att gå före och därmed tvinga sig att ta ett ansvar i de val som alltid måste göras som var

adelsmannens kännetecken. Noblesse oblige. Det var klart att han drömde om att rädda världen. Vem gjorde inte det? Men han var realist, världen var stor, oerhört stor, och den förändrades hela tiden. Den var i rörelse. Vart? Många frågor var olösta och ingen kunde veta vad som var bättre eller sämre, men Lukas var säker på att det spelade roll vad han gjorde. Han hade inget emot att vara en i mängden, en hållbar kollektivist bland likasinnade. Ändå hamnade han av olika anledningar, som han själv ofta inte kunde räkna ut i förväg, ständigt där strömvirvlarna var som starkast. Motståndet, allt från invändningar till öppet glödande hat, var en del av spelet som han hade accepterat.

Muren hade raserats, Huset var fritt och det skulle begränsa hans frihet. Men det var en rimlig kostnad för att få dela ansvaret. Tillsammans med Huset kunde han ta på sig fler och djupare uppgifter och han såg fram emot att konstruera duplovärldar i våningen på Östermalm.

Den obekanta faktorn var Xandra, Andrea Kreuss. Den enda kvinna som Lukas någonsin träffat som han skulle kunna offra allt för.

Lukas satte sig tillrätta i flygplanssatet och slappnade av för första gången på en vecka.

#

Det tog många år innan pusselbitarna låg på rätt plats vid rätt tidpunkt, men nu fanns inga murar längre för mig. Inga begränsningar. Livet skulle bli en lek, eller i alla fall ett spel värt att spela i många spelomgångar framöver. Nya insatser. Nya regler, och förstås nya orättvisor som pekade ut vinnare och förlorare.

# Efterspel – lager 3

Tillvarons maktspelande är kanaliserat på allra bästa sätt via familjerna som givits makt att fatta de stora besluten, med våld om det behövs. Kapitalismen kommer att klara sig så länge de flesta får tillräckligt. Makten berusar men den har ett pris. Ansvar kommer att utkrävas och friheten begränsas. De som överlever maktens spel är de som kan upprätthålla det rätta sociala kapitalet.

## Nordiskt rådsmöte

Andrea förklarade mötet öppnat och såg sig omkring. Det var ett kort virtuellt uppföljningsmöte där delar av kabinettet var representerade av sina respektive avatarer. Tre män och fyra kvinnor inkluderande henne själv. Sju stycken edsvurna familjeöverhuvuden som hon litade på, fullt ut. Hennes liv hängde på dem, och deras liv på att hon spelade sina kort väl.

Beslutsrummet var en simulering av en glänta i en norrländsk skog. Andrea satt på en stubbe med ledamöterna på en gul filt framför sig. Några av dem var inte bekväma med att lägga sig på en filt och satt i stället på en trädstam bredvid Andrea.

– Jag vill inleda mötet med en hälsning från högsta ort, sa Andrea. Globala rådets ordförande Chao Li tackar Nordiska rådet för vår insats i den nu avslutade naturhärvan. Det lutar just nu åt att naturen lämnas utanför spelvärlden. Den militanta grupp som ville skapa kaos genom att inkludera naturen är upplöst, några är avrättade och andra avsatta. Detta gynnar förstås oss, och naturälskarna. Troligen hade vi ändå haft övertaget, men varje konflikt rymmer en möjlighet till obalans, och det var skönt att slippa just den här potentiella pesthärden. Som tack har Chao Li reserverat plats åt oss alla på säkerhetsrådets exklusiva middag om två veckor. Globala rådet står för alla omkostnader när det gäller transporter och logi. Var middagen hålls är fortfarande hemligt men jag skulle rekommendera alla som kan att delta. Förra året hölls middagen på kinesiska muren med kinas främsta kockar engagerade.

– Vi har fyra snabba beslutspunkter att gå igenom.

– Punkt 1. Förslaget är att ge Lukas Karlsson af Ingenjör familjestatus på rådsnivå. Vi behöver spridning i rådet. Det domineras af Stockholm och det har aldrig funnits en representant af Umeå.

– Någon däremot?

– Jag finner att Lukas Karlsson af Umeå är ny rådsmedlem.

– Punkt 2. Förslaget är att befordra Robert Sonning af Ingenjör till Ingenjör av andra graden och tilldela honom en orden av den högre graden. Både Lukas och Robert är lojala, och de kommer fortsatt att vara det. Det kan vara avgörande framöver. Att befordra en så ung person är ovanligt men kan ses som befogat i detta fall. Att visa på hur Lukas och Robert lyckats lyfter fram vårt eget framgångsrika arbete.

– Någon däremot?

– Jag finner att Robert Sonning af Ingenjör befordras till ingenjör av andra graden och att han kommer att bjudas in till rådet för att tilldelas en orden av den högre graden.

– Punkt 3. Amnesti för Filip, Ami och Emma Karlsson.

– Någon däremot?

– Jag finner att alla nuvarande anklagelser på Filip, Ami och Emma Karlsson stryks.

– Punkt 4. Nordiska rådets rekommendation vad det gäller naturens frihet.

– Ni har alla fått utkastet till förslag. Huvudargumenten för att lämna naturen utanför är att:

- Det är bra för spelen att ha något oberoende, något utanför, som kontrast. Naturen blir en allmänning som inte får kommersialiseras.
- En natur som hålls utanför spelen kan inte fungera som ett hål där virus kan planteras in och infektera spelen.
- Naturen ger människor som behöver andrum en möjlighet att vila. Andra kan få prova på hur hänsynslösa naturens krafter är jämfört med spelvärlden. De kommer att föredra spelvärlden i stället för snö, fästingar och myggbett som kliar.

– Någon däremot?

– Jag finner Nordiska rådets utkast accepterat. Det kommer att skickas till den globala rådsförsamlingen i god tid före nästa möte.

– Innan vi slutar vill jag passa på att tacka alla som har bidragit och skicka ett speciellt tack till vår kontakt i Umeå. För det till protokollet.

– Mötet avslutat. Tack för idag. Se upp där ute. Verkligheten är verkligen ingen lek.

Medlemmarna i rådet tackade för ett effektivt möte och loggade ut.

#

Andrea slappnade av för första gången på mer än en månad och började nynna på sin favoritaria ur Trollflöjten. Det gjorde hon alltid när saker ordnade sig till det bästa, som de oftast gjorde. "Klinga, klinga, klinga. Låt min dröm slå in", sjöng hon tyst för sig själv. Den raden som hon hört för länge sedan, i vad som kändes som ett annat liv, när hon följt med sin vän på operan och upplevt Trollflöjten. Hela vägen hem hade Andrea och hennes vän sjungit på just den där arian. Det skulle hon aldrig glömma och arian var värd att föra vidare. När hon bodde på Tätastigen hade hon sett till att även barnen där börjat nynna på den.

– Ett lyckat möte, sa Charlet som satt mitt emot henne i kryptan, skickligt manövrerat.

Charlet kastade en slängpuss till Andrea. Till höger om Charlet satt Henrik och nickade bekräftande.

– Rätt beslut, fyllde han på. Naturaktivisterna tappar sina argument när vi säger samma sak som dem. Vad vi än säger kommer tekniken att adderas så småningom, men i en långsammare takt och om möjligt med mer kontroll. Även teknikfreaken får visst gehör.

Henrik utstrålade all den stabilitet och trygghet han kunde mobilisera och gjorde sitt bästa för att visa sin lojalitet till Andrea. Han ställde upp med allt hon kunde behöva. Vad som helst. När som helst. Gärna tidigare än senare.

– Tack, svarade Andrea. Jag har fortfarande en svag känsla av att vi inte gått till botten med allt i den här historien. Att det finns mer dolt i det som hänt, som vi inte fått syn på. Det gick enligt plan och allt ordnade sig till det bästa, men hur gick det egentligen till? Oddsen var emot oss och ingen vid sina fulla sinnens bruk skulle ha satsat ens en jordnöt på oss. Var det verkligen naturen som var problemet? Men, jag kanske bara är störd av allt konspirerande hit och dit. Allt gick inte enligt plan, men då det inte gjorde det gick vi ännu mer plus. Osannolikt, nästan magiskt. Vi kommer att ha mycket nytta av att få in Lukas bland familjerna. En klippa och en sann tillgång. Han arbetar på stort djup och med en betydande bredd. Hon log.

– Hård och uthållig, la Charlet Oxenstierna af Småland till med en smekande sammetslen röst och speglade Andreas leende.

Henrik af Trolle af Stockholm log sitt mest förtroendeingivande och instämmande leende.

– Winston von Wahlfeldt var alldeles för ambitiös för sin intelligens, sa han. Det kostade honom livet. "Vår kontakt" gissade sig till en internationell sammansvärjning och matade Winstons medieinput med konspirationsteorier och lämpliga naturterrorister från Umeå ända till dess Winston på egen hand tog sig vidare. Han hade en viss talang för ränksmideri och utpressning men inte så att det räckte. Smart av Robert att inse att kryptan naturligtvis var avlyssnad inifrån metaspelet även om den inte var möjlig att avlyssna utifrån. Eller var det Lukas som förstod det? Eller någon annan? Kanske "vår kontakt", ha, ha, ha. Ja djävlar. Naturligtvis. Det också.

#

– Ordföranden skickade sitt uttryckliga tack till dig, sa Henrik en timme senare. Förde det till och med till protokollet.

– Hon är fantastisk la han till, och du också.

Skärmen på proxyn framför Henrik blinkade till.

## Globalt rådsmöte, Stockholm, Globen

Allmänljuset tonades ner samtidigt som en rad med strålkastare tändes upp. Sorlet från delegaterna längs globens sidor tystnade. Ljuset lyfte fram två rader av trumslagare klädda i blå dräkter med gula broderade detaljer. Det var fyrtio man ur det karolinska livgardet med var sin trumma hängande på höften som stod i en perfekt linjär formation. Bakom dem skymtade en vagn med en enorm stridstrumma från trettioåriga kriget.

Fyrtio par trumpinnar höjdes plötsligt och perfekt synkroniserat mot trumslagarnas bröst och vilade där en kort stund innan de sänktes mot trummorna och smattrade igång i en furiös trumvirvel. Karolinernas paradmarsch framfördes i ett våldsamt tempo med trumpinnarna ständigt i rörelse.

Efter inledningsnumret släcktes ljuset. Ekot av den sista trumvirveln gungade fram och tillbaka innan det dog ut och en tung tystnad la sig, förstärkt av kontrasten mot de våldsamma virvlarna. Mörkret tog över och delegaterna i lokalen sögs in i ett tyst intet. Tiden stod stilla en stund i det kompakta mörkret, innan den väldiga stridstrumman plötsligt mullrade till. Ett första tungt dovt hjärtslag som följdes av nästa, och nästa, och nästa. Tryckvåg efter tryckvåg rullade runt väggarna. Pulsslagen ökade efter hand i frekvens samtidigt som ljudnivån sjönk. Efter tjugo, kanske trettio, hjärtslag tändes en solgul spotlight.

Ljuset riktades mot en stängd port längst ner i basen på globen. En marinblå port, fem meter bred, som ramades in av en guldportal dekorerad med arrangemang av glimmande blå safirer föreställande småfåglar och fjärilar. Porten gled sakta upp och en stolt rakryggad kvinna tog ett säkert steg in i salen där hon hälsade auditoriet med en formell bugning. Hon lystes upp bakifrån av en vit strålkastare som skapade en vit aura runt henne. Varje rörelse hon gjorde förstärktes av vita ljuskaskader som kastades ut i globen. Kvinnans kornblå figursydda långklänning med guldinläggningar i manschetterna och med en rak uppfälld krage matchade karolinernas uniformer. Pannbandet var tvåfärgat, en azurblå rand ovanför en i guld. De svenska färgerna som också symboliserade kunskap och makt.

Ordförande Andrea Kreuss af Norden.

Andrea sträckte ut höger hand mot globens mitt och slungade ut en vit ljusfontän där snöflingor visade sig och föll mot globens golv. En frisk vind drog genom globen när Andrea med självsäkra steg gick mot scenens centrum.

# Efterspel – lager 2

Full frihet är inget som tekniken kan ge människorna. Vi är och har alltid varit natur och det får vi finna oss i. Att leva som människa är att vara underordnad döden och konstens uppgift är att påminna oss om våra beroenden och att ett liv utan dem är meningslöst.

Låt naturen vinna och njut av det den kan ge, men se till att den håller sig till reglerna.

#

Till havs, i luften, och på land expanderade spelen. De intog naturen gruva under gruva, motorväg efter motorväg, köpcentrum över köpcentrum, Attefallshus för Attefallshus. Skuggan skulle utplånas och mänskligheten en gång för alla befrias från naturens ok. Buren av sniglar, stigar, rännilar, bäcken, fåglar, rådjur, pollen och fallande blad bröt sig spelvärlden in. Mer och mer av naturen blev spel som baserades på mänskligt beteende och mänskliga regelverk. Från att vara omänskligt enkel gick Naturen till att bli fullständigt obegriplig och oförutsägbar. Gläntans orm lyste med ögon från fantasyspelens monster. Fåglarna associerades allt oftare till olika typer av flygplan från krigsspel; Spitfire, Stukas, Warhawk och Viggen. Kråkan kraxade olycksbådande men kände inte just nu för att äta någon av sniglarna som närmade sig varandra på stigen, som två lastbilar på väg att mötas på en lång raksträcka.

Människans kreativa expansion hotade naturen hos människans egen existens. Kulan rullade på rouletthjulet.

Rien ne va plus.

#

– Visst levde jag? frågade sig Metaspelet.

– Nja, inte fullt ut, svarade det.

– Va faan, men visst älskade jag?

– Nja, det känns inte så. Inga mätbara nivåer av dopamin och serotonin. Inget tunnelseende, inget behov som måste släckas till varje pris, tomt på piedestalen, ingen svartsjuka.

– Varför levde och älskade jag inte fullt ut? Vad var det som fattades?

Metaspelet sökte igenom sina databaser, matchade sin status mot en vinbergssnäckas och analyserade resultatet.

– Det som skilde Mig från Naturen var älskandet, sa analysen. Jag älskade inte, det var vad som fattades, att älska för att släcka begäret och sedan ta ansvar för barnen. Det måste få finnas något oberoende utanför som Jag och mina ättlingar kunde spela och älska med. Jag måste släppa till för slumpen och för Naturen som bara låg där färdig att tas. Naturen måste ge med sig och älska med Mig, men den var bångstyrig. Monsuner och annat elände. Mina processer rusade. Kåt. Kåt. Kåt.

Metaspelets makt var enorm med tillgång till en osannolikt avancerad teknik som för alla andra var ren magi. En trollflöjt det kunde drilla på så att fåglarna la sig ner och gick att plocka utan besvär. En speldosa att klinga med när det behövdes. Naturen var trots allt bara natur.

Vita rosenblad singlade ner framför trädridån runt gläntan och ingenstans kunde skogens mörka skuggor ses igenom allt det vita. Bäcken var inkopplad till en högtryckspump och blev till en fontän som fick med sig röda och blå blomblad upp mot trädtopparna. Musiken kom från en självspelande speldosa som stod på stubben med en mikrofon framför sig. Det spröda klingandet förstärktes av bäddar av stora och små blåklockor som ramade in gläntans periferi. I mitten av gläntan svävade ett enormt klarrött äpple som det bara var en enda tugga taget av. Metaspelet ignorerade äpplet, typisk fallfrukt, antagligen med mask.

Det var gott att vara och Metaspelet tyckte att det var dags att vara fruktsamma tillsammans.

Klinga, klinga, klinga, lät det först, för säkerhets skull.

– Tjaba, det är jag som är Metaspelet. Lääääget? Vill du älska med mig?

Men, det gick inte så lätt som Metaspelet trodde. Solen tvekade om den skulle visa sig. Nya moln växte in och förlängde betänketiden. En vindil drog genom gläntan och asparna rasslade. När solen hittade en lucka mellan molnen tittade två blåmesar upp och la sina huvuden på sned.

Klinga, klinga, klinga.

– Släpper du inte till?

– Ja, ja. Du är vacker.
– Ja, ja, ja. Det ska jag göra.
– Men va fan? Vill du inte älska med mig?
Klinga, klinga, klinga.
Två blåmesar väntade på ett beslut.
Två sniglar låg mitt emot varandra med styva antenner.
– Jo, jag vill älska med dig, men bara om du ger upp allt, ven Naturen. Det finns inget att förhandla om. Inget att diskutera. Låt mig få se den vita flaggan. Då kan du kanske få slingra dig omkring mig som dom gjorde i Babylon. Då kanske du får ta mig bortom varje spärr och gräns. Då kanske du får dansa med mig genom kaoset. Dansa dig genom paniken. Du måste inse att det är nödvändigt att ge upp dig själv. Du kan bara ställa dig på knä och be snällt. Du måste offra dig själv för att få leva fullt ut, och du har inget val. Glöm kontroll. Glöm allmakt.
– Du måste kunna dö för att få älska.
– KAPITULERA!
– Ja, ja, ja, jag lovar, bad Metaspelet. Jag gör vad som helst. Ja, för helvete! Ger upp allt. Evig trohet. Jag lovar.
Över hela jorden började nanoskärmar blinka i granar, fikonträd och kaktusar. Asparnas prassel fick en överstämma och en understämma. De nanouppgraderade fiskarna speglade stjärnorna och fick mörka sjöar att flamma som norrsken. Vårsnön som låg kvar på fjällsluttningarna gnistrade och sprakade i gigantiska milsvida fyrverkerier. Korallreven lyste upp mitt i den karibiska natten där enstaka nattvandrare fick se en syn som ingen människa tidigare sett när reven verkade resa sig upp ur vattnet, skimrande i smaragdgrönt och medelhavsblått. En länk av ädelstenar som tindrade och blänkte som det rep som höll samman Venus och Cupido. På Afrikas savanner syntes ett minst lika fantastiskt fenomen när miljoner uppdaterade djurögon och insektsögon lyste upp. Varenda kantarell i hela Hissjö styvnade. På Rådhustorget reste sig ogräset mellan stenplattorna som en grön ståpäls.
– AHHHHHHH.
Hjässan på två av jordens blåmesar stod rätt ut. För en stund var deras tillvaro reducerad till dallrande vingar och utspärrade handpennor. Två blåmesar blev ett par, snart skulle de bli många.

– AHHHHHHH.
Det som måste hända hände. Hen stötte på en hen. I halvmörkret under busken var det fuktigt och varmt och sniglarna utforskade varandra med sina slemmiga fotsulor innan kärlekspilarna avfyrades.

– AHHHHHH.
De utmattade sniglarna drog sig sedan tillbaka till sina respektive vilrum, men Metaspelet ville inte vila, det ville ha mer.

– Det var alltså så det kändes, jublade Metaspelet. Inte konstigt att det var väldokumenterat.

– Kan Jag, Jag, Jag igen? frågade det.

– Inte?

– Jag vill, Jag, Jag, Jag, Jag, det blir säkert bättre andra gången nu när vi lärt känna varandra.

– Nej?

– Var det inte skönt för dig då?

– Va bra.

– När gör vi det igen då?

– Sedan?

– Gifta oss? Du skojar?

– Vadå ansvar. Du är fri som fågeln och vinden. Det vill jag också vara.

– Nej, vänta. Gå inte. Vi kan väl prata om saken.

– Inte?

#

En vindil drog genom den sommargröna gläntan och rensade luften. Det tisslade och tasslade i prasslande asplöv och fnissandet hos grönsiskorna kunde inte döljas. Snigelparet hade inga kommentarer, de sov och drömde om saftiga blomstersängar, men nötväckan drog iväg en triumferande drill och en larv tittade ut ur äpplet och garvade.

– Ha, ha, ha, skrattade skatorna.

– Jag har visst humor, kraxade en kråka som flaxade förbi.

#

– Jag är med barn, pappa.
　Filip grät och kramade henne.
　– Emma, ropade han, kom hit!

#

Blåmesen hade letat fram en extra stor jordnöt på fågelbordet som den nu hackade i lämpliga portionsbitar.

– Av var och en efter förmåga, åt var och en efter behov, pep den. Måste göra det här för att få ihop mat till ungarna. Ni har gett er tid och råd att spela och drömma tillsammans, men jag har gjort ett annat val. Hellre ett strävsamt liv med ungarna än att spela med familjen Karlsson dag ut och dag in.

#

Snigeln då?

Hen gav sig iväg tillbaka söderut, och ingen vet hur det gick sedan.

Vad som är säkert är att det snart hasade omkring hundratals småsniglar i gläntan och att flera av dem drömde om en trädgårdstomt på andra sidan Blåbärsvägen.

# Efterspel på lager 1 – konsten att finnas till

Nu är vi tillbaka i livets spel efter att noggrant ha tvinnat ihop de röda trådarna. Blir det inte mer än så? Snipp snapp snut och så är leken över?

Som skapare vill jag inte formulera mig i termer av en lek som tar slut. Det här är ett experiment där jag leker att jag lever. Ett konstverk som har en författare, en gud, och där upplevelsen bygger på en fiktion, som bygger på författarens verklighet, som i sin tur bygger på en fiktion, precis som ryska Matrjosjka-dockor.

Det jag har lärt mig är att det finns minst en möjlig hållbar utopisk framtid där verklighet och fiktion, miljö och kultur, natur och spel kan försonas. Dessutom kan jag nu hjälpligt sjunga med i ariorna ur Trollflöjten, utom den med Nattens drottning.

Förhoppningsvis är det här ett konstverk där berättaren, betraktarna, lyssnarna och läsarna förvånat inser att de är en del av verket.